一江名赣

NG MING GAN

罗铮 著

百花洲文艺出版社
BAIHUAZHOU LITERATURE AND ART PRESS

图书在版编目（CIP）数据

一江名赣 / 罗铮著 . — 南昌 ：百花洲文艺出版社，
2023.3（2025.1 重印）
ISBN 978-7-5500-5017-4

Ⅰ . ①一… Ⅱ . ①罗… Ⅲ . ①散文集 – 中国 – 当代
Ⅳ . ① I267

中国国家版本馆 CIP 数据核字（2023）第 034178 号

一江名赣
罗铮 著

出版人　陈　波
策划编辑　朱　强
责任编辑　杨　萍　田　瑞
书籍设计　朱嘉琪
出版发行　百花洲文艺出版社
社　　址　南昌市红谷滩区世贸路898号博能中心Ⅰ期A座20楼
邮　　编　330038
经　　销　全国新华书店
印　　刷　三河市嵩川印刷有限公司
开　　本　787 mm × 1092 mm　1/16　印张 16.5
版　　次　2023年11月第1版
印　　次　2025年1月第3次印刷
字　　数　220千字
书　　号　ISBN 978-7-5500-5017-4
定　　价　48.00元

赣版权登字　05–2023–330
邮购联系　0791-86895108
网　　址　http://www.bhzwy.com
图书若有印装错误，影响阅读，可向承印厂联系调换。

散文写作的个性与胸怀（代序）

郁达夫在《中国新文学大系·散文二集导言》中说："现代的散文之最大特征，是每一个作家的每一篇散文里所表现的个性，比从前的任何散文都来得强。"此论颇有见地。例如，朱自清的温和细腻，冰心的深情委婉，鲁迅的沉着冷峻，均是各家散文无可替代的个性标记。甚至可以说，纵览现代散文史所载录的名篇佳作，无一不是作家鲜明个性的反映。

"散文表现个性"这一命题，很容易让人产生"文如其人"的联想。如果"个性"意味着个人化、私人性，那么"个性"之于"为人"和"为文"的效用值得细究。从一般的认知来看，在为人方面，弱化个人化和私人性的立场，有助于个人成功融入群体，所谓"心底无私天地宽"；在为文方面，强化个人化和私人性的色彩，却有助于形成个体风格，可谓"文字有私风格显"。但从文学创作的格局来看，作家若自拘于一方天地，固执于一己感受，沉溺于一种趣味，只能使文学变成与人无关的自娱自乐甚至是无病呻吟，从而无法走向更为开阔远大的境界。或许正是有鉴于此，郁达夫不无警惕地补充道：现代散文在张扬个性的同时，应以"人性，社会性，与大自然的调和"为特征。

以我之见，郁达夫其实从理论上揭示了散文写作的辩证法：散文写作既然源于表现个性的需求，势必要烙上作者的精神印记，甚至可以成为个人的精神自传；若要与时代和社会发生关联，作者就不能满足于独抒怀抱，而应注目于大千世界。作者所写，唯其体验至深，故能打动人心；唯其胸怀宽广，故能与更多人共享。当代散文大家林斤澜说过，散文的奥秘正在于“散”和“文”。我想，如果“文”是指作者的个性和文采，那么“散”则是指作者的视野和胸怀。作者的个性初步标识其散文的特色，其散文的格局则取决于作者的胸怀。阅读罗铮的散文，更使我坚信这一点。

罗铮是近年来较为活跃的散文作者，已经在《人民日报》《光明日报》《美文》等多家报刊上发表不少篇章。从题材上看，这些散文大致可以分为几类：记述乡村人事，如《钟三秀一家》《洗麻袋的兄弟》等；怀想历史人物，如《吴三桂》《屈身安人“不倒翁”》等；游览风景名胜，如《郁孤台上思稼轩》《鹅湖行吟》等；描摹个人心迹，如《棱镜》等。透过这些文字，可以看到一位敏于感悟、勤于写作、乐于省思的年轻作家形象。因为惯于静观、谛听，他总能用素朴的文字，在喧闹的当下辟出一方思想的空间。

朴素真切的情感，使罗铮散文逐步形成鲜明的个性；上下求索的目光，则使其创作从一开始就显露开阔的胸怀。罗铮出生和成长在城市，但血脉源自乡村。在绝大多数年轻作者那里，这种横跨城乡的成长背景，往往只是外化为“在城望乡”的叙事视角。城市近在眼前，五色斑斓，多姿多彩，生动而活泼，随时等待着作家打量和书写；乡村日渐远去，记忆虽在，然而面容逐渐模糊，最终成为褪色的相片和斑驳的故事。但在罗铮笔下，乡村题材的文字，却占了将近一半的比重，这不能不使我感到讶异。罗铮从不描写诗情画意的乡村风光，而是倾心于对乡村人物命运的讲述：其中有年近半百却毅然辞职创业的老严（《原点》）；有一辈子辛劳持家、造福儿女的钟三秀（《钟三秀一家》）；有半路出家却技艺炉火纯青、家境焕然一新的老罗（《老罗的“砖艺”》）；有插队山村却因爱情而扎根乡土的上海姑娘（《火花》）；有坚持原则、善良本分的普通劳动者，如“我”爷爷（《苦难醇香》）。罗铮乡村画卷的主角，与其说是各种各样的人物，不如说是这些人身上所共同体现的精神。其主要内涵，就是善良、勤劳以及对生活的热爱和信心。在这类作品中，罗铮自觉摒弃想象和虚构，甘当观察员和记录者，更为真切地体现了其情系乡土的胸怀。

置身城市、回望乡村的同时，罗铮也在立足当下、回溯历史。他显然明白，如同城市的根脉在乡村，当下的根脉在历史。中国文学自有历史感怀的传统，罗铮的文字当然也可以在这流脉中得到评说。但罗铮感兴趣的不是历史更迭本身，而是历史更迭之中的个人。勘察人在历史中留下的印迹，始终是令罗铮兴奋的课题，他本人的足迹因此从赣鄱大地伸向山海关。不过，无论游览何处风景名胜，罗铮从未纯粹地状写自然风光，而是细心辨认历史文化名人的印迹和影响。如此写法，不免使山水游记变成了历史感怀，但也展示了一位年轻作者的视野和胸怀。

罗铮在《棱镜》中描绘过许多棱镜。它可能是一副眼镜、一排玻璃，也可以是一条小河，但它始终默默注视着周边的人和事，并用自己的视角“丰富着本已富饶充盈的历史记忆和抒情张力”。罗铮的散文，也可视作这样的棱镜。朴素真切的个性，使其散文具备成为“历史记忆”的品质，置身当下城市却不断回望历史和乡土，则是其“抒情张力”的主要来源。

（作者：徐阿兵，系福建师范大学文学院副教授）

（刊发于 2020 年 3 月 18 日《光明日报》）

目　录 / contents

辑一

辑二

辑三

辑四

辑一

原点

手续办好了。老严捧着那张表，小心翼翼地说。鲜红的印章透着不可置疑的态度。

妻子叹了一口气。尽管抗争了许久，但她从一开始就知道，她拧不过执拗的丈夫。老严要做的事，没什么干不成的。信丰县武装部后山两三百亩的荒地，人家都说管它干啥，迟早要转业的。可他偏不，领着一伙人夜以继日，硬是开垦出一大片果园，到现在每年脐橙都吃不完。当年为了与自己团聚，任凭首长苦口婆心相劝，他还是毅然舍弃大机关的锦绣前程，调回革命老区。然而这次，她委实难以接受。

此刻，半年来的一点一滴像开闸的洪水，又涌了出来。

什么？你疯了吗？听到老严要自主择业，上山种脐橙，她的一双小眼瞬间要把单眼皮撑破。自主择业多自由呀，无拘无束，当个处级干部也没有多大意思……不管老严怎么解释，她一概听不进去。从军30年——当过老福州军区机关的扛鼎参谋，回到赣南，先后待过三个武装部，历任会昌县武装部参谋、副科长、科长，信丰县武装部部长，章贡区武装部部长、政委，经历丰富，正儿八经的“文武双全”。怎么论资排辈，也该有个好位子。加上年近半百，为什么放着体面安稳的日子不过呢？她的论断无可挑剔。几十年来相濡以沫、很少红脸的夫妻，遇到了罕见的十字路口。

“自主择业”四个字犹如一颗巨型炸弹，迅速在家族里炸开了锅。乍一看，仿佛30年的拼搏付诸东流，有头有脸的日子化为乌有。如果家族人少，几个亲戚间争论几句，做通工作也就消停了。偏偏他所处的是一个庞大的家族，夫妻二人都是同胞九个，他是老幺，妻子老大。两边加起来近百号人，这思想工作可就难了。

亲戚们挨个劝说。有的晓之以理，述说体制内的优点，“放着好端端的副局长不做，干啥偏当一介平民？”有的动之以情，回顾30年酸甜苦辣，“混个处级干部不容易，说放弃就放弃了？”有的干脆声嘶力竭，“种脐橙周期太长，万一连本都折进去了，拿什么养老？”好友中也有不少反对的，说他是“傻瓜”“抠佬”……老严的电话铃声此起彼伏，BP机留言也长时间井喷。

一时间，老严深切体会到四面楚歌的悲凉。

面对亲朋好友的轮番“轰炸”，老严没有退缩。在正式宣布之前，他常常深夜一个人待在书房里，就着烟头的微弱光亮，思考着未来。30年的戎马生涯，不知道通宵了多少次，在办公室睡了几晚，一直玩命儿干活。于都县一个偏僻山村走出的穷苦孩子，能有今天的成绩，已经心满意足。这不都是改革开放带来的红利吗？如今，不想贪恋什么职务、地位，只想一个人安安静静追求自己的爱好。就算当个副局长，或者县委常委，能比种脐橙带来的满足更大吗？安逸的、冬暖夏凉的办公室，与直面严寒酷暑的广阔天地比起来，又有多少优越呢？哪怕起早贪黑，坎坷密布，乃至血本无归，又有什么关系呢？大不了后半生就清贫度日吧。

经过数个不眠之夜，他的决心坚如磐石。任凭家人磨破嘴皮，甚至恨不得把电话摔烂，也没有丝毫动摇他的决心。慢慢地，哥哥姐姐不讲了，小舅子小姨子沉默了。部队领导当然尊重个人的选择，更何况还减轻了地方政府的压力，一个正团职干部多难安置啊。其他转业干部也少了一个老资历的竞争对手。

改革开放已经20多年，多少人通过努力实现了自己的梦想，成功的道路越来越宽阔，创业并不一定比仕途更难走。我们俩都是从农村出来的，哪里敢想现在能住上这么敞亮的房子，不正是改革开放的红利吗？老百姓的思想都解放了，当官也不是光耀门楣的独木桥了。办手续的前一天，老严心平气和地向妻子掏心窝。这一席话无可辩驳。良久，妻子拍了拍老严的手，算是默许。

时光定格在公元2001年，新世纪的元年。老严艰难渡过了人生的重要关口，似乎又回到了原点。

表格终于盖完章。老严按捺不住心中的急迫，跨上摩托驰往南康市三江镇。平常只要20分钟的路程，怎么今天走了这么久。多年的积蓄和数额不菲的贷款在他心里翻江倒海，亲人们的眼光像一座座大山压在身上。当签完最后一个字，这些压力方才随着掌声尽皆卸去。150亩荒地，50年租期。他缓缓把人生第一纸合同放进皮包，默默走上一座小山头，环顾坑洼不平、躺满泥沙碎石的山地，一股豪气在胸腔激荡。一个46岁高龄的创业者，正式打响了人生的第二场战役。

从此，一顶黑色鸭舌帽，一件T恤衫，一条牛仔裤，一双运动鞋，成了老严的标配。每天早八点到晚八点，无论刮风下雨，准能在山里的某个角落觅得他的身影，高挽的裤腿上沾满泥泞。1000米的电路，自己猫着腰一段一段接通，只请了几个小工打下手。又嫌小工动作不够麻利，将近2000米的灌溉水管和输药管，干脆全由自己一手包办。栽种、施肥、打药、除草，样样亲力亲为，一片不毛之地渐渐被打理得纹路分明、井然有序。对最核心的种植技术，他常常通宵达旦研读专业书籍，书桌上堆了厚厚一摞，老花镜也早早戴了起来。遇到难关，便主动请教果业局的专家。这些专家何曾见过坐主席台的领导如此谦卑虔诚，激动之余将技术要点和盘托出。尽管如此,每一个过程依然容不得他有半点松懈,稍有不慎便前功尽弃。

不知不觉半年过去了。去书店的途中，老严平生第一次站上了路边的电子秤。“身高1米65，体重102斤，您的身材偏瘦。”尖细的声音略微刺耳。秤肯定有问题！第一时间闪过的是这个念头。我明明有130多斤啊。他的眼神充满疑问，小纸片瑟瑟抖动。噢，我好像很久没照镜子了。他冲进旁边的商场，在“杉杉服饰”的试衣镜前站定：一张消瘦的尖脸，眼眶深凹，蜡黄的皮肤上嵌着一层黧黑，凌乱的白发耷在头顶上，在强光下闪亮。这是我吗？不对，搞错了。可右脸那颗痣的确在啊。唉，七八月份的“天牛”虫害，天天趴在40多度的地面上挨个刮削，还扛了几百袋肥料上山。上驾校那半个月，一天都换好几件T恤衫，汗臭味都快把同车的两个小姑娘熏吐了。每天还得开着翻斗车颠簸运货，能不瘦吗？所有的应酬都推掉了，整天就是方便面、盒饭，胖得起来才怪呢……呆愣了好一会儿，还是店员透着逐客的口气把他拉回现实，等待试衣服的顾客窃窃私语着。

俗话说，落行三年穷。脐橙的种植周期相对较长，前两三年是纯粹的投入期，看不到一丁点果影，还要不断往山上投钱。但老严始终热情如初，像抚养孩子一样悉心呵护每一棵树苗。每埋完一次肥料，他都傻呵呵地笑上一阵，仿佛看见盘绕的树根张开大嘴吸吮养分，然后沿着枝干向上运输营养。春节团聚，老严也一反常态地安静，扒几口饭便坐在院坪上抽烟。他需要等待。

三年后，受到慈父般关怀的小树苗们茁壮成长，首批的2000余株实现了头年挂果2.5万斤，进账4万元。看着冬青的嫩叶随风摇曳，一颗颗硕大的果实装车上市，老严脸上终于浮现出久违的笑容。

第四年，挂果11万斤，收入16万元。第五年，挂果超20万斤，收入20余万元……这样一张连专业果农也难以望其项背的成绩单，令人刮目相看。就算黄龙病来势汹汹，他的脐橙也基本没受侵害，个个色泽光鲜。记者来了，考察团来了，还有各种肤色的老外，冷清的果园猛然间人头攒动。各级媒体、各个协会抢着写报道，给荣誉。

顿时，老严成了名人。

望着漫山遍野黄澄澄的一片，亲朋好友们也不得不摒弃成见，心生敬意。

熬出了头，可以轻车熟路，按照既定的程序施肥、灌溉、修苗，坐享冬季丰收的硕果，妻子总算松了口气。可四年前，一听说妻子家乡要拿出500亩山地招商，老严又攥紧了老茧密布的拳头。他悄悄驱车赶去，与这片陌生的山地刚打上照面，就情不自禁动了心，参差不齐的山头就像一把把小刷子，撩拨着他的心。

过了几天，老严的名字又出现在合同上。这一次，反对声销声匿迹。

紧接着，安装电路，疏通水路，栽种，施肥，打药，除草，修猪栏，建板房，老严又重复起十几年前的开荒拓土的工作。

2018年元旦，老严的新“领地”向我开放。漫山雏苗幼树，原本杂乱的山棱被修整得井然有序，数根橡胶皮管沿泥土直贯而下，还有两座新种满树苗的山头挖满了坑，准备吞噬一旁大袋的肥料。整片是个没有钢筋水泥的工地。猪圈里一片宁静祥和，母鸡带着小鸡们信步而行。在这儿，老严充分展示出“旧貌变新颜”的卓越本领。

老严领着我看看这，瞅瞅那，轻抚着一棵棵小树苗，又是讲述平整土地的技巧，又是回忆铺管挖坑的艰辛。激昂的声调比平时高出几十分贝，飞溅的唾沫星子，像一个个跳动的音符。一向平静的面部表情突然间丰富了起来，两行洁白的牙齿频繁上下开合，在黝黑的肤色中尤为抢镜。粗壮的手指一会儿指指邻近的嫩叶，一会儿朝远处画上几个圈，生怕漏掉一处“杰作”。我愣愣地凝视着他，这哪里是老严——那个不苟言笑，一句话都嫌多的人？简直活脱脱一个相声演员。尽管在山石与泥土的裹挟中，他明显盖了一层厚厚的沧桑，眼角的褶皱不断蔓延，光亮的眸子血丝密布，挺拔的脊背也渐趋松驼。但这一切在这片土地上都是一种证明——十多年前那个难以理喻，甚至众叛亲离的抉择，是对的。

“唉，可惜那两个山头没有卖给我，这些老表真是……”当老严引我登上最高的山头时，嘴里便反复呢喃着。

山头上，一堆红砖整齐躺着，它们是一栋小宾馆的储料，未来将成为休闲式果园的“元老”。在夕阳与初月的辉映下，严冬林盯着那堆红砖愣了良久，眼里憧憬着三十年后果实摇摇欲坠，成批的游客攀爬采摘，而他，则咧着仅剩的几颗牙，摇着蒲扇坐在藤椅上听欢声笑语，看云卷云舒的画面。“唉，怎么只给了30年？”他又开始扼腕不已……

显然，老严对这次从中年才开始的“长征”倾注了全部的心血。如果没有走上这条道路，当初在巨大的压力下退缩，或许他会在某个局，拥有一间敞亮的办公室，坐着舒适的转椅，夹个公文包过着两点一线的生活。凭着一贯的较真劲儿，他也一定会在这个领域里干出不少业绩。但是，潜藏在心底的热情如何尽情释放？身体里贲张的红军血脉难道要过早地停歇？一辈子魂牵梦萦的大地母亲，真的只能彻底远离？如果选择放弃，他一定会悔恨终生。值得庆幸的是，他启程了，即使无比艰难，让自己恣意在土地上驰骋，就算十个副局长，又怎能比拟？

40年前，沐浴着改革开放的春风，他从山坳坳里走入军营，扭转了世代脸朝黄土背朝天的命运。40年后，他脱下军装，重新成为一个农民。

这不是开倒车，又退回原点吗？不，这是充满包容性的时代才能孕育的升华，是改革开放进入纵深引领的思路观念多元化才能提供的机遇，是否定之否定达成的螺旋式上升，是一次崭新的出发。

原点，也是起点。公元2018年，老严又一次站在原点。实现乡村振兴的梦，还会远吗？

钟三秀一家

四十年前，钟三秀四十二岁。她又生了一个孩子——家里的第九个。于她而言，又多了一张嘴，才是最忧心的问题。

这是赣南小村落的一栋土坯房，楼梯咯吱作响。一张破圆桌，三把小藤椅，两条长板凳，几张床，再加上几只锅碗瓢盆，这便是钟三秀一家全部的家当。

口粮从哪里来？老四本就寄养在外，老七的生活费还没有着落，老五、老六只能继续吃着萝卜咸菜。屋梁上的篮子里，芋头所剩无几。老母鸡刚下的两个蛋，也拿去换盐了。

“老罗，又要熬夜了。”钟三秀虚弱的口气透着无奈。二十多年来，夫妻俩从没睡过一个安稳觉。前面八个孩子，间隔最多四岁，平日里不是这个哭就是那个闹。老八刚能睡整觉，又来了个老九。

愣神间，老五、老六回来了。“老崽，挣了多少钱？”钟三秀充满期待。可兄弟俩垂头丧气，沉默不语。原来，他们费尽九牛二虎之力把一板车的麻袋推到河边，搓、揉、擦、刷、甩，铺在河滩上晾晒，几乎就要完成任务了，哥俩正憧憬着劳动的回报，可老天爷偏偏不作美，一阵疾风骤雨，不仅把劳动成果化为乌有，还卷走了八个麻袋！钟三秀内心五味杂陈。洗麻袋尽管辛苦，但洗一个一毛钱，是一笔不菲的外快。如何用这二十块钱本来盘算好了：十块钱还生产队的口粮款，五块钱还给隔壁的贵生，五块钱买点猪肉灌香肠。可现在不但一切打了水漂，还要倒贴……

没过几天，钟三秀重新“出山”：挑水，浣衣，做饭，种菜，喂鸡……。坐满月子，几乎是不可能的事。只要手中有活干，钟三秀心里就踏实。

一转眼，六年过去。这一年，老九上小学，他们总算尝到了一觉到天亮的滋味。加上老六参军，老七、老八成绩名列前茅，钟三秀终于看到一丝曙光。

更重要的是，改革开放的春风越过崇山峻岭，吹进了会昌县的山坳坳。这片土地，渐次通了电，电灯照亮了全村人的心扉。自来水管架起来了，穿村而过的小河终于可以睡个懒觉。坑坑洼洼的乡村土路，陆续硬化。连站上去使人战战兢兢的茅厕，也改头换面。一股前所未有的勃勃生机，在全村上下升腾。

全村人有的摩拳擦掌，盯着承包的土地跃跃欲试；有的背上行囊进城闯荡，期待里夹杂一分紧张；有的怀揣录取通知书，登上班车奔赴大学殿堂……这股浪潮也激荡着钟三秀一家。老七在高考中名列赣南地区榜眼，上了大学。20世纪90年代初，老八去省城闯荡。1995年，老九考入中专。

孩子们陆续离开家，家里突然间静了下来。钟三秀若有所失。好在她手里依然有活干：种菜、喂猪、饲鸡、养鱼……她最拿手，也最愿意做的，还是米酒。每年冬天，她都要蒸上一大缸米酒。这酒，劲道可足了，醉倒过不少人，可从小喝到大的儿女们自带酒量，三四碗下去毫无反应。酒香跟随儿女们的脚步飘向四面八方，滋养着钟三秀一家。

春风越吹越带劲。村民手头宽裕了，家家户户开始添置家具物什，收音机、电风扇、自行车、电话陆续进村入户。当大儿子把电视机搬回家，钟三秀怎么也闹不明白，那么大点个机器盒子，咋转动几个按钮就能显示又唱又跳，色彩斑斓的画面。再往后，车多了起来，赣A、粤B、闽E等各地牌照层出不穷，一车难求的日子一去不复返。土坯房加快了退出历史舞台的步伐。没隔多久，一幢幢崭新的红砖瓦房就拔地而起。钟三秀走在村里，喜在心头。

四十年弹指一挥间。如今的黄冠村，小楼随处可见，油漆大门鲜红阔气。幼儿园、小学、卫生室、便民服务中心焕然一新。钟三秀的老屋，也在几个儿子的努力下翻修一新。她最常做的，就是盯着老樟树下太阳的光斑打盹。几经岁月的风霜，她的脸上已皱纹密布。这些皱纹里，有着一个农村妇女一路走来的生活印记。她只是中国千千万万农村妇女中的普通一员，但她用勤劳的双手，和这个时代一起，在春潮中走出了一条新生之路，迎来了一片新天地。

今年春节，钟三秀一大家四十多口照了张全家福。照片里，抱着曾孙的钟三秀笑靥如花。

洗麻袋的兄弟

出生于20世纪60年代中后期的二叔、三叔、四叔是“三连胎”。三兄弟一起放牛砍柴、耕田插秧、下河抓鱼，一起吃咸菜、啃红薯，彼此亲密无间。

20世纪80年代初，兄长外出谋生，弟妹尚且年幼，“三连胎”成了家务活计的主力军。由于家境贫寒，他们总是想方设法贴补家用，村里的脏活累活，只要有挣头，都一股脑儿揽过来。

那个夏日清晨，三兄弟刚撂下砍回的柴火，平日不苟言笑的父亲忽然喊住他们仨，面露喜色地宣布：“今天给你们找了个大活儿！”三人瞪大眼睛屏住呼吸。只见父亲往桥边的枫树下一指，厚厚几叠湿漉漉的麻袋耷拉在一辆大板车上。二叔立刻跳了起来，与三叔、四叔击掌相庆。

那时，洗麻袋是挣外快的重要渠道，尽管把一堆曾撑满泥沙的麻袋洗净、晾干是极复杂费力的工程。袋面自不必说，线缝里藏满污秽，不仅要仔细搓洗，还要翻来覆去使劲抖甩，再用刷子彻头彻尾刷上几遍，才能进入晾晒程序。粗糙的质地时常使手磨起血泡，甚至划破皮肉。然而，洗净一个麻袋能挣一毛钱，收入不菲，即使再苦再累，村民依然争先恐后去做。一眼望去，一板车的麻袋少说也有两三百个，挣上二三十块不成问题。唯一的要求是，当天下午六点前要交货。

跑向麻袋的几十米路，哥仨儿已经在憧憬着落日时的回报。尽管河滩离家足有十里之远，但他们能充分感受到满身的血液在翻腾。

饱满的车轮在山路上滚动，三个青春的身影跟着抖动起伏。一个套着绳子在前面拉，一个握住把手在后面推，另一个在中间抓住边沿往前送。汗珠不断滑过脸庞，可都顾不上擦，唯恐耽误了丁点时光。两小时光景，当粼粼的波光射入眼帘，三兄弟的眼眶都湿润了。

来不及休息，三人吆喝着抬下麻袋，摆开阵势。二叔在水里搓、揉、擦，三叔接着刷掉残存的沙粒，四叔最后甩干水，铺在河滩上。几百个流水作业下来，三个黝黑的脊背被烤出了细碎的盐粒。但眼前一排排沐浴着艳阳的齐整麻袋，却足以把疲倦抛诸脑后。“打个盹！”二叔惬意地大喊一声，用草帽盖住脸，遐想“变现”后父母欣慰的目光。

突然，四叔的脸上被什么东西重重打了几下。他将惺忪的睡眼挤出一条缝，迷茫地观望着。越来越多的水珠拍在脸上，就在下意识地闭眼时，一个念头闪过脑海：下雨了！四叔一个鲤鱼打挺，摇醒鼾声如雷的哥哥，迅速“抢救”着麻袋。可粗密的雨点砸在麻袋上，混着泥沙吞噬着干燥的部位。还没挪上几个，麻袋又恢复了清晨的模样。更糟糕的是，呼啸的狂风吹得麻袋腾空飘散，有的更被河水无情卷走。四叔望着湍急的河流直发呆，二叔则一屁股坐在河滩上，无法相信突如其来的变故。三叔耐住性子清点收拢的麻袋，竟然少了八个！

约莫半小时后，雨终于收住了向着大地的倾泻，夹杂着泥土清香的微风拂过雨泪交织的三双眼睛。辛勤劳作的果实打了水漂不说，还弄丢了几个麻袋，不仅分文未挣还要倒贴，在严厉的父亲面前不知会受到怎样的责罚，更不忍想象母亲伸向那微薄积蓄时颤巍巍的双手……

好一会儿，三人才又费了九牛二虎之力把麻袋拖回板车，垂头丧气地摇晃在泥泞的归途上。

回到家，三人愣愣地靠在墙边低头不语。心疼的母亲给每人倒了碗热开水，轻声安慰着。二叔抽泣着说：“悔不该贪睡那几分钟。”父亲缓缓吐了口烟，挨个拍拍三人的肩膀，出乎意料地未有丝毫责怪，只是叹了口气："即使成功就在眼前，甚至只有一步之遥，也不可掉以轻心啊！"是啊，天有不测风云，只要有一人保持清醒，就能早些洞察变天的迹象，避免损失。当晚，三兄弟一夜无眠。

几十块钱在当时足够解决二叔一个学期的全部生活费，对入不敷出的家庭而言弥足珍贵。殚精竭虑却颗粒无收的一日，不啻一次刻骨铭心的打击。正是这次惨痛的教训和金子般的教诲，时刻警醒着他们走稳人生的每一步，时刻鞭策着他们在工作岗位上兢兢业业、坚忍不拔、勇于担当，时刻助推他们走向成功的彼岸。

当若干年后，二叔在故乡的政府机关独当一面，三叔通过自主创业打响特色品牌，四叔以优异成绩走进京城，他们都闯出一片属于自己的天地之时，洗麻袋的经历仍时常在各自心头浮现，为的不仅仅是与那翘首以盼的丰厚报酬失之交臂，更是父亲那充满惋惜又强作平静的面庞，以及一段时期内萦绕在身的切肤之痛。

今年春节，一大家人团圆之际，这份终身遗憾再一次被提及，年近半百的三个壮汉也不禁热泪盈眶。于是，"三连胎"又多了个别称——洗麻袋的兄弟。

老罗的“砖艺”

说起“砖”，黄冠村人的第一反应必定是老罗。无论什么砖——土砖、青砖、红砖，到了他手上，要墙有墙，要屋有屋，质量保准过硬。尤其是原先的土砖，同样的模具，同样的方法，别人就是没他的工艺，不是这里凸出一条边，就是那里凹进去一点。全村上下，只要哪家建房，一定要把他请去。仿佛有他坐镇，房子准差不了。要是缺了他，总不那么令人安心。

老罗并不是天生的工匠。他的“砖艺”很大程度上是被逼出来的。二十五岁那年，老罗好不容易娶了媳妇，可没几年光景，媳妇忍受不了穷苦，突然没了踪影，留下嗷嗷待哺的幼儿。

媳妇出走，老罗消沉了好一阵子。生计在哪儿呢？他苦思冥想，把目光投向了盖房的各项工艺。他陆续学会了泥工、木工、漆工的活儿，这些手艺里，他又对制砖情有独钟。每家每户都得盖房子吧，盖房子就得用砖吧。他抱着最原始的生存理念，往一块块砖里投入了大量的精力。模具该怎么做？土填到哪个位置？每层刷多厚的水泥？精益求精。他不怕花时间——慢工出细活，这是他的原则。

他要争口气。

日积月累，老罗制砖用砖的技艺已经炉火纯青。刚开始没人发觉，“不就是几块砖吗？”大伙心里都认为，这点事好不到哪儿去，也差不了。但每每三五乡亲共同帮忙，只有老罗负责的部分平平整整，其他的总是凹凸不平。大家这才陆续领教到老罗的功夫，哪家要修缮房屋，总是邀请他担当主力。那时才刚刚改革开放，村民手头都没几个钱，倒也赚不了多少，只能管餐好饭。他自己从来不吃，全部带回去给孩子们。

慢慢地，砖成了老罗生存的法宝，全村大部分房屋都浸润过他的汗水。

随着时间的推移，村民的经济条件逐渐好转，外出打工淘到第一桶金的年轻人，第一件事就是回家翻修老房子。尽管土砖、青砖逐渐被红砖、水泥砖取代，盖房的时间成本大大下降，但乡亲们对房屋质量的要求反倒更高了。红砖的墙壁砌歪了，不比土砖的结构更突兀吗？乡亲们挑来拣去，还是打心眼儿里认为老罗最合适，不仅是手艺，更是做事的钻劲和韧劲。老罗还与时俱进，村里通水通电后，又学会了水电工的技术。于是，村里的小楼越来越多，老罗的收入也水涨船高。

前几年春节返乡，突然发现老罗的家也焕然一新了。原先的土坯房消失了，取而代之的是一栋崭新的砖瓦房。他邀我们一家进去坐坐。一进家门，还没来得及细打量，只见老罗瞬间从橱子里端出若干个果盘，盛着米粿、瓜子、糖果、红薯干等年货，再给每人斟满一碗米酒。抬眼望去，墙壁刷得雪白，水龙头取代了大水缸，贴了瓷砖的卫生间明亮整洁，一辆摩托车停在角落。虽然皱纹爬上了老罗的脸庞，原本乌黑的头发也掺杂了些许银丝，但他精神头儿十足，说起话来声如洪钟。

周边的壮劳力纷纷外出打工，但老罗反其道而行之。“你没想过出去赚钱吗？”我问。“在家多自由啊，赚的钱还不比城里少。”老罗直来直去。他告诉我，他承种了撂荒的二十多亩田地，化肥都由政府补贴，一年下来，一亩能净挣六百到一千元。再加上常常在附近盖房子，一般两个半月的工期，每天可赚三百元到五百元。我大致一算，嘿，还真是笔不菲的收入。

去年，又一栋新居在老罗的宅基地上昂然立起。跨入大门，厅堂足有六七十平方米，厨房、卫生间、卧室、阳台、装饰虽谈不上豪华，却也干净整洁，有模有样。他说，这些都是他自己设计、自己盖的。旁边还搭了个车库，一辆白色轿车优雅地停在里面，像是奔入小康的证明。

如今，老罗仍然选择留守。他的手艺臻于化境。或许此时，“砖艺”已经不是单纯的谋生手段，而是一种乐趣，一种坚守。

火花

1969年。盛夏，骄阳似火。

往日平静的羊肠小道尘土阵阵，吸引着一应目光。一辆绿皮卡车冲破雾霾，左颠右晃缓缓驶入。司机的身体随方向盘大幅摆动，背后的拖斗仍然不给面子，剧烈起伏。几个青春的脑袋露了出来，留下一堆污秽物。

车在村委会前停下。两根马尾辫率先跳下车来，红头绳俏皮可爱，水汪汪的大眼四下张望。四周满是山，峰峦峻峭，嵌进天际，像和身上的灰白格子衬衫撞了色。茅草房、泥巴房密密麻麻，散落在山脚和山腰，毫无规则，更遑论审美。细碎错落的田地上，一个个腰弓着，几与大地平行，锄草、施肥。连通外界的只有这条小路，凹凸不平，布满石块，一派拒绝干扰的模样。与世无争。这是直觉蹦出的第一个词。

江西省会昌县凤凰崇乡黄冠村。这个反复出现在脑海中的名头，终于套上了实物。她叹了口气。尽管心里捣鼓了无数遍，可一旦身临其境，封闭、简陋，乃至贫瘠，还是远远超出了想象。两只马蜂轰炸机般冲击着新鲜的血液。刚从晕车状态中修复过来的同伴，反应更加激烈。我们怎么待得下去？有的姑娘脸上浮现出后悔的神色，甚至抱在一起低声哽咽。

一会儿，村委会的干部按照预定安排，把她们分别带往不同的农户家里。“马尾辫”被引到一栋平房前，两条大黄狗不知从哪儿窜出来，冲着她“汪汪”狂吠，像是给她来个下马威。她吓得大叫一声，丢下手里的包裹，拼命往村干部身后钻，贴在脸上的尘土落了一地。一对六十多岁的老夫妻把狗喝走，浓烈的乡音恍若远隔重洋。好一会儿，她才缓过神来，捂着涨红的脸蛋怯生生打了个招呼。

老两口儿带她巡视家里的各个角落。厅堂，除了一张四角桌、几条板凳外，几乎没有拿得出手的东西。一盘腊肉吊在屋顶的竹篮里，算是最好的佳肴。厨房的锅干得泛光，靠在墙边的几副碗筷支起锈迹斑斑的锅铲，三五根木柴歪七倒八地倚在角落。一撮烧剩的枝叶从炉子里探出来，贴着熏黑的外炉壁。一把断了柄的瓢勺安静地躺在水缸上。两个合盖的碗齐整立在灶边。罗四爷专门掀开上面的碗，一块大肥肉油光锃锃。看着她狐疑的目光，罗四婶比画着告诉她，炒菜时往锅里滑上两圈，就挤出一顿饭的"菜油"。

仅有的几个房间，除了床，只剩尿桶，不时飘出点点骚臭。

更可怕的是如厕。那一间间木板搭建的粗陋茅坑，站上去咯吱作响，随时有掉下去的危险。更甭提田间的农活，简直一窍不通。

面对罗四爷和罗四婶嵌进皱纹里的微笑，她努力挤出一丝回应，脑袋里却"嗡嗡"一片。

夜幕降临，拎着一桶水，摸进破旧的"澡堂"。微弱的烛光映出巨大的黑影，以及蜘蛛蚊虫的体型。偶尔一只蛾子划破光影，带起一缕昏暗的线条。各式动物的叫声从四面八方刺进耳膜。前所未有的恐惧充斥她的脸庞。无论再怎么加快毛巾蘸水的频率，也始终无法控制发颤的身躯。

当晚，躺在几条长板凳支起的大木板上，伴随着土蚊子的"轰炸"，妈妈的千叮咛万嘱咐一直萦绕耳边：闺女啊，别硬扛着，实在受不了就回来吧……

同时，出发前的宣誓场景反复在头脑中播放，呐喊声、欢呼声、尖叫声搅得她辗转反侧……

一夜无眠。最终，还是澎湃的热血占了上风。清早，她给妈妈写了一封既是报平安，也是表决心的长信。此刻，她根本无法预料，这片土地将给她的命运带来怎样的转折。

从做饭、洗碗开始，到放牛、喂猪、种树、下地干活，她认真向老乡求教经验。天蒙蒙亮就起床，先到附近的小河里挑上两桶水，填满厨房的大水缸，再按照既定线路上山砍些柴火，随后胡乱喝点米汤，就一头扎进田地，忙得不亦乐乎。皮肤晒黑了，衣服刮破了，脚磨起了泡，她一笑了之。短短两个多月，口里的吴侬软语就变成了客家方言，尽管不那么纯正，大黄狗见了她竟也摇尾乞怜，城市的印痕逐渐销声匿迹，看上去和村姑并无二致。

唯一的区别，在农田耕作。耙地、插秧、施肥、锄草，个个充满技术含量。纵使竭尽所能，可秧苗的成长丝毫不同情弱者，一整天下来腰都挺不直，活儿却还剩不少。眼泪扑簌而下，只好忍着疼痛加班加点的干。

他的田离这不远，上工、收工，她的田是必经之地。起初，他并没有注意到这个新来的外地姑娘，总是扛着锄头大步迈过。他是本村的土著，父母亲人都对他沿着祖先的轨迹生活繁衍没有丝毫怀疑，甚至已经着手为他挑选合适的媳妇。就连他自己，也安然于“日出而作，日入而息”的日子，没有多余的期许。

一天傍晚，黄昏的落日洒下最后一点金光。她直起身，摘下草帽扇着涨红的脸蛋，不经意间与照例下工的他四目相对。她急忙撇过头，望向一旁。他注意到地里未竟的农活，犹豫了片刻，还是主动走上前去，憨厚地说了句“姑娘，我帮你”，便摆开架势干起来。不一会儿，剩下的活儿被他一扫而光。她还来不及说声“谢谢”，只听得一句“姑娘，早点回去吧”，就剩下一个单纯的背影。

就这样，她和他在垄亩夕照中完成了第一次邂逅。

第二天、第三天……类似的剧情继续上演。直到第七天，她终于鼓足勇气端详他的容貌。个子不高，板寸头，浓眉宽额，有着典型的农民身板，清澈的丹凤眼透出一股未经世事的纯净，泥汗交织的瓜子脸上依稀现出天然的清秀，与实际年龄严重不符的皮肤黑得透亮，补丁的鲜艳盖过了衣服本来的灰暗。

我叫黄谷茂。洁白的牙齿有些耀眼。

慢慢地，她开始期盼他的到来。一到傍晚，总是不停瞟向他的田地。每次，他只是埋头干活，除了两句客套话，绝不会多一个字。一开始，她总想找点由头聊上点什么，缓解冷场的尴尬，又羞于启齿……

几天后，他突然“啊”的一声，单膝跪在田里。一旁正发呆的她一个激灵，立即奔过去。原来，一根小铁钉刺破了他右脚大拇指，殷红的鲜血淌着。她急忙掏出手帕，轻轻擦拭血迹。他摆摆手，“毛要紧，毛要紧”。也不知哪来的力气，她硬是架开他的手，强行把手帕系在伤口上。

于是，他终于坐在田埂上，让她逮着机会开启了第一次真正的谈话。然而始料未及的是，基本上都是她在说，他只是傻傻笑着，偶尔应和一声，憋出三五个字，完全“不平等”。

饭桌上，她一直闷头不语，心里犯着嘀咕。罗四婶以为她想家了，边替她夹菜边轻声开导。她摇摇头，机械地动着嘴巴。

当晚，他的形象不停地涌入她脑中，搅得她梦呓不断。

往后，他每天都在田埂上陪她坐一会儿，依旧寡言少语。时间长了，她熟识了他的憨厚，习惯了他的钝口拙腮，主动打开话匣子，讲大上海的高楼大厦，讲摊贩的吆喝声，讲塑料水枪的“大战”，绘声绘色的，惹得他绞尽脑汁构筑发达喧嚣的场景。甚至在她穷追不舍之际，他也会勉强打开话闸，回忆艰辛的童年经历，以及捞鱼钓虾、捉知了的苦中作乐。

不知不觉，这种聊天方式形成了定式。她仿佛成了一个演说家，定时对着仅有的听众演讲。说着说着，她的心里竟然蹿起了点点火苗，烧得脸颊阵阵绯红。

兴许是心疼一边倒的对话，后来，他特意带上全村唯一的笛子。悠扬的旋律第一次响起，她瞪圆的双眼直射那双粗糙的大手，实在难以相信它们魔术般的技艺。笛声飘荡开去，荡起的不仅是空气的振波，还有甜蜜的涟漪。

久而久之，她习惯了下午干完活，等待着美丽的音符。他也每天把笛子带在身边，期待着黄昏的弹奏。他还会教她土话的发音，没多久，她的口音已和当地人一样纯正。时间长了，她看他的眼神也变了，尽管他其貌不扬，远没有大上海的追求者活络乖巧，甚至有一点木讷和笨拙，但他的纯粹、质朴、厚重，闪耀着金子般的光芒，是都市的小年轻们无法企及的特质，是值得托付终身的充足理由。

本应相隔数千里的两个生命，就这样迸发出炽热的爱情火花。

可是，常人眼里并不登对的爱情，总会经历重重阻碍。这不，当她把这个消息告诉家里，立即招来了一片反对声，母亲气得当场把信撕了。父母先是派三个哥哥轮番出马劝她回家，无济于事后又亲修家书，她就是不从，急得家人如热锅上的蚂蚁。

最后还是最古老的招数奏了效，哥哥们以母亲病重为由，把她骗回了上海。临走前，两人相拥而泣。“放心吧，等我回来！”她的诺言犹在耳边回荡。

一进门，她就被劈头盖脸臭骂一通。尤其是父亲，几次扬起手臂又放下，“这个不争气的东西！”母亲边抹眼泪边苦口婆心规劝：“这么多帅小伙等着你挑，你为啥偏偏相中这样一个穷鬼？”“难道你要在那个穷地方待一辈子吗？”……

起初她还百般辩解，述说他的善良和忠厚，企图说服家人。可不仅得不到半点同情，还招致更猛烈的批评。后来，她知道怎么解释都是多余的，干脆一声不吭，不作无谓的挣扎。父母骂够了，见她没有丝毫悔改，索性把她“软禁”起来，生怕她溜走。

三个月过去了，她没有试图逃跑的迹象，待得很“安心”，看似终于屈服。于是，母亲把每天买菜的任务交给她，也让她“放放风”。

突然有一天，直到傍晚她也没有回来，家人四处找寻都不见踪影。好像坐下午的班车走了。汽车站的某位司机回忆。可是哪来的车票钱？原来，她每天把买菜的钱偷偷省下一点，积少成多，直至攒够盘缠。

她回到黄冠村的那一刻，他热泪盈眶：“我以为再也见不着你了。”

本以为万事大吉，不料当黄谷茂把这份爱情公之于众，得到的竟也是家族的一致反对——

“她是城市的姑娘，怎么可能喜欢你这个乡下癞子？”

“她只是利用你，过几年就会跑掉的！”

“你姓黄，她也姓黄，黄姓怎么可以通婚？”

…………

说来说去，反对的理由主要有两方面。一者认为她对他的爱并不纯粹，难以长久；二者两人都姓黄，违背了本村同姓不通婚的风俗。

然而，任凭族人百般劝导，黄谷茂就是不为所动，摆明了非她不娶。无奈，长辈们只好搬出多年的规矩，既是考验她的诚心，更试图拆散这对固执的鸳鸯。

凡是即将嫁入黄家的准媳妇，都要挑一筐黄家长辈填满的牛粪。规矩看似标尺明晰，实则暗藏玄机。如果长辈们真心喜欢这个家庭准成员，只会象征性装上一点，走个程序。若是这个姑娘不受欢迎，竹筐就会被压得满满的，以达知难而退之效。

那天，筐里的牛粪结结实实，让人望而生畏。黄谷茂的心悬到了嗓子眼。众目睽睽之下，她快步走到竹筐前，把扁担扛上孱弱的肩膀，缓缓起身，踉跄地挪动着，逼出豆大的汗珠。好几次，差点跌倒在地。但她硬是咬着牙，挺到了目的地。在她心里，此刻挑的不是牛粪，而是信念，是命运，是终身的幸福。

这一挑，感动了黄谷茂，感动了面面相觑的黄家人，更为自己挣得了有情人终成眷属。

拜堂成亲的时刻，两人又一次哭了。但这一次，是渡尽劫波的喜极而泣，是历尽坎坷的潸然泪下。

刚嫁入黄家，总有大妈大婶问她，从大城市嫁到这穷山坳里不后悔吗？后半辈子心甘情愿窝在这吗？她只是笑笑，不愿多言语，平日里闷头干活，左邻右舍有什么需要帮忙的事，总是第一时间搭把手，用实际行动回答乡邻的疑虑。

时间长了，村民们逐渐淡忘了她的外乡背景，完全把她当自家人看待。只是她的娘家，虽说生米煮成熟饭，却总有不甘。

20 世纪 70 年代末，“上山下乡”的知青根据有关政策可以返城，娘家人又劝她回到上海。“城里生活条件好，什么都方便，不要留恋那个穷地方了。”她再一次坚拒了这份好意。因为她认定，黄冠村就是她的家，这里有她炽爱的土地，有她的爱人和一双可爱的儿女，她的人、她的心都已经完完全全属于这里。

几十年来，她任劳任怨，孝顺长辈，用勤劳的双手支撑起一个大家庭。公婆对她的态度由抗拒到怀疑，到逐渐接纳，最后逢人便夸。儿女们沐浴着改革开放的春风，南下广东打工闯荡，如今也挣得足够的资本，生活水平稳步提升，还给她生了两个孙子，一家人其乐融融。

如今的黄谷茂，已年过花甲，灰白的板寸像身子骨一样整齐挺立。他还是不太以正面示人，总是来去匆匆，带着些许羞赧。

上次回乡，看到他俩在敞坪。一人择着青菜，一人剥着豌豆，不时相视而笑，一如五十年前。

乡土云集

一株枇杷出墙来！

儿子尖细的声音把墙垣上的鸟惊跑了。他咧嘴笑成一轮弯月，不知是枇杷的缘故，还是活学活用了刚记下的诗句“一枝红杏出墙来”，正嘚瑟着。墙内，水塘静悄悄，鱼儿们偶尔吐一两个泡泡。大大小小的鸡，黑、黄、白，悠闲散着步。沿墙根栽种的枇杷树，新叶翠绿。枇杷们太沉了，树干把力道卸往墙垣，往日粉红的墙壁像爬满了青藤，郁郁葱葱。远远望去，星星点点的枇杷仿佛太阳的光斑。一只大公鸡，昂然立于山坡，突然一抖翅膀，在空中划出优美的弧线，落于水塘边，脚下一趔趄，扑通一声跌入水中。他赶忙拾起一根木棍，借它一把力让它攀上岸。这就叫落——汤——鸡。一字一顿对着儿子说罢，他心底暗自得意，没有比现场实物教学更好的方式了。儿子站在一旁看得出神，似懂非懂地点点头。落汤鸡明显受到了惊吓，怔在水塘边，任水滴下。它应该飞了很多次，没有出过岔子，一米多高的小山坡算什么呢？这次不知怎的，马失前蹄了。它的威信一定大打折扣……

喔喔喔，喔喔喔，喔喔喔！连续九声清脆的鸡鸣，把L君从梦中叫醒。鸡鸣和家乡的太像了，L君分辨了半天，才渐渐摆脱掉半梦半醒的状态，看清楚悬在头顶的蚊帐。时间轴才刚刚走到三月份，蚊子就迫不及待气势汹汹，仿佛要把一个冬天的血量补回来。

喔喔喔！又叫了三声。鸡比闹钟靠谱得多。L君边穿衣服边想。洗漱完，到后院，小公鸡正在桂花树下的土壤里啄虫子。它的伙伴们，要么在沙子里打滚，要么踱着步，要么立在圆坛边发呆，偶尔扑腾几下翅膀。如果不仔细观察，根本看不出有几只公鸡几只母鸡。

一、二、三……照例默数到十二。那只大块头的黑母鸡，是资历最老的。它实在太像公鸡了，硕大的鸡冠红得发亮，走起路来霸气外露。一个月前，当它从革命老区井冈山下来的时候，尚且怯生生的。没过几天，熟悉了环境，就大佬似的闲庭信步。L君的父亲特意翻出一个纸壳箱，里面垫张报纸，给它做了个窝。它也毫不客气，天色一暗，大摇大摆猫在里面。奇怪的是，第二天早晨，报纸一尘不染，只是院子里多了几大坨鸡屎。这是只爱干净的母鸡。L君七岁的儿子总结道。似乎是生活待遇优越，黑母鸡开始下蛋。第一天上午，第二天下午，第四天上午，第五天下午，第七天上午，第八天下午。L君的儿子按规律去拣蛋，一拣一个准，次日早晨，鸡蛋就进了小家伙的肚子。小家伙亲切称它“阿黑”。

清明时节，细雨纷纷，L君陪父母回乡给祖辈扫墓。喔喔喔！喔喔喔！喔喔喔！清晨，各家各户的鸡鸣此起彼伏。田埂边，一排嫩叶钻出墙檐，枇杷晶莹剔透，让人垂涎欲滴。一不注意，枇杷打在脸上，怪疼的。墙里面，公鸡、母鸡、小鸡这儿一只，那儿一群，啄虫子，玩沙子，发呆。L君的儿子整天跑进去，一下把这几只小鸡追得四下逃散，一下踢得那两只母鸡嗷嗷扑腾几下翅膀，没过多久又往鸡窝里探头探脑，想着捎走几个热乎的鸡蛋。

L君的奶奶见状，命令L君的姑姑抓了一只母鸡和五只小鸡，交给L君带回家。L君的姑父也不甘示弱，特意回果园抓了两只母鸡。我的鸡都是在果园放养的，纯天然！两行白牙在黧黑的皮肤中煞为惹眼。这姑父曾是大军区的军官，搞过军事，干过政工，文武兼备，二十年前转业，选择自主择业，白手起家种脐橙。为此，家里可是掀起了一场轩然大波，姑姑都快跟他吵翻了。可谁也拗不过犟脾气的他，租山头，埋水管，施肥，防虫，几年下来，一百五十亩的山地草木蕃茂，金黄摇曳，很快就回了本。几年前，再租了五百亩山头，除了种脐橙，又养了几十只鸡。

回城路上，八只鸡一声不吭，相安无事。L君接到电话，碰巧舅舅从乡下捎了三只鸡来。好家伙，十一只鸡！L君忙着网购笼子和饲料，刚在淘宝的页面下好单，脑海中就想象十二只鸡的世界……

到家。十一只鸡瞬间涌进后院。阿黑的步伐顿时乱了。它看看这只，又瞅瞅那只，有点不知所措。凭我的经验，它们慢慢就熟了。L君的父亲胸有成竹。当L君端出一大盆饲料，往桂花树下一顿时，立刻颠覆了父亲的判断。只见阿黑把满怀期待的同类们一只一只赶跑，谁靠近饲料盆一步，它就冲过去啄谁的羽毛。几只小鸡被这种阵势吓得不敢靠近，果园的两只母鸡早已习惯了我行我素，张开翅膀和阿黑“战斗”。阿黑逐个击破，先把其中一只啄得抬不起头来，又把另一只赶出几米远。它环顾四周，都老实了，这才开始独自享用。其他几只鸡只能乖乖等待，争抢阿黑吃剩的残羹。

两天后，新笼子到了。蓝色的边框，点缀几块迷彩，再铺上几张报纸，明显优于简陋的纸盒箱和竹笼。L君的父亲刚按图纸搭好，正盘算着怎么分配，阿黑可好，大摇大摆走进去蹲着，赶都赶不出来。看在资格老的份上，L君的父亲也不和它计较，准备依次安排。新笼子至少能装三只鸡，另两只鸡一只脚刚踏进去，阿黑又跳将起来，把它们“驱逐出境”，气得老人家无所适从。

鸡的问题还是让它们自己解决吧。L君的母亲一语惊人。于是，L君和父亲“退居二线”，任鸡群自然相处。尽管最大的笼子没了指望，但鸡与鸡之间倒也相安无事，在其他笼子里怡然自得。

L君的父亲前几年退了休，除了看书、练书法，没有更多爱好。儿媳妇怀二胎，他想着多补充点营养，托人从井冈山的一个村庄买了只黑母鸡。

加上此番家里带的，可给自己找了份好差事。每天早晨，第一件事就是点数，生怕哪只鸡被黄鼠狼叼走。接着喂食，什么肉骨头、菜叶、苹果皮、稀饭汤，都一扫而光。再一把扫帚一桶水，清理掉粪便。白天，隔三岔五和它们混在一起。有时什么也不干，看看这只鸡滚沙子，那只鸡飞到窗台上，其乐无穷。晚饭后，把剩饭剩菜收拢到一个盆里，再打着手电筒检查鸡群是否回窝。一天下来，衣服总要汗湿几道。

你对儿子都没有这份耐心。L君的母亲点评道，夹杂着赞许，更多无奈。

十二只鸡，多有乐趣！L君的父亲并没有否定。虽然工作前躬耕多年，放牛、喂猪、养鸭、砍柴样样精通，但与鸡一直缘分不深。没想到养鸡还有这么多道道。已过花甲的老人家乐在其中。不满七岁的小孙子也深受熏陶，常常天还没亮就满脑子想着看鸡，还给它们一一取了名号：阿黄，阿白，歪鸡冠，长尾巴……

十二只鸡里，只有一只公鸡。它的鸡冠像一个小花骨朵儿，和别的母鸡大小相仿，比起阿黑，更是相形见绌。学爷爷的样，L君的儿子每天起床，脸都顾不上洗，就冲到后院“喔喔喔”几声，当他的小鸡倌。那只小公鸡一直默不作声，安之若素。直到一天清晨，“喔喔喔”三声，把L君惊醒，正准备批评儿子这么早训鸡，又是“喔喔喔”三声，带着一丝稚嫩，一点沙哑。L君反应过来，小公鸡受到了儿子的熏陶，学会了打鸣。此后，小公鸡成了全家的闹钟，越叫越娴熟。再看它的鸡冠，好像真长大了些。

渐渐地，小鸡也好，大鸡也罢，熟悉了后院的一草一木，肆无忌惮起来。尽管相互间和平共处，但各有“帮派”——五只小鸡形影不离，舅舅家的三只母鸡是一伙的，果园的两只母鸡总是一前一后。那只阿黑，依然大摇大摆，一副我是老大我怕谁的架势。舅舅家的三只母鸡曾经闹了一次“革命”——从三个方向把阿黑围住，一起扑上去啄它。起初，阿黑被突然袭击搞懵了，鸡冠也血迹斑斑。但反应过来后，它奋起反击，把三个对手都啄得抬不起头来。须臾，这次“革命”被“镇压”下去。往后，阿黑的“霸权”再也没有受到任何挑战。

在阿黑到来之前，后院的客人只有鸟。斑鸠、喜鹊、鸽子、麻雀，时不时降落在青石板上，或乘凉，或散步，或吃虫子。后来，偶尔会有猫来做客。有黄猫，黑猫，也有白猫，灰猫。暖风和煦，或蜷在墙檐上晒太阳，或蹲在雨棚上打盹儿。有时，某只猫从毛竹间露个头，一闪而过。一有猫的迹象，L君的儿子准要从饭桌上跳下来，跑到窗边观望，像是会见神交已久的密友。

一日晚餐后，L君的父亲把剩饭剩菜，加上鱼骨头，落在一个盘子里。第二天清早，把盘子放到后院雨棚上。十时许，一只土黄色的小猫从隔壁墙檐踱来，离食物还有十米，停下脚步，四下观望。约莫十分钟，确认似乎没什么危险，才继续向前。餐毕，用小舌头舔了舔嘴巴，满意地离开了。

一连几日，L君的父亲照例喂食。每到午后，取下盘子一看，皆一扫而光。或许是猫与猫之间有接头的暗语，或者野猫的鼻子异常灵敏，没几天，墙檐上的猫越来越多，几只从没出现过的“同伙”也加入到队伍中。

喂着喂着，习惯成自然，剩菜无论多少，第二天往雨棚上一搁，下午必定光盘。它们吃饱了没有？L君一家人也只能面面相觑。

春节前，因某些原因暂时停止了喂食。那几天，一到上午，就有几只颜色各异的猫守在雨棚旁。怎么食物还没有来？时不时发出几声轻微的呻吟。L君的父亲禁不住孙子的催促，没隔几天，又盛满一盘食物。阳光明媚，先是一只黑猫走来，美美吃着。一会儿，一只白猫爬上墙檐，娇小玲珑，怯生生躲在几米远的地方，不敢上前。又一会儿，一只黄猫从毛竹间探出头来。黑猫吃饱了，小白猫和黄猫才敢上前，享用残羹。L君的儿子特意跑到一旁，静静守候它们吃完。

之后，家乡的农民开始种植春季稻，壮观的场景让L君父亲心里痒痒的。他抓着L君挥着铁锹和镐头把后院的土翻了又翻，挖出了三棵老树兜子，又网购了一堆菜苗。除了喂鸡喂猫，L君父亲又多了份种菜的差事。浇水，施肥，忙得不亦乐乎。网购了一排绿网，扎在土边，权作防鸡的篱笆。还把家里的红色纸盒统统搬出来，挑挑拣拣，搁在篱笆周边，作为防鸟神器。西红柿长得最好。茄子开了紫花。这株苦瓜怎么就结果了，是不是网店老板搞错了？时常自言自语。豆角伸出了一点藤，赶紧找了几根木棍插下去，轻轻把它缠上去。昨晚下了场暴雨，天蒙蒙亮就撑把雨伞穿着套鞋去查看有没有倒苗。一个月下来，辣椒、茄子、西红柿、苦瓜、丝瓜、豆角，纷纷茁壮成长，连搭便车的葱都枝繁叶茂。后院的生气，又盎然了几分。

这个不足一百平方米的小院，位于N城老城区的西北角——它并不是一个完整的行政区划，比街道办事处小一些，比社区又大上许多。只有三条南北走向和五条东西走向的马路，路面并不宽阔，没有什么高楼，多数是老式居民楼，粉墙黛瓦，绿树掩映。但奇怪的是，人们常常走得云里雾里。主人自觉阐述清清楚楚，就是不见人影。就在旁边，就在旁边！电话里怎么说，客人总是晕头转向。微信和定位系统尚未研发出来的阶段，在外来人员眼里，这片区域就是迷宫般的存在。约莫五十年前，大量行政机关布设于此，加上配套的宿舍、学校、饭馆、医院、小卖部、五金店、书店等，人口密度颇大。随着经济社会的发展，越来越多的公务员、老师、学生、白领、医生、匠人、打工者涌进这片区域，小轿车、出租车、自行车、电动车、公交车，塞满各条马路。清晨，分布在各处的拌粉店、牛肉粉店、包子铺、沙县小吃等早餐店率先拉开帷幕，从四面八方冒出的上班族一拨接一拨在寸土寸金的小店面里穿梭，仅有的三两名店小二在端饭、抹桌子、收钱的动作中飞速循环，天再冷，总是大汗淋漓。书店、修车铺、理发店、银行、小超市、营业厅、药店陆续掀开沉重的铁门。晚上，办公室、宿舍、饭馆、酒店灯火通明。

在这个匆匆的地段，生活必然是快节奏的，没有谁会停下脚步，留心一棵树的死活，或一枝花的盛开与凋零。除了极少数的城市原住民，他们都是率先摆脱了土地束缚的人。大部分人十分珍惜来之不易的进城机遇，竭尽全力试图跟上城市的履带。故乡、田园、土地、秧苗，更多的只能出现在回忆和梦境中。每年回去三四趟，已属难能可贵。尽管人们寻找各种各样的方式思念故土——在客厅摆一张全家福，隔段时间打个电话回家，或是与时俱进用微信视频，但他们日日接触的物品，听闻的声响，目光所及，乃至打交道的人的思维，都刻满了城市的烙印。于是，他们从头到脚，从行为到思维，焕然一新。

然而，这片步履匆匆的区域似乎并没有把每一寸土地调教得同频共振。偏居一隅的院子，像是漏网之鱼。它恬适，安静，不事喧哗。它是什么时候建起来的？前身是什么？L君也不清楚。他只知道，它在他的前任住户居住时是存在的。或许在它被改造成一个院子之前，同样是“城市”的。那么，改造它的人，是无比睿智的。他在院子中央栽了一棵桂花树，每到农历七八月，白色花瓣细细密密的，浓香馥郁。关键还种了十几棵竹子，八九米高，翁绿欲滴，看着看着，就想起了王阳明。竹子里到底隐藏着何种莫测神秘，让他格着格着就恍然悟道？不止于此，还有大自然的馈赠。L君讲了一个故事——

某日清晨，天色混沌。桂花树被一夜风雨打落了不少枝叶。竹叶裹着泥土歪七倒八，夹杂着隔壁院子荡来的落叶、花瓣，使院子变得凌乱不堪。L君下意识操起扫帚，清理一地红绿黄。竹枝掠过之处，顿时洁净清爽。差不多把一地落英归拢，正在查遗补缺。咦，有两三片树叶怎么扫也不动，死死钉在原地。被青石板卡住了？侥幸躲进了扫帚的盲区？正弯腰去拔，猛地缩回手。并不是夜间的“空降兵”。青石板的狭窄缝隙间，簇簇新绿露出尖尖角。像襁褓中的婴儿，缓缓试探人间烟火。它们是如何挤出重围的？是不是缝隙留的太大？可半年前，板砖才重新铺过，工人们干得热火朝天的景象，仍记忆犹新。底下还垫了层厚实的水泥。可眼前的绿，的确是穿透了水泥层，顶出脑袋来的。扭过头，左边，右边，后面，都有隐隐的嫩绿。看样子，它们的根，早已呈几何倍数分蘖，把下面的土壤搅得天翻地覆了。

L君惊诧住了。日日进出，竟毫无察觉。无意间，它们必定被踩踏了多次，也被同一把扫帚反复摧残，桶里猛烈倾泻的清水也没有把它们打折。生存环境如此恶劣，得有多么顽强的意志才能傲然挺立？换板砖前，它们是否存在？与菜地里的土壤有没有直接的关联？L君轻轻拉扯草茎，纹丝不动。不敢继续使劲，生怕毁坏了这一抹坚强的风景。

他抬起头，望着院墙上方——也是一个清晨，天光熹微。下楼梯的一刹那，一排绿撞入眼帘。它们是从哪冒出来的？好像从来未曾谋面。L君冲到楼梯口，揉揉眼，尽力卸去惺忪。它们个头娇小，每株几片分叉，仅仅延展二十来厘米，没有别的伙伴。乍一看，像是完全淹没在隔壁院墙茂密的爬山虎中。均已灰暗的下半身诉说着岁月的印痕。可为什么日日上下楼梯却从未注意？它们的周边布满玻璃片，边缘锋利，却丝毫不影响倔强绽放。它们似乎没有任何养料。噢，它们和玻璃片的底层，铺着一层淡淡的青苔。莫非这层有点自身难保的薄青苔，就是唯一的养分？

一高一低的柔韧顽强，与处于显性地位的桂花树和竹子们，形成了某种不可言说的美学互动。难怪梅特林克会感慨万千：“如果人类用上花园里任何一株小草显示的力量的一半，来消除痛苦、衰老、死亡之种种阴影，那么我们的际遇，将与现状大不相同。”

直到翻土挖树蔸时，才发现土壤里远不仅仅是土，除了蚯蚓、蜈蚣等昆虫，更多的是植物的盘根错节。就连两面墙相接的直角棱，也暗藏了一根小竹笋，一米多高，纤细，娇羞，像是严丝合缝粘上去的。眼睛的盲区为什么这么多？L君像在自言自语，更像在揭秘。

这种美学的开创者，即那位神秘人物，是主动想滋养乡愁吗？还是被什么外界因素影响？抑或是纯粹的随意插柳？有心也好，无心也罢，总之，不显山不露水，这个生于城市长于城市的院子，有了丝丝乡土气息。树、竹、草三种原生物，充当着全权代表。家乡的桂花树总是泛起同样的香气。小河边的竹林，排开一道墨绿的幕帘，风一吹，竹叶飒飒作响。草木葳蕤，随意采摘一片，一季的艾米粿便原料充足。

可以肯定的是，那位神秘人物完全没有料到，若干年后，这方院子乡土气息愈发浓厚，足以成为乡土的云集地。它是这片区域的异类，与周围的节奏一点也不合拍。早晨公鸡打鸣催人醒，群鸡百态等候观赏，随手可捡一两枚鸡蛋，嗲声嗲气的猫叫挠得人心里直痒痒，与鸡争食的斑鸠、喜鹊贼顽皮，新长的嫩竹一天一个模样，豆角苗爬得老高，茄子、辣椒、苦瓜的绿叶交织缠绵。置身其中，宛若置身缩微的乡土，忘了时间，脱了俗骨。

围墙外，城市的脚步愈发矫健。东，南，西，北，一座座塔吊随处可见。写字楼、住宅楼、商业中心密密麻麻，高耸入云端，把天空割得四分五裂。高架桥似长龙摆尾，越摆越长，圈进大片陌生地段。铝合金窗威风凛凛，把人们的双脚勾离土地，朝向广阔黄土的脸庞转向狭小的液晶显示屏。钢筋，水泥，沙子，瓷砖，工程管道，人造板，气味各异的油漆，拼凑出一个个密闭的空间。城市的声响彻夜不息，这群人的夜生活刚刚告一段落，那伙人已经接班上岗。每一块重新规划的地块，除了一幢接一幢高楼之外，绿化带，小路，健身区，儿童娱乐设施，每个角落都精心布局，不浪费一寸土地。它把原先处于城乡接合部的地方吸纳进来，又收拢了一些乡村，催生出新的乡愁。于是，城市的框架越拉越大，乡愁的情绪四处蔓延，“没用”的空间原地踏步。

在矫健步伐的带动下，几年前，行政机关陆续迁往大江对岸的新区，引来一系列连锁反应——曾经赚得盆丰钵满的餐饮店纷纷改换门庭，宾馆的入住率大幅降低，人流和车流渐稀，居民脚步放缓了节拍，宿舍楼里的灯光也逐渐参差不齐，小院所在的区域忽然间安静了下来。城市的心脏像做了移植手术般转至另一个部位。

整个过程中，尽管在N城所占的面积比例愈发微不足道，但小院始终淡定。像一个饱经风霜的老人，阅尽浮世苍生，任年轻人如何折腾蹦跶，仍不闻不问，兀自过活。头顶上的天空是完整的，云朵飘荡的轨迹一览无余，桂花树依然八月飘香，新竹们总在春天冒头，野草继续把瓷砖缝硬生生撑开。虽说人流涌向新区，小院的周边并未急剧衰败。由于生活的习惯，老年人不愿轻易更换住址，学校的优质资源，又牵绊住适龄儿童一家。行政机关的原址，陆续填进了新的单位。这片区域作为城市的肌体依然粗壮强健，作为城市的功能依然活力充沛，并且释放出更加充足的环境容量。阿黑和它的十一个同伴，就在此时闯入了美学的空间，让小院的分量逆势上扬。

别的城市也有这样一方院落？难以定论。在模式化的城市里，广场、体育馆、大卖场、超市、纪念馆必不可少。就像卡尔维诺笔下的忽必烈，发现马可·波罗的城市几乎都是一个模样的，“仿佛完成那些城市之间的过渡并不需要旅行，而只需改变一下她们的组合元素”。每当马可·波罗描绘某一座城市，忽必烈就会自行从脑海出发，“把城市一点一点拆开，再将碎片调换、移动、倒置，以另一种方式重新组合”。但容纳了猫、鸟、树、竹、草、菜的内涵丰富的小院，估计踪迹难觅。它不是几种生物的物理叠加，而是发生了难以言说的化学反应。它并没有磷在氧气中燃烧生成五氧化二磷的白烟蒸腾，却更加化学。

川端康成说过，“人感受美的能力，既不是与时代同步前进，也不是伴随年龄而增长”。有的美，只会被某些人发现。有的人，身边尽是美的因子，却大眼漏神。从表面上看，一方院落实在不美，甚至因为鸡屎和鸡本身的味道而颇为邋遢。它太普通了，普通到似乎没有功能，不就是养了几只鸡吗？但这样一方在城市化进程中踽踽独行的院落，云集了多种生物的院落，充满了生命的伟岸张力，这些不同质的生命之间和平共处，和谐共生，真正构筑了一个清静自在的美学状态。日日驻足，方才理解了康德关于美是一种无目的的快乐的深奥论断。它是一个见证者，一个观察者，一个思想者，见证了城市的变迁，又戴着城市的眼镜回望乡村，以既城市又乡村的身份思索城乡变迁的历史逻辑和城乡的辩证关系。

喔喔喔！小公鸡的叫声越来越有成熟范儿。阿黑依然高产，高过其他母鸡的总和。盆里的沙子被小鸡们欢腾得即将见底。前几天，L君的舅舅从乡下来，又捎了两只鸡。它们迅速和之前的同伙打成一片，仿佛久别重逢的战友。L君的父亲只好又网购了一排绿网和细木棍，把毛竹的区域圈拢围住，作为鸡群白天固定的活动场所，只是有的鸡并不安分，打几下翅膀就攀着木棍飞到网顶，一跃而出。两只新来的白鸡更是长时间立于网顶，睥睨一切。阿黑不动声色，视它们为跳梁小丑。有时暴雨倾盆，雨点打在雨棚上像断帛裂锦，突然一地鸡毛，一地落叶。

阿尔贝特·施韦泽说过：“敬畏生命产生于有思想的生命意志，它内在地和共同地包含着肯定世界和生命与伦理。从而，敬畏生命始终是对一切伦理文化理想的思考与意愿。”L君的一家，似乎在人们反复哀叹田园将芜之际，找到了一条安放乡愁的捷径，升华了自身的生命意志和伦理哲学。人与自然，乡土与城市，出走与回归，最终归结于人的自觉。简单说来，即人心。心在，随处乡土，生命自在。

苦难醇香

20 世纪 40 年代末，我爷爷结束了近 10 载的颠沛流离，这个曾被唤作“野杂种”，睡牛栏、当奴仆的年轻人，充满了对家的渴望。

新中国的成立，带来了命运的转机。爷爷主动参与村里工作，帮助村干部宣传政策、做思想工作，凡是乡亲们有难处，也都帮上一把。日积月累，乡亲们逐渐对爷爷高看一眼，还高票推选他为民兵指导员。几年后，爷爷与同样家徒四壁的奶奶喜结连理，组建了家庭。渡尽劫波的爷爷倍加珍惜来之不易的幸福生活，将家风的培育作为首要任务。

白手起家，坚强是爷爷的立身之本。面对生活的艰辛，爷爷没有丝毫畏难，毅然扛起养家糊口的重任。孩子们陆续出生，添丁增口的压力不断加大，奶奶曾怕养不活，喝草药差点把肚里的二叔打掉。爷爷给奶奶打气：“不要怕，千斤担子我会挑！”每回村里分粮分油，大叔和二叔总是碰一鼻子灰：“你们家人这么多，工分又没有做够，不能领！”兄弟俩只好含泪背着空箩筐返回。爷爷每每安慰道：“不要紧，还是靠我们自己。”

在工作岗位上，爷爷是刚正不阿。“文革”期间，造反派勒令负责管理档案的爷爷交出全部档案并当众烧毁，爷爷凛然拒绝：“谁敢做谁去搬，要我去拿办不到！”虽然被造反派拽去挂牌游街，但是爷爷坚持原则的正气和硬骨头广受赞誉。

在物资匮乏的年代，9 个孩子都能长大成人，勤奋是另一大功臣。爷爷每天起早贪黑，不仅要做大量农活，而且主动到后山开荒，种了一大片毛竹、柿子树、橘子树、柚子树，并在全村率先学会了种茶，还养猪、养鸡、养鱼，既满足自食，更能卖钱贴补家用。叔父们六七岁就开始放牛、砍柴，十几岁时对于农活已是样样精通。父亲小时候的插秧技术远近闻名。三叔天蒙蒙亮就上山打回一担柴火，再步行10余里路上学，晚上帮奶奶收拾好家务后，才在昏黄的油灯下苦读，每天睡眠不足5小时。但大家都不觉得累，反而争着为家里分忧，相濡以沫。

虽然入不敷出，但爷爷奶奶常把为善挂在嘴边。令叔父们记忆犹新的是，吃饭时最怕乞丐上门，因为奶奶必定会接过碗，拨去一点饭菜，还好言相送，而他们只有巴望着，还得听奶奶反复唠叨："人家更困难，不能坐视不管哪。"起初并不理解的叔父们，看到乡邻总乐意带些猪肉和米酒来家里聊聊天，帮衬着家务，自己也在一次次为善中体会到赠人玫瑰、手有余香的快乐，渐渐悟出了助人者自助的道理，悄然固化了为善的习惯。

家风是一个大家庭的文化积淀和传承，非一朝一夕所能树立。如今，叔父们有的在故乡的政府机关独当一面，有的通过自主创业打响特色品牌，有的以赣州市高考榜眼的优异成绩走进京城，正是得益于在潜移默化间将坚强、勤奋、为善的家风内化为一种自觉，在家风的助推下走向成功的彼岸。

倒置

三十多年前，春节，我第一次回老家。

凤凰崇乡，黄冠村。无论名字多么优雅，地理距离却骨感万分。一整天的班车，从一个省的北端坐到南端，住上一晚，再转车到县城，搭顺风车进村。车子在泥泞的羊肠小道剧烈颠簸。山，格外雄浑，仿佛被它们包裹进来，便永无出头之日。

两层土坯房，是爷爷家的全部。除七叔、八姑、九叔尚在读书外，家中只剩二老。依然入不敷出。那时，还没有电。夜幕降临，除了两支蜡烛的微光，整间屋子，乃至整座村庄都漆黑一片，伸手不见五指。聊天，是打发时间的唯一方式。几天晚上，来家里聊天的人都不一样。几乎每个人都是陌生的。我蜷在妈妈腿上，听着分贝不一的声响，默默熟悉村人村事。

一晚，一股脑拥进四个壮汉。个头相仿。二十多岁，外溢的青春中透出泥土的芬芳。肌肉线条清晰，皮肤黝黑。好似有一个叫罗长生。他们是亲兄弟，我们家的近亲。在之后相当长一段时间里，我只从爷爷说的一长串话语中择出了这一句。在步伐已步入新社会，但生存还需要靠农耕生产的年代，四口壮劳力，总是令人羡慕的。走在路上，虎虎生威。我爷爷的前四个孩子，只有父亲一个男丁，相形见绌。每逢上工下工，几把锄头大摇大摆地晃过，在夕阳映照下拖着长长的影子。乡邻们都避让三分，不愿惹上他们。虽然整体生活条件都不高，但不愁吃穿，也称得上充裕。

衣服上密集的补丁，是罗文堂留给我的第一印象。他同样是我们的近亲，和爷爷同辈。媳妇给他生了两儿一女，一家五口挤在简陋的两层砖瓦房，靠一亩三分地糊口。与祖辈和乡邻一样，他的生命似乎也能在日出而作日落而息中一望到头。与罗长生家比，似乎天壤之别，但他的两个儿子是幸运的，除了基本的砍柴挑水放牛，他们的主要任务就是读书。哪怕再勒紧裤腰带，学习的基本费用坚决不能少。为此，罗文堂买来猪崽和鱼苗，把能利用的空间都开辟出来，加上鸡群孵出的小鸡，收入倒也勉强凑合。当时我就觉得，那两个腼腆的中学生，好像和同龄人有点不太一样。

罗文堂屋后的土坯房，住着罗北京一家，同样是近亲。房子四处渗水，屋顶随时要塌下来似的。貌似从没见他换过衣服——草绿色夹克，咖啡色裤子，黑色套鞋。都泛着白。没有一件像样的家具。仅剩几亩耕田，守着一儿一女，孩子们整天挂着一串鼻涕，四处闲晃。是全村出了名的贫困户。他们能不能生存下去，成了整村人共同的担忧。

与乡邻们比起来，罗长生一家真是太雄壮了。他们的未来像地平线上的红日，满满的希望喷薄欲出。

光阴荏苒，每次回乡，变化是明显的。坑洼的村路一段段被硬化，村口的乡道铺成了水泥路。车多了起来，从最初巴望着看个够，到几乎每家一辆，粤 B、粤 E、闽 C 等外地车牌频繁出镜。房子越修越高，小洋楼一幢接一幢，不少大门刷饱油漆，鲜红、阔气。有的砌出单家独院，两座石狮子守门，宫殿般气派。自然少不了与这些近亲会面。罗文堂的儿子们终于修成正果，读完小中专，学了门手艺，东出福建淘金去了。在外出打工潮席卷而来之际，家庭负担沉重的罗北京选择留守。承包了二十多亩撂荒的田地，再做点小生意，腰包也慢慢鼓了起来。只是，罗长生兄弟似乎有点特立独行。他们的皮肤愈发黧黑，背驼得更加厉害，目光充满迷茫。每家的人口总在增加。这家的儿子生孙子了，那家的女儿又怀上了。只有他们家的人口一直原地踏步。虽然并不绝对，但人口的数量似乎与家庭的兴旺成某种程度的正比。至少，一个人口递减的家族，难以承担起枝繁叶茂的重量。

原来，他们爱上了酒——这个让人神经兴奋，忘乎所以的尤物。一回家，迫不及待钻进厨房，有的切菜，有的炒菜，有的开酒。一缕细瘦的炊烟伴着酒香腾空。不一会儿，四兄弟便围拢来，沉溺于酒的世界。他们的情感，都在微醺中释放。酒精从每一个毛孔渗透出来，亢奋着每一个细胞。浓烈的乙醇味钻进屋顶、房梁。这个时候，他们忘记了现实，忘记了天地，忘记了女人，甚至连彼此都忘记了，忘得干干净净。仿佛进入了一种状态，平常无论如何都找不到。有点像飘飘欲仙，也有点像世外桃源。

渐渐地，酒成了四兄弟的上帝，成了生活的全部意义。下工第一件事，就直奔酒这个主题。不同的只是，喝哪种酒，在哪里喝，和谁一起喝。黄冠人家都会酿糯米酒，只是味道浓淡不一。起初四兄弟多自酿米酒，后来干脆买烧酒喝。酿酒多麻烦啊，要选取优质糯米，洗净后放入饭甑去蒸，蒸熟后用冰凉的井水淋透，除去热气，再将“酒药子”放入拌匀，装入大缸中压实，旁边铺垫一些稻草，上面盖上几层厚棉絮，像抚育小鸟一般营造一个温暖的“窝”。哪有那工夫？还是买吧。四兄弟不谋而合。在酒面前，媳妇显得并不那么重要。他们微薄的辛苦钱，都换酒喝了。喝酒的姿势很统一，像是一个模子刻出来的，提起酒瓶就往嘴里倒，似乎喝的不是酒，而是水或饮料。平常伶俐的口齿变得含混不清，每一个字都像酒缸里吐出来的。

喝着喝着，身边的同龄人陆续娶妻生子，而罗长生兄弟却一直安之若素。父亲与罗长生的哥哥同岁，当兵进城几年后便独立成家，每次带我回乡总要劝劝这帮童年的玩伴。可下一次回来依然毫无动静。或许是他们彻底抱定了“人生得意须尽欢，莫使金樽空对月”的嗜酒如命的态度？或是偶有动心的姑娘也被满屋酒气熏跑了？或是钱袋空空连聘礼都下不起？原因只有他们自己知道，但可以肯定的是，讨老婆这件在数千年文化传承中的头等大事，在罗长生兄弟眼里，失去了应有的位置。曾有不少乡邻好心劝他们戒酒，想点正事，刚说了没两句，兄弟几个就粗鲁拒绝，“村里哪个男人不喝酒？”——是啊，同村的男人都会喝，下了工都要靠酒解解乏，连七八岁的男童都能干掉一大碗米酒。但人家啥事儿也没耽误啊。可几兄弟不看这些，凶神恶煞地甩下几个字，把人家没说完的话全噎了回去。

尽管如此，毕竟架不住左邻右舍的冷言冷语，母亲也频繁催促，心里烦呐。但他们又从不想办法，任这种情绪蔓延。于是又想起了酒，仿佛酒里能钻出个林妹妹。嗜酒成性的人，是不是真的眼里会出现某些幻觉？酒，成了唯一的解药。可越喝越解决不了问题，越解决不了问题越喝，酒与烦闷相互交织，像一个雪球，越滚越大。总有一天，要灰飞烟灭。

长此以往，他们就像泡在酒坛子里的人，一出现在周遭，酒精味便扑面而来。每天清早出门，似乎是从酒坛里捞出来一般，眼睛鲜红，神情呆滞。某种程度上，他们成了酒的代名词。不知有多少个空烧酒瓶从罗长生家里被丢了出来，门、窗户、桌椅，甚至晾衣服的竹竿，由于酒精常年挥发和浸润，已经渗进了木质的纤维中，散发着陈年的醇香。他们的父亲过世，几兄弟安排好后事，又重复着往日的生活。老三由于精神疾病，毫无征兆地离家出走，音讯全无，三兄弟找了很久都无功而返，索性把他忘了，继续沉浸于半梦半醒的世界。乡邻们也渐渐不过问了，谁愿意嫁给一个酒鬼，伺候一屋子的酒事？

表面的、短暂的光鲜终究敌不过岁月的侵蚀，三兄弟的背愈加佝偻，本就黝黑的皮肤即将与浓密的胡须融为一体，用“衣衫褴褛”来形容他们的穿着一点儿不为过。酒成了他们无法战胜的魔鬼，越是被它伤害，越离不开它。肝和胃就像没有杉板遮掩的房架，日晒雨淋。尽管做菜的手艺很不错，做出的菜在村里算得上美味佳肴，但这并不足以抵消酒的浓烈。前几年，罗长生的哥哥无缘无故暴卒于家中，余下的两兄弟未去深究病因，只是稍戒了几天酒，将哥哥草草安葬，又回归到如痴如醉的世界。他们早已成为乡邻们茶余饭后的谈资。当然，也必定是大伙酒过三巡之后逃不脱的话题。那些已经被酒精猛烈刺激的大脑，谈起酒，不更是兴奋异常吗？一不小心就扮演起小说家的角色，把简单纯粹的故事尽情演绎。世上没有密不透风的墙，总有些许传入当事人的耳朵里，然而两兄弟没有丝毫觉得丢脸，照样当他们的“日光族”。

罗文堂、罗北京们也喝酒。不管春夏秋冬，他们的屋里总囤着几桶米酒，邻居串门，总把酒碗筛得满满的。刚抿一口，又迅疾满上。有时也会喝高，罗文堂就总是晃悠到我家院坪上，随意拽一把椅子，跷个二郎腿，把根烟，一有人来，就救命稻草似的抓过来聊个没完。但他们有度。陪儿孙做作业，商量新房子怎么建，外出做工，坚决不喝。像是内心的约法三章。

尽管罗文堂每天还在种田、放牛、砍柴、养鸡，几十年如一日，但他的两个儿子打拼得有模有样，逐渐成长为企业的小主管。知识和技术的积淀总有一日要兑现为实质内容。尤其是去年，他家不仅原先的老屋全面翻新，还在旁边建了一栋新房。那宽敞的空间、通透的结构、超高的层距，出门便是绿油油的稻田，远处绵延的山脉尽收眼底，空气中的负氧离子含量丰富，噪声更是无处寻觅，恐怕城里最金贵的别墅也难以媲美。罗文堂这边住住，那边躺躺，颇有成功人士的感觉。前年，长孙又考上了省城的大学，全家也跟着水涨船高。罗北京当然也不会离开村里，大城市在他眼里并不比这儿强上多少。也就这几年，他刚翻修了老屋，又在百米开外紧挨着罗文堂小洋楼的宅基地盖了一栋新居，还添置了新车。不过二三十年光景，没有飞来横财，凭的只是木工、泥瓦匠、漆工活儿样样精通的好手艺，四处帮人盖屋修房，加上承租田地的收入，便从一贫如洗昂首奔入小康，令人刮目相看。

上次返乡，父亲委托我给罗长生兄弟俩捎去一些食物。我顿时反应过来，罗长生的家，自己竟从未踏足。从辈分上论，罗长生兄弟是我的爷爷辈，关于他们的轶事也听了很多，每次回家也会坐在院坪上闲聊一二，不过单独上门还是第一次。我沿着崎岖的小路走着，心怀忐忑。以酒为生的家庭会是怎样一种摆设？这会儿下午三四点钟，是否会有推杯换盏的磕碰声？会否有一个柜子，专门存放喝空的各式酒瓶，那琳琅满目的玻璃器皿，供他们朦胧的眼球时刻欣赏？除了二锅头、四特、章贡王，是否还有三两个茅台的醒目标志鹤立鸡群？对了，或许还有烟，甚至是一定的，弥漫的烟雾给陈旧的墙壁留下了什么？与满屋的酒精又发生了怎样的化学反应？当然，或许我会得到更多意想不到的深层次的视觉冲击……突然，一阵20世纪30年代上海滩的舞曲响起来，正纳闷着，到了附近仔细一听，这靡靡之音正是从他们屋里传开的。大门紧闭，几根木条支起的窗户糊着一层泛黄的报纸，充当简易的“窗帘”，几条蜘蛛网的残线随风晃动，晶莹透亮。我叹了口气，开始敲门。里面毫无动静。用力敲了好一会儿，依然如故。十有八九是出门忘关录音机了吧。正准备返回，碰巧一个十二三岁的孩子从斜对面的小路蹦跶出来，看我拎着东西站在门口，便笑着告诉我：“在里面，都是这样的。”我下意识地一怔，跑到窗户口，边拍木条边大声喊：“长生爷爷，开门。”似乎有了一点儿床板咯吱作响的动静。不一会儿，门开了一条缝，罗长生的四弟两眼通红，意识恍惚地探出脑袋，粗粗地吼了一句：“哪个！”一股浓烈的酒气扑面袭来。我先是一愣，随即感到胸口堵得慌，快步上前表明来意，放下东西便逃也似的离开了。

我为什么要“逃跑”呢？他们并非陌生人，更何况知根知底，身上还流淌着相近的血脉。我对自己那一瞬间的选择感到无解。或许，屋里的情形还是留在虚拟的想象中更为妥当吧。

随着时间的推移，原有的劳动力优势已荡然无存，种田仅是维持最基本生计的初级手段。左邻右舍的年轻人，逢年过节纷纷开着五颜六色的小轿车回来，挎包里鼓囊囊的，出手也越来越大方。这兄弟俩用布满血丝的眼睛观望着，心里可不是滋味。是单纯的羡慕？是痒痒的嫉妒？是后悔当初没有努力进取的遗憾？还是已然难以望其项背干脆自暴自弃继续沉沦下去的麻木？或许几种情绪交织在一起，五味杂陈。反正酒还是没有戒，在老乡们面前还是一副醉醺醺的模样。哪家要拆旧屋建新屋了，倒常常喊上他们搭把手，事后按市场价付点酬劳。他们也没有任何尴尬，顾不上一块儿长大的面子和曾经的强势，只要有活干就意味着能赚票子，有票子就又能放手买醉了。这时他们丧失已久的劳动力优势又显现了出来，半天挑的砖比人家一整天挑的还多，只可惜多挣的那点血汗钱不出两天又进了小卖部老板娘的腰包。从表面上看，每临节庆日，他们也和别家一样，得以加餐享福，不得不算是一种讽刺。

日子总是要过的，无论外面的社会如何日新月异，罗长生兄弟的酒事还将延续。的确，酗酒于他们而言并没有多大的过错，他们无须成为道义上的典范和承载职责上的担当，酒在他们面前只是一种特定的物质，一种能让肉体和精神得到愉悦的液体，尽管这种液体毫无疑问是他们始终挣扎在贫困线上的罪魁祸首，甚至是他们走向消亡的催化剂。难道不是吗？如今他们剩下的，只有力气。可数年后呢？他们的生活来源在哪？酒从何而来？谁来赡养他们？又有谁能为他们送终？当他们百年之后，那幢陋败的房产，依然跳动着生命的田地，又复归何处？

罗长生兄弟的步伐，是否会是村庄变革的前奏？再过若干年，很多村庄是否会像某些学者预言的那样，遗忘本来的面目，丢失黏附在自己身体里数千年的笑容与泪滴、家规与祖训、相濡以沫与衣锦还乡，以及潜藏在土壤中的历史密码，甚或完全消亡？但至少，在时间的强势包围中，罗长生们像一枚被含在嘴里的糖球，融化的速度越来越快。

雨后的阳光金灿灿的，似乎含了金属，温暖，更有重量。罗长生照例坐在我家的院坪，背快弯成一个直角，裤脚挽得老高，胡子拉碴；他右手托着下巴，呆望远方，似有一层淡淡的忧伤。这个姿势，成了黄冠村的经典。

米酒馚馧

每年深冬，黄冠村的窗台屋瓦，除了柴米油盐的素淡，总有一种额外的味道飘出。它有一点淡淡的香，又带点甜，还衔着迷人的醇。它无处不在，又似无处可寻。那准是各家各户照例开启了酿制米酒的工序。

躺在赣南黢黑连绵的山峦里，黄冠村并没有傲人的天姿。蜿蜒起伏的黄土地上，一条小河逶迤而过，一弯乡村公路连接若干羊肠小道，一栋栋农居散落，双季稻年复一年。平淡，质朴。但好在，还有金黄香气馥郁的米酒，给黄冠村挂上了一块金字招牌。

黄冠人爱米酒。老的，少的，壮汉，婆娘，都是忠实粉丝。时不时小酌两口，习惯成自然。上工前，豪饮一碗，像士兵出征前的壮行。下工后，放开肚量灌上几盅，消解一天的疲乏。农闲时，拎着酒壶四处转悠，随缘找个伴儿唠唠嗑，一碟花生米足矣。喝高兴了，用筷子蘸一两滴，轻贴在怀里婴儿的嘴尖，小嘴吧嗒吧嗒，面露微笑。不经意间，替代了奶香。

黄冠人能喝酒。米酒后劲足，但黄冠人似乎天生免疫。古人是“三碗不过冈”，黄冠人是“三碗刚起兴”。嘬一口，半碗就没了踪影。一大壶酒，喝不了两顿便见了底。来了客人，一定要筛酒款待，不明就里的外乡人甜着甜着，手脚就突然间不听使唤，一醉几个钟头。

黄冠人更会酿酒。每家每户都技艺娴熟。酿制米酒，是黄冠人的基本标识。选取糯米，洗净后放入饭甑蒸煮，蒸熟后用凉水淋透，除去热气，再将“酒药子”（当地土话，相当于做酒的一种作料）放入拌匀，并装入大缸中压实。几天后，掀开盖子，浓浓的醇香便扑面而来。

程序尽管简单，但对工艺的要求很高。像其他工艺品一样，米酒的出炉也有优劣。有的颜色更深，有的醇度更浓。有的人家就比隔壁邻居做得好，有的老人家出手就比年轻人来得香。里面的道道儿可不少。糯米得是优质产品，这是决定成品质量的基础。蒸熟后浇淋的凉水最好是井水，不仅温度低，更是水质纯。装酒的大缸必须用开水烫净，还要铺垫一些稻草，上面盖几层厚棉絮，像抚育小鸟一般营造一个温暖的“窝”，否则“孵化”的过程中可能随时夭折。再如农妇的经验丰富与否，手里的寸劲儿把握如何，做好一缸米酒着实不轻松，一不小心就会前功尽弃。

当然，米酒的酿制也有核心技术。“酒药子”的配方，很大程度上决定了米酒的色香味。各家各户的“酒药子”都源自祖传，一到做酒的时节，就各显神通，与糯米发生着形形色色的化学反应。谁家的酒更香，谁家的酒色泽更鲜亮，一看就是“酒药子”厉害。时间长了，彼此心知肚明，也都心照不宣。但名声，必定是传开了。

米酒的存放同样十分讲究。如果随意晾在空气中，就会迅速变质。只有置于密封性能上佳的器皿里，方能保鲜较长时间。尽管米酒如此娇气，但因为它的味美醇香，大家依然愿意花费时间，投入精力。

一年一度的米酒季，巅峰在年关。村里张灯结彩，喜气洋洋，餐桌菜肴各异，只有米酒从不缺席。走亲访友，提上一壶米酒，算是很高的礼遇。主人家打头阵的自然也是米酒，无论早中晚，必定倒上一碗，满到一碰就洒。才喝上一两口，主人准又拎着壶走上前来，在盈盈笑脸中强行续满。没走上几家，已然头重脚轻。正月头几日，村长总要在空旷场所布置几张大桌，组织乡邻带着酒菜聚会畅谈，米酒争艳之际，也把节日的气氛推向了高潮。

米酒不值几个钱，但它却是游子心中家乡的象征。每次出门，闲杂物什可以少带，但父母捎上的米酒却不可或缺。想家了，抿上几口，家乡就幻化眼前。有心事了，斟满一杯，烦恼便抛到九霄云外。

在黄冠，经过日积月累的沉淀，米酒已经不仅仅是纯粹的化学，也是社会学，更是哲学。一壶一壶的米酒，画着岁月的年轮，滋育着黄冠村的代际传承。它的醇香，涵养着丰厚的生命之道。

半份辣椒炒肉

自从外甥女出世，小姨就从我家的常客变成了稀客。年前，趁外甥女送回爷爷家，小姨才腾空来家里拜年，跟母亲唠唠家常。到了饭点，餐桌上照例摆着一盘辣椒炒肉，那个场景又不约而同地从两姐妹的眼里蹦了出来。

小姨出生于 1962 年，比母亲小三岁。那是一个大多数人都无法饱食的年代，加上另外还有三个哥哥，家境十分贫寒。外公在镇粮管所工作，靠一点微薄的工资养家糊口。没有工作的外婆每天早出晚归给人扛麻包，当搬运工挣点辛苦钱，所幸打小砍柴担米的外婆身板硬朗，一次可以挑上百斤的担子，挣得也比旁人稍多一点，勉强能够应付度日。每天外公外婆都要精打细算，做多少米、放多少菜，一块肥猪肉也是小心地往锅里擦上一圈就赶紧包起来存好，生怕占用了下顿的油。饭桌上，每个小孩只能分到半碗米饭，菜也基本定量，吃完大家都要用嘴在碗里舔上好几遍，生怕漏掉丁点营养。日复一日，饭后不一会儿肚子又重新咕咕叫唤，却由于无法奢望任何的零食,这种长期意犹未尽的"半空腹"状态渐渐成为一种习惯。

粮管所名义上管粮，实际上并没有什么福利，也不存在"近水楼台先得月"，只是每年春节前给员工们加一次餐，算是唯一的褒奖。这一餐现在看来实在算不得什么，一份辣椒炒肉配几片绿叶菜，但几十年前已是难得一求的美味佳肴。外公每次都舍不得吃，总是把饭菜让给两个女儿。加餐那天，母亲和小姨一大早就开始掐时间，早早到粮管所食堂门口候着。

好不容易挨到开饭，同事们都催促外公，“老袁，你的两个丫头早在楼下等着了，你快给她们打饭吧”。工作负责的外公总要把手头的事处理完再下楼，弄得母亲和小姨一见面就不停埋怨他下班太晚，又要排好久的队。外公总是笑着敷衍：“好好好，下次一定早一点。”

遥望着热气腾腾的饭菜，尤其是若隐若现的红红绿绿的辣椒片，母亲总嘀咕着：“前面的人怎么这么慢啊！”旁边的餐桌上，已经碗满钵盈的员工们早已摆开架势：有的左手一把勺，右手一双筷，双管齐下；有的快要把头全埋进碗里，看不见脸；还有的把藏了一年的啤酒拿出来，边喝边擦着汗，像是庆祝盛大的节日，馋得小姨直咽口水。终于轮到，两个小姑娘眼巴巴地盯着外公递进去的碗，嘴里嘟哝着“再加一点嘛，再多一勺吧……”待到打好饭菜，早就按捺不住的母亲和小姨急忙把它一分为二，迅猛地扒起来，还时常为谁少分了一点纠缠不休，似乎米粒都比家里的香上百倍。外公则坐在一旁，点起一根烟卷，微笑地欣赏着两个女儿，一会儿这个辣得满头冒汗，一会儿那个又烫得直喘气。不足一袋烟的工夫，各自的碗就被吃了个底朝天，母亲总会摸摸圆圆的肚子，希望一年一度仅有的饱腹感多停留一会儿。就连晚上睡觉前，还要在脑海中多回味几遍大快朵颐的愉悦。

外公虽然在乡镇生活了一辈子，却丝毫没有封建的重男轻女观念，反而更偏爱女儿，有好东西先想着母亲和小姨，为此还不时惹来隔壁乡邻的嘲讽。等母亲和小姨吃饱，外公才回家吃点剩饭。舅舅们难免有些嫉妒，窃窃私语外公的偏心，心里有数的外公常安慰舅舅们：“两个妹妹年纪小，你们是男子汉，让着点她们吧。”

直到外出当兵，母亲才终止了与加餐饭的缘分。尽管童年的艰辛生活有太多片段值得铭记，但这半份辣椒炒肉的意义于母亲而言着实无法替代。母亲常跟我和表弟表妹们讲述，小时候的半份辣椒炒肉是她每年唯一一顿饱饭，“当时排队挪动的 20 米路，似乎是有史以来最长的 20 米”。特别是小姨来南昌，辣椒炒肉是永远绕不过的话题。正如一份简陋的盒饭对于三天未进粒米之人，一碗泡面对于在暴雨的高速路上堵了一整天之人，半份辣椒炒肉对于终日无法饱食的女孩来说，就是孩提时代最可口的饭菜，是童年生活重要的精神支撑，是一生中最纯真的期盼。

一千个人眼中会有一千种美食，美食的定义，没有万世不变、四海皆准的定律。或许在他人眼里，半份辣椒炒肉实在难以归入美食的范畴，但在母亲心中，儿时一年一度的辣椒炒肉就是她一辈子认定不渝的美食。每当小姨来访，辣椒炒肉的腾腾热气往往会把她们拉回老家粮管所嘈杂的大食堂，遥望着窗口冒出的浓浓的父爱。

辑二

大水微澜

一

墙，白得有些耀眼。廊道里，凉意嗖嗖袭来。隔壁家的水泥柱子紧紧贴着，容不下一支笔。阳光七零八落。跨入大门，七八十平方米的厅堂，五米多的层高，仿佛中世纪的宫殿。厨房，卫生间，卧室，阳台，空间富余得可怕。除了一根晾衣竿和几件悠闲的衣裤，三楼的区域充分闲置。天台极度舒展，几进邻家院落。

这是赖成福的新居。赖成福天庭饱满，声如洪钟。一双丹凤眼炯炯有神，黧黑的皮肤上跳跃着古铜色的光芒，与浓密的发须相得益彰。他已经在这个村庄生活了整整七十年，一开口，便露出古稀老人的皱纹。尽管外出务工潮汹涌澎湃，但他一直躲得远远的。年轻时，耕田、喂鸡、养鱼、种菜、带娃，就是生活的全部。厚道本分，是全村人对他的共识。他有四个儿子。老婆最后一次怀孕，他盼星星盼月亮盼了十个月想生个闺女，可一朝分娩，还是个带把儿的。四十岁那年，村干部换届，赖成福本无意参选，不承想村民们都把票投给他，只好硬着头皮上岗。哪边邻里发生了纠纷，他弄清原委，这家谈谈，那家哄哄，三下五除二就调解完毕，令两家和好如初。上面有什么政策，他挨家挨户上门宣传。碰到哪家心存疑惑，他会耐心细致地做上一番解释。时间一长，威望水涨船高，一不小心“连庄”了二十年。又到换届时，乡亲们仍然非他不选，他摆出一副死活不干了的架势，方才作罢。

前两年，儿子们商量在宅基地上盖个新房。一眨眼工夫，就竣工了。如今，赖成福每天依然重复着耕田、喂鸡、养鱼、种菜的生活，时不时上山摆弄几下毛竹、柚子树、柿子树，每顿饭再酌上一杯“土烧”，怡然自得。

赖成福居住一生的村庄，藏在白云山脉深处，名不见经传。群山皱褶，绵亘缠绕。长久以来，生活在这里的人们，对名望、历史、受关注度都没有诉求。清晨，各家的公鸡挨个打鸣，小河里插满五颜六色的水桶，妇女们拎着一桶桶糠食喂饱自家的大猪小猪，男人们扛着锄头上山砍柴，休息了一夜的土路还来不及恢复，又刻满了尺寸不一的脚印。大伙习惯了鸡鸭粪便的随处散落，习惯了大黄狗的“招摇过市”，只在听见车辆的喇叭声时，才会停下手中的活计，齐刷刷投去艳羡的目光。白日的村庄就这样在熙熙攘攘、各司其职中安然度过。

和城里不同的是，太阳下山就意味着一天的结束。村庄顿时静了下来。油灯或蜡烛昏黄的光猫在窗子里微微摇曳，映衬着袅袅上升的炊烟。要不了几分钟，几盘蔬菜上桌，颜色略显暗淡。主妇们早已给锅里的油定好了量，有的只能夹着一块肥肉沿着锅边轻滑几下。收拾完碗筷，家人寒暄三两句，便各自洗漱睡去。不到九点，鼾声已经此起彼伏。

只有一种情况例外——放露天电影。这样一种精神生活的奢侈品，用荧屏的光亮延缓着夜的统治。电影预告一旦传播开去，孩童们就像过节一样兴高采烈，掰着手指头算日子。有的大人同样兴奋到失眠。到了那一天，干农活的早早收工，摆摊的早早收摊，扒几口饭，拎着大小板凳，争先恐后蜂拥而至。哪怕看完电影还得走好几里山路返回，到家已近深夜，也从不缺席。电影一开播，鼎沸的声响立马平息。旁边的石阶上站着人，后边的二楼窗台上站着人，两个板凳叠在一起垫高坐着人，大人的脖子上骑着孩童，甚至屏幕后面还有看的。

大规模聚集人的，还有农历每旬二、五、八的圩期，也称赶集。各个村庄和隔壁乡镇的居民挑着竹筐竹篓，从四面八方会聚在主干道上，落位于虽没有画线，却达成默契的摊位。于是，一个挂满鲜肉，穿插着几个小吃摊，铺着鸡蛋、豆角、花生、茄子、西红柿、鱼干、各类新鲜水果的集市便形成了，浩浩荡荡，像一条壮阔的彩河。挥舞钢刀砸进砧板的屠夫，不时打开竹笼把捆住双脚的大公鸡拎出来亮相的养殖户，抽着旱烟等候挑剔目光的菜农，加上镇里倾巢而出的民众，绘就了一幅盛大的生活场景。吆喝声，还价声，交谈声，各种动物的叫喊声，使村庄的分贝迅猛蹿升。有的老妪非得把凳子搬出来，靠着老宅的门面，边欣赏眼前的盛大场面边梳理最后几根长发。孩子们更不消说，三步一回首，恋恋不舍地蹭进学堂。那冒着油泡的金黄色油条和豆饼（一种油炸的圆形点心，嵌着黄豆或花生米，咬起来咯嘣香脆），馋得一个个垂涎欲滴的。尤其是那个不知从哪儿来的外乡人，脚踩几下就“变”出一个小气球，诱惑十足。狗，黑色、白色、黄色，摇着尾巴东张西望，像是难得的放风。把这幅场景偷偷嵌进《清明上河图》，怕也不难蒙混过关。

这座村庄，位于安远县凤山乡。赖成福与这座村庄的渊源，来自他的母亲。

二

八十多年前，如果那个名叫陈水香的姑娘再往前走一段，或者提前终止脚步，那么赖成福将与这座村庄擦肩而过。抑或，将与这个世界彻底无缘。

陈水香大致出生于1919年。或是1918年，也可能是1920年，她自己也不确定。北回归线上的广东，战争阴云密布，家破人亡的事情稀松平常。陈水香一家小心翼翼地艰难度日。十多年后，抗日战争的爆发，成了击垮这个家庭的最后一块巨石。随着逃难的人流，陈水香不停奔跑着。什么方向，目的地在哪儿，完全没有概念。白天，常受野鸡、野兔的惊吓。

夜间，蜷在妇孺中间，受放哨男丁的庇护。只是无法躲避漫山遍野密布、身形硕大的毒蚊子，本已干瘪贫血的身躯，还被一只只尖嘴无情劫掠。

跑着跑着，不知翻过了多少山，蹚过了多少水。飞机一阵轰炸，父母、弟妹失散了。一场暴雨过后，昨晚还抵足而眠的乡亲跑丢了。渐渐地，只剩她孤身一人，饥肠辘辘。该往哪儿去呢？大字不识一个的陈水香和人群一道，顺着逐水而居的本能，一路向北。

又是一阵猛烈的奔跑。疲惫不堪的陈水香歪倒在一块石碑上，昏睡过去。不知过了多久，热辣的阳光通过干裂的嘴唇把她唤醒。她缓缓起身，四周群山环绕，层峦叠翠，一条羊肠小道曲径通幽。石碑上似乎刻了点什么。拉着过路的老乡一问，浓郁的口音中，依稀辨出“安远”二字。听天由命吧。沿着羊肠小道，一个集镇映入眼帘。一切井然有序，毫无战事迹象。“日本鬼子打进这山坳坳里，有什么用？”是人们说得最多的一句话。流离失所好几年，第一次见到怡然安居的景象。就这儿吧。陈水香看中了这个不期而遇的地点，决定停下疲惫不堪的脚步。

一次偶然的驻足，让陈水香从一个广东人变成江西人。不仅仅是她，整个广东涌往赣南的逃荒大军中，陆续有人在机缘巧合之下离开队伍。他们无法像村落的始迁祖那般，每走到一片土地，总在权衡建村落户的优劣。他们只能凭直觉，对眼前的地域做出简单判断——能否提供生存下去的可能。尽管这种判断毫无根据，甚至苍白无力。于是，寻乌、安远、定南、会昌、龙南，乃至更加北往的崇义、上犹、于都、瑞金、宁都等地的大小村镇，逐渐增加了一大批粤人。这群人后来的命运不得而知，但通过今日赣南各县方言里夹杂着广东口音，总跟子孙们谈论粤地旧事的老乡们身上，足以得出结论：相当一部分当年的流亡者，匆匆之下的直觉判断都是准确的，他们的生命香火，得以在包容广阔的赣南乡土中强健延续。

由于地缘相近，寻乌、安远、定南三县接纳的逃难人口相对较多。他们并不知晓，接纳他们的这片土地，拥有一个响亮的名号——东江源区。

这种大规模的迁徙，远非少见。纵观历史长河，广东与江西之间的人口迁徙，源远流长。公元前221年，秦始皇一统六国的元年，六十万兵马“南征百越”。七年后，秦始皇再派五十万兵丁“南戍五岭”（今两广地区）。这两批大军，都曾穿越赣鄱，饮马东江，受过东江的滋润补给。从此往后，一发不可收拾。西晋“八王之乱”，唐朝“安史之乱”，北宋“靖康之难”，中原灾荒连年，烽火连月，逼迫百姓挈妇将雏，举家南迁。蹚过颍、汝、淮诸水，越荆襄，入长江，进九江，溯赣江而上。一路向南，直至撞进赣南的怀抱。在这儿的树林深处，北人听出了乡音，纷纷停下了脚步。

由此，一个新的族群闪亮登场，名号朴实无华——客家人。这群在漫漫历史长河中创造了巨大生产力，掀起了一场场变革与风暴的人们，将这片默默无闻的土地，抬上了厚重的历史舞台。

以东江源区为代表的赣南地域，也以博大的胸怀接纳了流离颠沛的民众，渐渐成为客家人的主要区域性聚居地，成为客家文化形成、传播与传承的主产地与发祥地，成为客家人心目中海纳百川、生生不息的圣土和摇篮。如今，赣南九百五十四万人口中，客家人占据百分之九十五以上。千余座分布在安远、龙南、信丰等地的客家围屋，以其建筑之特、功能之全、类型之广，享誉世界。一本本保存完好的姓氏族谱，吸引海内外民众认祖归宗。

如果纯粹从生存环境来看，赣南地区以丘陵为主，山多田少，良田匮乏，且气候潮湿，土壤酸性大，肥沃度不高，并不是农耕民居的理想地。且古时赣南原是蛮荒之地，人烟稀少，野兽出没，仍处刀耕火种的低生产力水平。但战乱之际，交通不便、农业水平低的劣势，反而是构建一个世外桃源的先天优势。受到东江哺育的客家人，以惊人的勤劳坚毅，用身上携带的先进技术和生产工具，伐木垦荒，筑坝造田，连坡陡狭隘、沟边坎下、石隙之间也奋力开凿，把苍莽的群山开垦得阡陌纵横，充满诗情画意，给东江源区带来了全新的生产生活方式。渐渐地，柑、橘、橙、柚等果蔬漫山遍野，各种各样的陶瓷器皿琳琅满目，高山之巅浮现层层梯田，陌生的异乡摇身一变成为丰衣足食的美丽家园。

徐旭曾在《丰湖杂记》中概括客家人的文化特点："客人以耕读为本，家虽贫亦必令其子弟读书，鲜有不识字、不知稼穑者。""客人之风俗俭勤朴厚，故其人崇礼让，重廉耻，习劳耐苦，质而有文。""客人语言，虽与内地各行省小有不同，而其读书之音则甚正。故初离乡井，行经内地，随处都可相通。"一批又一批客家人前赴后继，也给东江源区和整个赣南注入了浓郁的文脉和丰厚的底蕴。

先进生产力和先进文化的红利逐渐释放，东江源区乃至赣南的吸引力愈发提升。但毕竟容量有限，很多人只好继续沿东江南下，直抵梅州等地，并继续向粤东粤南扩散。在东江流域，他们寻得了落脚之地，修筑起圆寨、围龙屋、走马楼、四角楼等，开启了新的传承。

据考证，在东江地区，河源、龙川、东源、紫金、和平、连平等地为纯客家人区域，龙门、博罗、惠阳、惠东、深圳、东莞、陆丰、海丰等地，属土客籍共同居住区，在土著人、广府人、潮汕人和客家人之中，客家人总体上占有较大比例。充分的包容性，使东江流域成为多种区域文化的交汇地，处处彰显着客家文化的特色，闪耀着客家族群勤劳俭朴、坚忍不拔、重教崇文、兼收并蓄、与时俱进的熠熠光辉。

一来二去，除了东江的天然纽带，除了迁徙这个鲜明的文化胎记，赣南与南粤又添置了一层血缘亲情。

人之外，还有物。

先秦时期，岭南先民已经穿梭于南中国海乃至南太平洋沿岸及其岛屿，输入“珠玑、犀（牛）、玳瑁、果、布之凑”。及至公元3世纪，广州成为对外贸易的主港，唐宋时期又跃升为全国第一大港和外贸中心。《新唐书·地理志》记载了一条“广州通海夷道”，是从中国东南沿海通往东南亚、印度洋北部诸国、红海沿岸、东北非和波斯湾诸国的海上航道。这条通海夷道，输出了无以计数的丝绸、瓷器、茶叶、铜器、铁器等商品，开启了海上丝绸之路的繁盛期。这些商品远远超出了广州本地的生产体量，汇集了全国各地的产能。其中，大量的北方商品进九江，穿鄱阳湖，南入赣江，到赣南转东江，抵达广州。

9世纪至10世纪，湖南长沙窑、浙江越窑、河北邢窑、广东窑等窑系共同推动形成了中国古代陶瓷外销第一个高峰，其中的三种瓷器都在东江上下游及其水网相近地区被考古发现，足以证明东江曾经的辉煌。据《安远县文史资料》记载：“1981年，在安远县的古田接官厅山坡上发现唐墓两座，其中一座墓中出土一件长沙窑生产的黄绿褐彩釉双系罐，它是目前赣南唐墓中发现唯一的一件长沙窑器。”此外，安远县博物馆馆藏信息显示，安远县也出土了晚唐水车窑青釉花口碗：“1984年安远县欣山镇水背马老坑出土。高8厘米，口径22厘米，底径8.5厘米，敞口，口沿呈四花瓣形，斜腹，饼形实足，足底内凹，腹壁上有四条出筋。通体施青釉，釉色青中闪黄，碗底有三处垫烧痕迹。”

遥想东江当年，一艘艘满载货物的船，“深阔各数十丈，商人分占贮货，人得数尺许，下以贮物，夜卧其上。货多陶器，大小相套，无少隙地”（宋·朱彧《萍洲可谈》），该是怎样的波澜壮阔。一箱箱犀角、象牙、翡翠、珠玑等奇珍异宝，一件件精美的陶瓷，又该闪耀着怎样巧夺天工的美艳光芒！

两千多年来，滔滔东江目睹了无数商贾、官员、文人、挑夫、篾匠、铁匠、裁缝、农民、僧侣另起炉灶的碌碌身影，照映了一个路上的民系的前世今生，记录了潜藏其间的勤俭持家、艰苦奋斗的卓绝精神，见证了客家人从无到有、从聚族而居到散落世界的苦尽甘来。当然，少不了搭乘商船来来往往的科学家、高僧、画师、译者们，志存高远赴海外寻梦的高大背影。东江源，就是一个延续梦想的大门，一把实现梦想的钥匙。

或许是因这份血缘亲情，当战火纷飞之际，像陈水香一样背井离乡的人们，或被贩卖，或属流亡，或是逃难，纷纷溯东江而上，向赣南方向进发。尽管前路无知己，但他们出于信念，抑或出于偶然，都把海纳百川的赣南当作一个理想的归宿。于是，他们陆续散向赣南的广袤大地。当然，聚集人数最多的，仍属寻乌、安远、定南三县——地缘更近一分的东江源区。

1950年，赖成福出生于安远县。他的父亲，同样是这批逃难大军的一员。

三

如果说群峦环绕的山区环境是客家文化发展的基础，那么，水就是基础的基础。

对于客家人而言，武夷山脉、罗霄山脉、玳瑁山脉、彩眉山脉、博平岭山脉、松毛岭山脉、五岭余脉、项山山脉、阴那山脉、凤凰山脉等南方名山，早已成为生活的一部分。但他们更需要的，是水。水是生命之源。逐水而居，是盲目迁徙中唯一的清醒。

小河弯弯向南流。细碎的鹅卵石密布，水与石头撞击出条条波纹。三两枯枝四仰八叉。水流清澈见底，水浅到孩子们嬉戏玩耍，根本用不着大人看管。

这条小河，是赖成福家通自来水之前的唯一水源。每天清晨，赖成福起床后的第一件事就是拎着扁担去河边挑水。水缸满了，一天的帷幕才正式拉开。村里的每一个人，都与小河有着千丝万缕的联系。汗流浃背的汉子们掬几捧水往脸上一浇，黝黑的皮肤顿时闪着光亮。蹲在河畔的妇女们用力拍打着衣裤，累了，把衣裤搁在搓衣板上，任流水抚摸。小河听得最多的还是孩子的打闹声，要么相互泼水，要么摸鱼捉虾，要么浮在河面上吐泡泡。河水润滑过每一个身躯，每一寸肌肤，每一根毛发，它丰盈的库存里储存着一代又一代青涩、持重与老成，记载着一个个外出打拼的背影与衣锦还乡的面容。

流着流着，这条在任何地图上都找不着蛛丝马迹的小河，逐渐升华为赖成福们的精神图腾。

在赣南，类似的小河星罗棋布。它们与鋈光的村舍交相辉映，播撒文明的因子，孕育生命的种子。它们四处奔腾，织成密密麻麻的水系，一部分北上汇入赣江，另一部分南下投奔东江。

率先接纳它们的，是东江的两条源头水，寻乌水和定南水。

在寻乌县城，有一条马蹄河穿城而过。它是寻乌水的一级支流。整座城市围绕这条“玉带”，拉开“一河两岸”的架势。从县城驱车，顺马蹄河而下，沿山道蜿蜒大半个钟头，方才抵达一座水库。这座名为斗晏的水库，位于寻乌县最南端，四周重峦叠嶂，草木葱茏，松、杉、樟把山头包裹得严严实实。深蓝色的东江（寻乌水）管理范围告示牌昂然矗立。上面写着：

> 东江（寻乌水）寻乌县水源乡—龙廷乡段（107 公里）的河道管理范围已经寻乌县人民政府批准。东江（寻乌水）管理范围为两岸管理范围线之间的水域、沙洲、滩地、行洪区、堤防及护堤地，其中有堤段管理范围线为背水侧堤脚外（其中险段为压浸台脚外）20 米，现状或规划无堤段管理范围线为河道 10 年一遇设计洪水位与岸线交线处。

这座其貌不扬的水库并不是普通的水库。透过斑驳的矮墙，它的上游，积蓄的寻乌水碧波荡漾，静水流深。调转头来，它的下游，飞流直下，湍急南往。拐过弯一公里，便流入广东境内。

顺着小路前行两三百米，一座水质自动监测站耸立河岸。尽管只有两层，但它担负着监测出境水质的重大使命，事关千万广东人民的饮水安全。这里配置了水温、溶解氧、pH、浊度、电导率、高锰酸盐指数、氨氮、总磷、总氮九项监测指标，可实时自动监测。2018 年 3 月，国家监测总站予以上收，纳入国家水质自动监测网络。“二十四小时有人值班，数据必须准确。”运维人员介绍说。旁边并没有超市，更遑论影院、KTV 等消费场所，但这些年轻的运维人员没有怨言，踏踏实实守护这一河清水。

前些年，寻乌县启动了总投资两千五百万元的斗晏水库库区水体自净恢复工程，编制了水污染防治综合方案，筛选主要污染源对症治污，根据水库实际情况进行水质净化、污染物吸收，入河前建设生态坡、生态沟、生态浮床，库尾建设人工湿地、曝气设施、生态透水坝等，对水库水质进行生态修复。

“江西九十九条河，只有一条通博罗……”这首古老的客家歌谣，唱出了赣粤港之间一衣带水的深厚情缘。它的主角，就是寻乌水。寻乌水发源于寻乌县三标乡桠髻钵山，由北向南，经龙岗圩、澄江、吉潭、留车，在斗晏水库下游出江西境，入广东。流域面积 1841km^2，主河道长 115.4km，主要支流有马蹄河、龙图河、篁乡河、剑溪水等。流域以山地、丘陵为主，植被良好，是赣南林区之一。

它的兄弟定南水，发源于寻乌县三标乡大湖岽村，自东北向西南流入安远县濂江乡大坝村，经定南县城东南，流入广东境内。流域面积 1683km^2，主河道长 91.2km，水力资源丰富。上游河道蜿蜒曲折，水势暴涨暴落，汹涌湍急，下游河槽逐渐开阔，河道多卵石、粗沙。

两条河水像东江的双肾，从东西两翼奔腾南向，翻山越岭，百转千回，终于在广东省龙川县合河坝相遇。或许是因同源同宗，或许是被彼此的气势折服，它们大有相见恨晚的遗憾，不约而同放下身段，相认相拥，壮阔合流。

于是，一条崭新的大江产生，是为东江。这样一条充分汲取了红土地营养的大江，绵延约520千米，流域面积3.5万余平方千米，约占珠江流域总面积的6%，平均年径流量约257亿立方米。流经龙川、和平、河源、紫金、博罗、惠阳，在东莞的石龙与珠江汇合注入狮子洋，再由虎门流入南海，滋润着广袤的南粤大地。

东江流域地区历史文化底蕴深厚，成为秦汉时期最早接纳中原文化的中心区域。浩浩汤汤的东江与这片土地水乳交融，它的所到之处，将千百年来的民俗、文化、传统一一收纳，时间久了，身体里驻留了无数记忆，生命体征愈发深邃强健。尽管与长江、黄河、淮河的波澜壮阔相比，它的体量逊色不少，乃至同样发源于赣南的赣江，也因为清幽殊绝的三江合璧和八境台、郁孤台等厚重文脉而声名更甚。但在中华民族这个典型的大河民族里，一条历史悠远、流域宽广的东江，依然是丰厚的命脉之源。更为重要的是，东江还扮演着珠三角和香港等地饮用水源的角色，其水质好坏关系区域发展和社会稳定，是名副其实的“经济之水”“政治之水”更是攸关国计民生的“生命之水”。

这条蔚为博大的东江，见证了赣粤两省的地缘相亲，贮存了无数民众两地迁徙的心路历程，更见证了香港的发展壮大，成为赣、粤、港一家亲的天然纽带。

四

问渠那得清如许？为有源头活水来。

当赖成福第一次来到三百山，古木参天、峰奇石异，重峦叠嶂、沟谷纵横，巨藤倒挂、浓荫蔽日，清风吹皱的水面倒映巍巍山峦，远处袅袅雾岚升腾，让他半天合不拢嘴。尤其是那东江第一瀑，似一匹飘飘坠下的银色长绢，雄浑壮丽。他怎么也没有想到，自己天天放下锄头，抹把汗，随意瞟上一眼的山头，竟然恍若凌波渡尘的仙子。

森林覆盖率达百分之九十八，五十多处飞瀑、二十多条溪流雄奇秀丽，一百一十六科两千五百多种木本植物争奇斗艳，空气中负氧离子平均每立方厘米七万个单位，云雾、雨凇、彩虹百态千秋。莽莽苍苍的林海，气势磅礴。三百山的天资摄人心魄。

在2004年之前，三百山一直被认定为东江的不二源头。因为那数十处飞瀑深潭，最终汇聚成定南水的支流。东江第一瀑，东江第一滩，东江大峡谷，东江源温泉旅游度假区，赖成福所在的凤山乡，也被冠以“东江源头第一乡”之名。充盈的东江元素，让人不容置喙。直到江西省抽调水文、测绘、林业、地矿、人事等部门的专家，组成了一支东江源头科学考察小组。

这场历时一年有余的考察，是国内首次对东江源头的多学科、多方位综合性科学考察。在GPS全球卫星定位技术的助力下，经过详细勘测，科考组准确获取了源头的经纬度和海拔高程，计算出了最新、准确的河流长度和流域面积，对定南水和寻乌水的多年平均径流量、降水量、河长及流域面积等进行了综合分析，发现寻乌水的各项指标均高于定南水。于是，科考组做出结论——东江的源河为寻乌水三桐河，源头位于桠髻钵山南侧，发源地为桠髻钵山。同时认定，寻乌县、安远县、定南县同为东江源区。

五

“一定要保护好东江源头水。”鲜红的十一个大字，牢牢矗立在三百山上。周恩来总理对这片三千多平方公里的山水田园寄予厚望。

20世纪60年代之前，东江一直珠帘并掩。

1963年，香港遭遇历史罕见的特大旱灾，每四天供一次水，一次只供四个小时。水荒使“东方之珠”容颜枯槁，三百五十万人陷入困境，二十多万人逃离家园。

危难时刻，人们把目光投向了东江。引东江水济香港，成为解燃眉之急的唯一渠道。1963年年底，周恩来总理特批，中央财政拨款三千八百万元，修筑东江—深圳供水工程。

为了从根本上解决香港水荒，广东省提出了一个大胆的设想：从东莞桥头镇引东江水，利用石马河道，至深圳水库，再通过钢管送水到香港。在当时的技术条件下，该方案难度极大——石马河由深圳大脑壳山自南向北流，如要利用该河道，只能硬生生将水位逐级提高四十六米，途经八十六公里进入深圳水库。

中国人民从来都是奇迹的创造者。1964年2月20日，来自广州、东莞、惠州、宝安等地的约一万名建设者，在昔日宁静的石马河一字排开，拉开了东深供水工程的序幕。条件十分简陋，荒山野岭随便搭个临时工棚就是宿舍，吃的是粗茶淡饭，被褥、蚊帐、绘图工具都得自带。施工装备落后，缺乏机械化手段，人工开挖、肩挑背扛成了主旋律。工程进度紧张，常常奋斗至深夜，天蒙蒙亮又接续鏖战。加上整个土建项目施工恰逢汛期，不少基础工程只得在水下五至十米进行，有时还要对抗强台风、大暴雨等极端天气。最高峰时，有两万人聚集在工程一线。

短短一年时间，凭着数万人的满腔热血和豪情壮志，开山劈岭、凿洞架桥、修堤筑坝，抵御住五次台风、暴雨、洪水的侵袭，建成了八十三公里的河道、八个抽水站、六个拦河大坝。东江水逐级提高四十六米，越山倒流进深圳水库，再经由三点五公里的输水涵管传入香港，彻底解决了香港同胞的饮水难题，实现了“让高山低头、令河水倒流”的奇迹。至2020年底，东深供水工程已有效供水五十五年，累计向香港供水二百六十多亿立方米。

2021年4月，中宣部授予东深供水工程建设者群体“时代楷模”称号，就是对三万多名工程人员前赴后继地投身奉献的高度赞扬。

从此往后，犹抱琵琶半遮面的东江走到聚光灯下，变得家喻户晓，变得身价倍增。它的水质好坏，关乎香港的稳定繁荣，关乎珠江三角洲的可持续发展，关乎全国生态安全战略格局。它的源区最重要的功课就是水土涵养和生态保护，只有维系东江源区生态系统的平衡和生态环境的质量，才能保持东江的肌体健康，才能保护东江中下游地区的生态平衡。也正是从此刻起，曾经为中国革命做出巨大贡献的赣南人民，又一次披挂上阵，为守护东江源区一片青山绿水竭尽全力。其中的扛鼎者，非安远、寻乌、定南三县莫属。

在赣南，比起瑞金、兴国、于都这些鼎鼎大名的县市，安远、寻乌、定南无论在经济总量、财政收入上，还是在人口数量、名誉声望上，都相形见绌。更何况，三县均属重点贫困县，贫困人口数量众多。但老区人民毫无怨言，甘愿牺牲一些经济的发展，不遗余力保护这条“水源生命线”。

不能搞矿产的开采，畜禽养殖要全面关停，山上不能种太多脐橙和果树，严禁砍伐山上的阔叶林，凡是现有的污染企业都要关停。凤山乡制定的五条底线，为赖成福们所熟知。放眼整个东江源区，封山、育林、退果、关矿、移民，都是普遍的举措。仅“退果”一项，源区县果农就忍痛砍去丰产期果树一千九百余万株（占地面积近四十万亩）。这一砍，几乎砍走了部分果农的全部经济来源，也砍走了赖成福全家一半的收入，但他们无怨无悔。因为他们的心里，都明白这条江水的分量。

在这几个县，脐橙和蜜橘就是老百姓的“摇钱树”。“但是种果树要喷农药、打化肥，会污染水。特别是春天和夏天，雨水多，残留的农药和化肥容易排进河里。”赖成福解释道。原先他也种了一些脐橙，几年下来收入很可观，但为了服从大局，还是咬咬牙把树砍了。

寻乌河两岸，坡度超过二十五度的山地都被设为“禁开区”，引导果农改种阔叶林和小山竹。为了弥补损失，县财政每年安排一定资金，补偿生态敏感区域的“退果还林”。

虽然矿产资源丰富，但这些县守着金山不动心，严格执行生态准入制度，坚决向高污染、高排放、高能耗项目说“不”。有的县先后拒绝近三百个对环境有破坏、污染较高的投资项目，年损失税收数亿元。有的县关停污染企业七十余家，直接损失达十三点五亿元。有的县对境内一百二十多万亩森林全面禁伐，每年仅此项就减少税收上千万元。

日积月累，环境保护的理念，壮士断腕式的奉献和付出，成为东江源区人民的行动自觉。

通过全力实施废弃矿山综合治理、污染治理、水土流失和崩岗治理、农村环境综合整治、绿化造林、生态移民等一系列工程项目，东江源区环保基础设施进一步完善，整体生态环境明显改善。尤其是近三年来，在五个源区县的共同努力下，东江水质持续改善，氨氮、总磷等主要污染物指标逐步下降，十个考核断面水质均达到或优于Ⅲ类水标准。其中，两个跨省出境断面水质根据赣粤两省联合监测结果，达标率为百分之百。自然生态环境明显提升，东江源区县森林覆盖率均达到百分之八十以上，寻乌、定南、安远分别为百分之八十二点三、百分之八十二点六、百分之八十三，椏髻钵山的森林覆盖率更是高达百分之九十五。

六

椏髻钵山脚，有一片两百多亩的林木。云雾缭绕中，枝叶茂盛，随风起舞，一派生机勃勃的景象。从2009年起，每年都有香港的几十位义工扛着锄头、铁锹上山，和寻乌人民一同植树造林。它的名字叫香港林。

这仅仅是粤港同胞饮水思源行动的冰山一角。

2008年，香港地球之友与寻乌县政府签订了“饮水思源——东江上下游伙伴计划”备忘录，计划用十年时间，每年投入一百二十万元，在东江源村植树造林，开发生态农业，建沼气池，建村小学，为农民培训实用技术。

深圳腾讯基金会发起了“‘益’路同行护东江”公益活动，一千五百六十五万群众通过微信“捐步”的形式参与其中，已筹集捐款一千多万元。

香港社团总会会长萧树强，自2007年以来，先后在东江源区捐建天心五龙小学、天心心怀小学、安远一中等多所学校，并设立专项奖学金奖励高考学子。“喝东江水成长起来的我们，要感恩源头人民的付出。”道出了香港人民的普遍心声。

2007年，香港回归十周年之际，赣粤港三地各界人士捐资，在三百山筹建了高四点六五米、重四点六五吨（寓意香港到三百山距离四百六十五公里）、直径三百三十厘米（三百山的谐音）的思源宝鼎。鼎身波曲纹为主题纹饰，似江水翻滚，寓意东江水、东江情滔滔不绝。

2015年5月，香港特别行政区十二届全国人大代表考察团一行十六人，专程赶赴赣州开展了为期四天的深入调研。当看到东江源区壮士断腕式的牺牲、节衣缩食挤出的投入和普通百姓保护环境的自觉时，代表们纷纷竖起大拇指。“要推动东江上中下游之间政府协调，让大家都有话语权。产生的经济价值应当作合理分配。”“应当研究科学合理的生态补偿机制，协力推进建立跨区域的东江源生态保护协调机制，不能一直让老区人民闷声吃亏。”“我们会尽己所能，大力促进赣州与香港在金融、教育、人才交流等项目上的合作，吸引香港企业到赣州投资兴业，把赣州建设成为香港优质农产品供应基地，旅游休闲后花园。”座谈会上，代表们不顾飞机误点的风险，纷纷给主持人递条子请求发言。

2019年12月24日，“饮水思源·香港青少年国民教育基地”在三百山揭牌，来自香港和江西的近四百人参加仪式。

桠髻钵山、三百山和它们的兄弟姐妹，陆续迎来了从东江那头山一程水一程赶来的粤港人民，和他们捎来的深情厚谊。“清清的东江水，日夜向南流，流进深圳，流进港九，哦，流进我的家门口。清清的东江水，日夜向南流，流进深圳，流进港九，哦，流进我的心里头。东江的水啊东江的水，你是祖国引去的泉，你是同胞酿成的美酒，哦一醉几千秋，一醉几千秋。”歌曲《多情东江水》的旋律，常常在山峦间回荡。

2015年初，我随团赴香港考察。一次座谈会，团长让我简要介绍赣鄱文化。当我的PPT出现东江源头水的照片时，一直安静聆听的香港同胞们突然频频点头，议论纷纷。

桠髻钵山上，微风习习。眼前，赣南的村庄温润静好。祖祖辈辈生活在东江源区的客家人民，默默守护着一泓清水，把保护东江源区看作自己的分内之事，不争名、不争利，像保护眼睛一样保护周围的山山水水，只为送粤港碧波万顷，助粤港发展更加繁荣。转过身来，三桐河微微荡漾，树影横斜，偶尔蹦出一朵浅浅的浪花。河底的鹅卵石浑圆光滑，像卧在亘古的岁月里。河水淌过，构起一种瞬间与永恒交错的时间意义。

我常思考，中国的发展离不开产业的更新换代，但从长远意义看，更离不开一座座青山，一湖湖绿水。绿水青山既来源于大自然的禀赋，更需要一代又一代人的生态涵养与保护修复。新时代的发展与保护该是怎样的模样？这一会儿，我顿悟了。寻乌、安远、定南、会昌、龙南五县人民，不是已经用赣粤两省桥头堡的亲情，用客家人特有的淳朴厚重，用当年十送红军延续下来的红色血脉，用曾经的中央苏区全红县的政治觉悟，给出了响亮的答案吗？他们的行动，不仅仅是牺牲小我维系一江清水这么简单，更重要的是，他们践行了祖国一家亲的承诺和全国一盘棋的战略，为全国的经济发展和生态保护协同推进找到了一条可资借鉴的路径，解决了世界性的生存与可持续发展的大难题。他们是无数个赖成福，脑海中始终有一条东江，有一个东江源区，有一份东江源头的使命。

他们的勠力保护得到了回报。寻乌、安远、定南也按照东江流域面积、水环境质量、水量资源等指标的因素法和绩效奖励办法，获得了应有的资金奖励。这些奖励又被投放于新的环境基础设施建设，又将滋养新的绿水青山。

2020 年初，赣粤两省正式签订第二轮东江流域上下游横向生态补偿协议，东江源保护又拉开了新的序幕。

长江从远古走来，黄河在咆哮，浏阳河弯过了几道弯。放眼全国，知名江河都有脍炙人口的比拟。说起东江，似乎一时语塞。但这条保留了客家原生态属性的大江，低调，质朴，纯粹。它给流域内人民带去的不仅仅是水本身，更是一种历史悠久、流传千年的文化，是我住江之头、君住江之尾的守望与情谊，是赣粤港三地中华儿女同源同宗的壮美画卷。数千年来，它流得安静，深远。

轻风拂过，水波微澜。

一江名赣

小河弯弯向南流。

她没有名号，仅仅三四米宽，在任何一张地图上都找不到。但对于四百多户村民而言，她的分量举足轻重。

每天清早，家家户户的第一件事便是赶往河边挑水。河水在桶里上下颠簸，晃醒整座村庄，接下来，砍柴、洗漱、做饭、喂鸡、种田，方能陆续开启。村里的每个人都与小河有着千丝万缕的联系。男人们下工路上，掬一捧水往脸上一浇，疲乏顿减。女人们三五成群蹲在河畔，边搓洗衣裳，边闲话村头逸事。孩子们追逐打闹，没一会儿准蹦进河里，一甩头，水花飞溅。灌溉、淘米、洗菜、浣衣、洗澡、做酒，样样不可或缺。她抚慰过每一个身躯，精细到每一寸肌肤、每一根毛发。她流淌着一批又一批童年、青年、中年和老年。每个人从小到大的历程，储存的，忘却的，在小河的密码库里统统可以找到。

千百年来，这种状态一直持续着。小河全方位印刻着村庄的春夏秋冬，记载着历史变迁与精神传承。她早已超越了“器”的局限，从一个提供基本生存物料的源头，升华为全村人的精神图腾。

这是我家乡会昌县庄口镇黄冠村的小河。在广袤的赣南大地，类似的小河、湖塘、河湾、港汊星罗棋布。她们流着流着，在地图上绘出密密麻麻的水系，又被两条大江悉数收入囊中。一条叫贡江，一条叫章江。两条大江不弃涓流，翻山越岭，百转千回。终于在一处河滩一见钟情，依偎北上。

于是，一条崭新的大江应运而生。取章、贡二字之合体，是为赣江。

水流到哪里，文明的种子就播到哪里。时间久了，种子破土发芽，开花结果，催生出自己的城郭。汉高祖六年，在此设县，亦命名“赣”。从此往后，新兴的城池与章江、贡江水乳交融，修建完善基础设施，发展繁荣经济贸易，人口集聚渐成规模，逐渐壮大为郡、州、军、路、道、府治所，升级成沟通赣、湘、闽、粤等地的江南重镇。

北宋嘉祐年间，朝廷一纸诏书，将孔夫子第四十六代孙孔宗瀚派到赣江边，任虔州知军。这位来自异乡的交流干部兢兢业业，为这片陌生的土地倾注了大量心血。他为全城百姓留下的最大杰作，是一座楼台。鉴于“州城岁为水啮，东北尤易垫圮”，孔知州“伐石为址，冶铁锢基”，将土城改为砖石城，建城楼于其上。竣工后，孔知州遍邀群贤，登台论景，绘下一幅《八境图》，即“石楼、章贡台、白鹊楼、皂盖楼、郁孤台、马祖岩、尘外亭、峰山”八景，并力邀大文豪苏东坡题诗。苏大才子并未亲临现场，单凭超乎寻常的想象力，便将图中八景一一赋诗，挥毫而就《虔州八境图八首并序》。尽管东坡先生多年后终于实地鉴赏，发出“前诗未能道其万一也”的遗憾，但这万分之一也足以名留青史。

此处，便是章江与贡江的邂逅之所。此楼台，便是八境台。

天地静穆，远山微茫。舞台的中央，唯有倒“丫”字形的三条大江。其中两条一左一右，领头的浪花倏忽一跃，壮阔合流，绵延北往。远远望去，烟波浩渺，草木蓄丽，薄雾淡抹，水天相接，绾连起两岸的田野与山峦，好一幅秀丽天成的水墨画。每当登临八境台，都遇见清幽殊绝的三江合璧。它们远非简单的物理叠加，而是把身上携带的无数时光印迹和千百年来积淀的民俗、文化、传统合而为一，激荡出丰厚的生命之道。

或许是因一座八境台略显孤独，上天又沿章江上溯几百米，赐予一座郁孤台。郁孤台因坐落山顶，以山势高阜、郁然孤峙得名。虽然始建于唐代，但一直不温不火。直到偶遇辛弃疾。

南宋淳熙二年（1175年），这位中国文学史上难得的文武全才被朝廷急调赣州，仅用时三个月，便平定茶商军起义。胜利并没有让他沉醉，他依然牵挂着北国家园，无法放下收复失地的抱负。郁孤，这个伤感的词，令稼轩心有戚戚。于是在赣州期间，稼轩成了郁孤台的常客。他时常独自登临，凭台远眺，静观章贡二水环流脚下，滚滚北去。翌年，他奉调京西转运判官，赴任途中，在江西万安县造口触景生情，写下一首脍炙人口的《菩萨蛮・书江西造口壁》："郁孤台下清江水，中间多少行人泪。西北望长安，可怜无数山。青山遮不住，毕竟东流去。江晚正愁余，山深闻鹧鸪。"把名不见经传的郁孤台，拽上了与八境台平起平坐的高度。

文学史上合称"苏辛"的两大词匠，先后把才华播撒于赣江之滨，难道是一种巧合？他们也根本无法预料，不经意间的一次创作，竟然联袂创造了一条时代久远、文脉兴盛的古城墙之路。这条全国最为完整、全长3668米的宋代砖城墙，从八境台到郁孤台，从东坡到稼轩，从《虔州八境图八首并序》到《菩萨蛮・书江西造口壁》，中间耸立着王安石、朱熹、文天祥、周敦颐等一众先贤，集宏伟壮丽、古朴蜿蜒、文章锦绣、听涛拍岸于一身。徜徉其间，城外一江清水兀自欢腾，远处田舍烟云缥缈，近处房屋鳞次栉比，有宋一代的文化气息氤氲密布，江风徐徐，鸥鸟翩翩，涛声阵阵，直教人有千重感慨，万种神思。

从此往后，一股厚实的文脉强力注入赣江。

赣江昂然北上。

穿越庐陵大地。收孤江、遂川江、蜀水、禾水、泷水等支流。在巍巍城郭下，她默默注视着"三千进士冠华夏，文章节义写春秋"的代际传承。在白鹭洲书院旁，她静静聆听着朱熹、周敦颐、程大中、邵雍、张载、程颐等儒学大师的传道授业。在出城的驿道边，她目送了"一门九进士，父子探花状元，叔侄榜眼探花，隔河两宰相，五里三状元，九子十知州，十里九布政，百步两尚书”的赶考和荣归故里。在青原山上，她牢牢记住了黄庭坚、杨万里、周必大、王阳明、徐霞客、罗洪先他们的伟岸背影和珍贵墨宝。她陪伴了“人生自古谁无死，留取丹心照汗青”的文天祥、“唐宋八大家”之一的欧阳修、《永乐大典》的主编解缙，印刻了他们初出茅庐时的青涩。她倾力守护着三千年前高度发达的青铜文明，新干大洋洲程家商墓遗址上熠熠生辉的一千三百余件青铜器、玉器、陶器、原始瓷器，江南罕见……

穿越袁州文明。纳袁水、肖江、锦江等支流。韩愈于袁州刺史任上释奴婢、重教化、仰山为民祈雨的勤政身姿和“莫以宜春远，江山多胜游”的豪情壮志，都荡漾在她的心头。郑谷、王毂等人燃起的晚唐诗坛最后一片惊艳霞光，始终倒映在她的明眸中。成百上千的书院、书屋、精舍、讲堂传出的琅琅书声，一批又一批读书郎悬梁刺股的沛然文风，“袁州进士半江西”的美称，均氤氲于她的发肤。山水佛踪聚垒起的梵天佛音——道一禅师弘法宝峰，首兴禅宗丛林；怀海禅师住锡百丈，设立天下清规；慧寂禅师创宗仰山，散开禅宗文化本土化后第一叶，令她深深陶醉。在她的血液里，深藏着汉之袁京、晋之习凿齿、唐之彭构云、宋之彭愈等隐逸高士的基因……

穿越豫章故郡。她见证了滕王李元婴刚刚下榻豫章时的心理落差，以及江南第一名楼的二十九次修葺。她欣赏了太多次“落霞与孤鹜齐飞，秋水共长天一色”，也品味了无数回“细雨梦回鸡塞远，小楼吹彻玉笙寒”的帝王悲凉。她见识过心学大师王阳明的千军万马，如何让杏花楼上宁王宠妃的花瓣，抖落得异常剧烈。她受教于陆象山、王船山、欧阳永叔的高谈阔论，也领略了徐孺下陈蕃之榻的名士风流。在她的记忆里，公元675年重阳节，高规格的重修竣工宴上，官员、富绅、名流、文人推杯换盏、觥筹交错的场景依旧栩栩如生。尤其是那个白衣翩跹、酒至微醺的王勃，踉跄之间走笔龙蛇，满纸繁丽的《滕王阁序》顷刻写就。还有那位戴着斗笠的八大山人和他的枯枝、怪石、残山、孤鸟、单鱼，如何一步步走向辉煌，化作不朽……

穿越浩瀚鄱湖。和赣江一样，这片享有“长江双肾”之一美誉，控制着流域与长江水量吞吐平衡的鄱阳湖，也一望无垠。远方，薄雾缭绕，湖阔波渺，淡定、安详。从鄱阳湖饱经风霜的明眸中，她看到的是一个个孩童长成壮汉，接过父亲的渔网，捕捞起人生第一网鱼虾；是一个个借船而过的外来生命，或神采奕奕踏上追梦征程，或萎靡失落低头不语；是少帅周瑜操练水师，为大气磅礴的赤壁之战运筹帷幄的意气风发；是刘裕大破卢循，为帝位稳步前行的坚毅神情；是朱元璋与陈友谅荡气回肠的水战，以及“随水捕捞”的不二圣旨……

一路上，赣江及其大小支流溪河，滋养着一茬茬稻谷，抚触着一座座山脉，托运着一艘艘航船。八万多平方公里后，方才张开双臂扑向长江。长江，这个气场强大、气韵悠长的母体文明，用她的宽阔尺度、宏大体量、广袤结构和瑰博功能，用她刚刚反哺完雅砻江、岷江、嘉陵江、乌江、汉江、沅江、湘江的余温，继续反哺赣江，让赣江的源流元气绵长，韧性十足，也让内敛醇厚的赣鄱文明，孜孜濡染长江下游的城镇村庄，在与中华文明其他子系统的碰撞中升华、永生。

并非每一滴水都淹没于母体。她们既溶解于母体，又维系着自身的独立。水是有记忆的。她们博杂的基因里，涵盖了经过的每一寸土地，她们充盈的血液里，蕴含了流淌的每一处文明。于是，赣鄱大地因为赣江，傲然挺立于江南西道。

鲤鱼洲的冬

鲤鱼洲长什么模样？是成群的荷包红鲤争抢食物溅起欢快的水花？还是随处可见三两金鲤结伴畅游怡然？……

曾经遇见的鲤群场景，在脑海中电影般闪过。路旁，笔直俊朗的樟树一棵棵向后倒去。车朝着一个小圆点驶去，看似触手可及，却又若即若离。整条路上，我被包裹在近与远、鱼与树的切换中。

终于走出香樟林。左侧，是连片的稻田，鲜绿绿的。右侧，一条碧波金光点点，伸出穗子的芦苇这一丛那一丛，质地柔软，搔首弄姿。几只鹭鸟不时从苇丛中飞起，瞬间翱翔天穹，优雅轻盈。

“鄱阳湖到了。”鲤鱼洲文化馆的老馆长声如洪钟。这片全国最大的淡水湖，润泽着丰饶的赣鄱大地，一不小心，就涉足它的领地。

车停了。四周天高云淡，凛冽的寒风被阳光焐热了不少。前方，“白鹤小镇”四字赫然入目。此前，鄱阳湖畔的观鸟点，只听说过南矶山、吴城镇、插旗洲、白沙洲等，难道鲤鱼洲也有白鹤？正疑惑间，扫到一眼“入场须知”：请尽量选择灰、黑、迷彩等颜色服装，避免穿着艳丽……心头一紧，赶忙抬手，幸好穿了件黑色上衣，顿时长舒一口气。

观鹤长廊上，人群一字排开。透过围栏的窗口，宽阔的湖汊遍布鸟儿，白的、灰的、黑的。有的逐水游弋，不时拍打两下翅膀。有的静静浮在水面，把头弯进羽毛，欣赏自己的美艳容颜。有的贴着水面缓缓低飞，溢出度假应有的悠闲。还有的两两成对，嘴对嘴，一只前进一只倒退，传出一高一低快节奏的叫声。特别是白鹤，在阳光的映照下，像极了一团团雪白的棉朵。本应枯燥的湖汊，被一只只灵鸟点缀得生机勃勃。

“一、二、三……五十五只。”一旁的彭老师饶有兴致地数着，对自己的成果信心十足。“不对，天上还有几只！”顺着杨老师的指尖望去，七只苍鹭正依次在天空盘旋。或许是发现一双双眼睛突然齐刷刷注视过来，它们不约而同发出“啾……啾……”的叫声，似有三分惊诧，七分得意。

小小的鲤鱼洲，竟然呈现出蓝天、碧水、草洲、候鸟融合得如此完美无瑕的画面，着实令人惊叹。

五六十年前，鲤鱼洲曾是围湖造田开垦的城郊农业生产基地，时称“五星垦殖场”。清华大学、北京大学先后在此创办试验农场，汤一介、冯友兰、厉以宁等一大批知名教授、博导、院士都曾在鲤鱼洲耕种修坝，挥汗如雨，共度青春年华。离白鹤小镇不远处，分别存有两所高等学府的旧址。徜徉在绿荫密布的老建筑里，目睹一张张老照片和一本本泛黄的图书，聆听老馆长激情澎湃的解说，仿佛当年的情景又鲜活起来。

沉寂多年的鲤鱼洲在2012年迎来了转机。这一年，鲤鱼洲的藕塘里首次出现三十只白鹤和近两百只灰鹤。往后，白鹤数量逐年增多，最高峰达三千二百只。白鹤小镇因此被授予“中华白鹤保护地”“全国野生动物保护科普教育基地”等称号。每年的“鄱阳湖国际观鸟周”期间，鲤鱼洲也是熙攘的观鸟点之一。为什么是鲤鱼洲？由于全球气候变暖、鄱阳湖枯水期的延长与提前等多种原因，白鹤的天然栖息地和食源植物不断缩减，迫使其向湖边的人工生境转移。鲤鱼洲连片的藕塘，就是人工生境的典型代表。

在南昌，仅仅发现白鹤的身影，算不上什么新闻。北宋洪刍《豫章职方乘》就记载了白鹤仙女飞临位于南昌闹市区的洗马池洗浴的传说。明代的《新修南昌府志》，清代乾隆、同治年间的《南昌府志》，光绪年间的

《南昌县志》，均有相仿的记载：“洗马池在子城东南隅……尝有年少见美女七人，脱彩衣岸侧，浴于池中。年少戏藏其一。诸女浴毕，就衣化白鹤去，独失衣女留。随至年少家，为夫妇，约以三年。还其衣，亦飞去。故又名浴汕池。”

然而，白鹤的蹁跹舞姿还是在偏居一隅的鲤鱼洲荡起了阵阵涟漪。人们争相观看白鹤的身段，越看越喜欢，越看越不舍，于是下定决心：留住白鹤！

大家立即行动——

栽种两米宽的芦竹，对白鹤的活动区域进行遮挡。

在不影响防汛的前提下，对五星白鹤保护区至堤脚段沿线种植马鞭草等绿植，增加天然野趣。

将三百亩藕塘扩大至一千零五十亩，并预留五百亩未收割晚稻，以备候鸟食用。

限制彩色油漆、反光玻璃等材料使用，对原先的观鸟屋屋顶进行降坡处理，屋面加盖茅草，统一外立面颜色，与周边生态环境融为一体。

拓宽部分水渠，保障水系自然流动，恢复自然岸线，使生态格局更加稳定。

鄱湖堤岸、香樟隧道、湿地公路、水杉大道，每条路都是一抹绿色风景线……

随着生态治理成效的显现，老百姓的愿望达成了，来鲤鱼洲安家的候鸟越来越多。

“呕……呕……呕”，远处传来几声鸣叫，把我从遐想中拉了回来。“小天鹅。”老馆长淡定地解疑释惑。“这么远就能看出是哪种鸟？”我近乎下意识地脱口而出，引得同行的伙伴们齐声附和。“主要靠听叫声。”老馆长指了指耳朵。这时，两只羽毛白净的小天鹅扑棱几下飞过我们的头顶，如飘忽而过的云团。

天地阔美。一堤之隔的鄱阳湖清波荡漾，与天相接。在浩瀚的鄱阳湖上，像鲤鱼洲一样适宜候鸟生活的地方还有很多。每年冬季，一大批候鸟从北方启程，经过艰苦卓绝的飞行，驻留鄱阳湖畔栖息休憩、繁衍后代。它们中既有全球98%的白鹤、80%以上的东方白鹳，也有超过70%的白枕鹤和数量超三万只的世界上最大的越冬鸿雁群体，还有灰雁、绿头鸭、斑嘴鸭、小天鹅，等等。根据工作人员的统计，每年到鄱阳湖的候鸟多达六十至七十万只，今年年初更是创新纪录，达到七十六万余只。

除却“候鸟的贵人”这个身份，鄱阳湖本身更是一个巨大的生态系统，它的吐纳能力远远超乎想象。它汇聚了赣江、信江、修河、饶河、抚河五大河流，经过一番融合，再注入中华民族的母亲河长江。鄱阳湖洪水期、枯水期的湖体面积和湖体容积相差极大，高水是湖、低水似河，洪水一片、枯水一线，是一个吞吐型、季节性的浅水湖泊，在调节长江水位、涵养水源、改善当地气候、维护周边地区生态平衡等方面都起着巨大的作用，与洞庭湖一起被誉为“长江双肾”。经鄱阳湖调蓄注入长江的多年平均水量达一千四百五十七亿立方米，占长江总水量的15.5%，超过黄河、淮河、海河三河每年水量的总和。鄱阳湖更蕴含着丰富的生物多样性，哺育着万千物种。在鄱阳湖安家的“水中大熊猫”江豚，几乎占长江流域江豚总数的一半。2020年6月，火焰山水域一次性发现上百条刀鱼。2021年4月，一尾长二十三厘米、重四十七点四克的近乎绝迹的鲻，现身都昌松门山水域。一个月后，科研人员又监测到一条长江江西段最大规格的胭脂鱼，体重达六点七五公斤……

在种种利益因素冲击之下，鄱阳湖和它的广袤岸线并没有被破坏，反而成为人与自然和谐共生的典范。2019年9月，白鹤荣膺江西“省鸟”，鄱阳湖和鲤鱼洲们功不可没。

从地图上看，鲤鱼洲就像鄱阳湖畔一条欢腾的金鲤鱼，承载着一片片温馨的人工生境，时刻等待远行的候鸟们回归家园。不仅仅是鲤鱼洲，还有南矶山、吴城镇、插旗洲、白沙洲，乃至整个鄱阳湖，都是候鸟的“洞天福地”。冬天素来寒气逼人，但鄱阳湖畔的冬因了一只只动静皆美的候鸟，因了那些随风摇曳的芦苇芦花、碧绿清澈的湖汊草洲，甚至因了兢兢业业巡路护鸟的巡护员和为了生态环境持续向好的普通百姓，而氤氲着浓浓暖意和脉脉温情。或许，鲤鱼洲和鄱阳湖就是我们认识和处理人与自然关系的一面面镜子。

朔风凛冽，吹不灭鲤鱼洲上热气腾腾的烟火。

赣鄱新绿拂

一

“一定要保护好东江源头水。”这是20世纪60年代周恩来总理的嘱托，依然铭记在东江源区老表心里。

1963年，香港遭遇历史罕见的特大旱灾，每四天供水一次，一次仅四小时，“东方之珠”容颜枯槁。三百五十万人饱受困扰，二十多万人逃离家园。此时，人们把目光投向了千里之外的东江。1963年12月，周恩来总理特批三千八百万元中央财政拨款，修筑东江—深圳供水工程。仅仅一年时间，数万人抵御住五次台风、暴雨、洪水的袭击，开山劈岭、钻洞架桥，建成了八十三公里的河道、八个抽水站、六个拦河大坝。东江水逐级提高四十六米，翻山越岭流进深圳水库，再经由三点五公里的输水涵管引入香港，实现了“令河水倒流”的奇迹。1965年3月1日，东深供水工程正式供水，全香港欢天喜地。

自此，深藏于赣南崇山密林间的东江成为广州、深圳、东莞、香港等地近四千万人的“母亲河”，成为关乎粤港地区繁荣稳定，乃至全国生态安全战略格局的生命之源。

二

“我们要保护好东江源的森林资源！”只要遇到人，何瑞芳必定会叮嘱一句。

今年四十三岁的何瑞芳，本是寻乌县三标乡东江源村土生土长的农民，听着长辈保护水源的故事长大。2017 年 8 月，为进一步保护水源，寻乌县实施“两个半村”移民项目，将东江源村全体村民搬迁至县城的安置点。故土难舍的何瑞芳一看到生态护林员的招聘公告，就毫不犹豫报了名。每天一大早，他就骑一小时摩托车回到东江源村巡山。起初，他对林地情况并不熟悉，但凭着坚定执着的信念和对这片土地的深厚感情，他很快就成了林区的“活地图”。他穿梭于山林间，见人就要唠叨几句。他还时常进村宣传森林防火、生态平衡相关原则，如严禁乱砍滥伐、乱捕滥猎、非法占用林地等，听得村民们耳朵里都快起茧子了。但村民们并不烦他，而是打心眼儿里认同他的观点，也心疼他的付出。这不，每天至少走十里路，鞋穿坏了二十多双，林区的一沟一壑都遍布他的足迹。他所负责的管护责任区内从未发生过一起破坏森林资源现象、一起森林火灾，就连一株因松材线虫病枯死的松树都没出现过。

何瑞芳所巡的山，有一个浪漫的名号——桠髻钵，仿佛一个长发盘髻的美少女。赣南方言念作“阿吉伯”，又像一个身着马褂的帅小伙。桠，山峰形状似树杈。髻，山形仿佛女子发髻。钵，两个山头向下凹，有如钵盂。民间流传着一个美丽的传说——曾有一名唤作木桠的少女，为了捍卫爱情，悲愤跳崖殉情。天神被她的忠贞感动，把她的发髻变成山峰，身体化作山脉，永远守护这片青山秀水。

当我身入其境，眼前的美比传说更甚。群山环抱，屹然挺立，叩首南粤。林海苍茫，茂密的绿幕天席地。四处飞瀑流泉，溪水清澈见底，时有鸟鸣阵阵。登上顶峰，“一脚踏三县，一眼望两江”的豪迈跃然心头，安远、寻乌、会昌三县风光尽收眼底，东江与赣江脉络分明。它的南侧，一条小河波光点点，逶迤而下，盘旋于山林之中。这条默默无闻的三桐河，渐次流入水源河、澄江河、吉潭河，接纳马蹄河后，始称寻乌水。

“江西九十九条河，只有一条通博罗……”这首古老客家歌谣所唱的主角，就是寻乌水。它在斗晏水库下游出江西境，至广东省龙川县合河坝时，与另一条同样发源于寻乌县，经安远县、定南县入粤的定南水壮阔合流，玉成东江。这样一条满载红土地营养与情谊的大江，前后绵延约五百六十二公里，集水面积约三万五千三百四十平方公里，约占珠江流域总面积的5.96%，平均年径流量约二百五十七亿立方米。

问渠那得清如许？为有源头活水来。能否保证东江一泓清水，关键在源区。2004年，经过全国权威专家的综合性科考，东江源区主要包含寻乌县、安远县、定南县的大部分土地，外加龙南县、会昌县的一小部分，约占东江全流域面积的十分之一，总人口约六十万。在自古以来的构造运动影响和流水作用下，源区形成了内有深谷悬崖的崇山峻岭，呈群集的山簇形态。源区内河流密布、水系发达，降雨丰沛，植物区系保留了大量第三纪植被和古第三纪植物，是我国特有植物珍贵物种较多的地区。平均每年流入东江的水资源约二十九亿立方米，占东江年平均径流总量的12%左右。

三

位于寻乌县最南端的斗晏电站断面，是赣粤两省两个跨境断面之一。我从县城驱车，沿马蹄河而下，在山道间颠簸近一个小时，方才抵达电站。四周重峦叠嶂，松树、杉树、樟树们把山头紧紧包裹。它的北面是斗晏水库，水库内蓄积的寻乌水碧波荡漾。南面则水流湍急，俯冲直下。不远处，矗立着一幢崭新的水质自动监测站，可监测氨氮、总磷、总氮、溶解氧等指标，二十四小时有人值班。周边荒无人烟，但这群年轻人毫无怨言，安心守护着一河清水。

“以前斗晏水库河水浑浊，基本看不到鱼。现在水质变好了，基本上看不到漂浮垃圾，而且经常能看到鱼虾成群的景象。”斗晏电站负责人杨辉斌的言语里充满自豪。

四年前，如果提起文峰乡的柯树塘，周边的村民只会摇摇头，长叹一口气。由于多年来稀土的粗放开采，郁郁葱葱的柯树塘变得裸土露天，疮痍满目。每临春季，山体崩塌严重，山上的土壤沿着山谷被冲刷下来，淹没了田地，沙化了良田，致使河床抬高，河道淤塞。加上挖矿利润可观，人心向外，整个上甲村一片萧条。相关部门也采取了一些措施，如单独建造拦土墙、拦土坝，但苦于山上没有配套的复绿，难以持久发挥效用。

在赣南这片典型的南方丘陵山地，一个废弃矿山，意味着矿山环境治理恢复、土地整治与污染修复、流域水环境保护治理等面临多项难题。过去，稀土开采采取池浸和堆浸工艺，冶炼中产生大量有毒有害废水、废气、尾渣，矿区水土流失较为严重。即使前些年采用比较先进的“原地浸矿”工艺，基建投资少、建设周期短、生产成本低，但每开采一吨稀土氧化物也需耗费七吨硫酸铵，容易造成地下水氨氮和重金属污染。

可如今的柯树塘，竟不可思议的绿意盎然。车辆拐进路口，草木摇曳。“山水林田湖草，生态文明上甲”的牌子赫然醒目。裸露的土壤纷纷覆上了绿植，猕猴桃、百香果、橘子、油茶、竹柏漫山遍野。我尽力想象这儿曾经的沟壑纵横、寸草不生，但成片的绿总是设置一道道关卡，直到站在宣传展板前。随着工作人员攀上观景台，游目骋怀，林木漫无边际，山峦巍峨相叠，似乎随意挑选一个方向，均可投入绿水青山的怀抱：乌泥嶂、天子印、驼背寨、磷石背、文笔秀峰、蜡烛台……

怎么做到的？“我们采取山上山下、地上地下、流域上下‘三同治’的综合治理模式，短时间内让区域内水土流失大幅降低，土壤得到有效改良，外出的村民也陆续回巢。”台上风力强劲，文峰乡工作人员的话语被吹得高低起伏。“下一步，还要发展乡村旅游，开发民宿，打造素质拓展基地，有的老百姓已经同意签协议了。”寻乌县生态环境局负责人补充道。

六平方公里的废弃矿山，完成了集矿山遗迹、科普体验、休闲观光于一体的华丽转身。

这一切，要归功于柯树塘废弃矿山环境综合治理与生态修复工程。这一浩大工程按照小流域分区综合治理的思路，以“沃土壤、增绿量、提水质”为目标，同步推进了矿山环境整治、植被恢复、人工湿地和小流域水环境保护治理。在山上，开展地形整治、边坡修复、沉沙排水、植被复绿。在山下，填筑沟壑，兴建生态挡墙、截排水沟，消除矿山崩岗、滑坡、泥石流等地质灾害隐患，控制水土流失。在地上，通过客土、增施有机肥等手段改良土壤，平面引进光伏发电，或因地制宜种植油菜花、猕猴桃、百香果等经济作物，坡面采取穴播、条播、撒播、喷播等形式恢复植被。在地下，采用截水墙、水泥搅拌桩、高压旋喷桩等工艺截流引流地下污染水体至地面生态水塘、人工湿地进行减污治理。在流域上游，稳沙固土、重覆植被，实现稀土尾沙、水质氨氮源头减量。在流域下游，通过清淤疏浚、砌筑河沟格宾生态护岸、建设梯级人工湿地、完善水终端处理设施等水质综合治理系统，实现水质末端控制。工人们头顶烈日，挥汗如雨，愣是把草木种活在几乎没有营养的土壤里，达到了全流域稳定有效治理的预期目标。

在寻乌县，旧貌换新颜的远不止柯树塘。斗晏水库所在的龙廷乡，投资两千多万元治理稀土矿点污染面积千余亩，解决了高子坑原地浸矿矿区水土流失、地质稳定性差及环境污染等问题，为出境水质提升再添一把柴。共投资三千五百多万元，对南桥镇珠村、下廖村、满坑村约一千五百亩遗留矿点进行全面排查，因地制宜建设引水、排水设施，采取化学、生物方法解决污染源，通过植物、微生物方式削减中间污染物，减少矿山污染物输出。又投资七千八百万元，启动蓝贝坑稀土矿点污染物治理工程，一期日处理工业污水一万立方米，二期日处理工业污水三万立方米，排放标准可达到《城镇污水处理厂污染物排放标准》一级A标准，解决了工业污水问题，有效保障了寻乌河水质。

原先的不毛之地迎来“蝶变”，一座座“花果山”脱胎换骨。据统计，矿区水土流失量由每年每平方公里三百五十九立方米降低到三十二点三立方米，降低率高达91%。植被覆盖率由10.2%提升至95%，植物品种由少数几种草本植物增加至草灌乔植物一百余种。水体氨氮含量削减近90%，入河水质大为改善，土壤理化性状显著改良，生态断链持续修复。寻乌县在废弃矿山里走出了一条“生态+工业”“生态+光伏”“生态+农业”“生态+文旅”的绿色发展道路，将昔日的“环境痛点”转变为“生态亮点”和“产业焦点”，仅爱康、诺通两个光伏发电站，装机容量就达三十五兆瓦，年发电量约四千二百万千瓦时，年收入四千多万元。

仅仅三年光阴，寻乌、安远、定南三县二百二十八个稀土矿区、十五平方公里的面积，全部完成治理。

卓有成效的废弃矿山综合整治，只是东江源区众多行动的一个缩影。

一方池塘中，污水随着齿轮的搅动上下翻涌；另一池中，清澈的水流从池中汩汩而出，流入山涧滋润夹岸草木。鸟语啁啾，山风和煦。当我来到会昌县清溪乡青峰村，眼前的景象令人诧异。曾经污水横流，如今焕然一新。会昌县为了东江源区乡镇，投入五百二十二万元，开启了青峰村移民搬迁项目，使生活污水得到有效处理。

这些祖祖辈辈习惯了靠山吃山靠水吃水的村民，在面临搬与不搬、自身安稳与保护水源的选择时，毅然下定决心，亲手拆掉了生活多年的祖屋，离开了世代赖以生存的山林和田地，搬到几公里外的清溪乡中心。为什么要搬迁？“田间施的肥、家畜的粪便都有污染水源的可能，种植林下香菇，则要截取原木打孔植入菌丝，后果是破坏大批树木，影响山林涵养水源的功能。”曾在清溪乡担任乡长的老何介绍说。在县里，除了与其他乡镇类似的工作，老何还多了一项重点工作，就是东江源区的污染治理和生态修复。

“搬迁之后，如何做好退耕还林、生态涵养的工作，是我一直在思考的问题。”老何抿了口茶。作为会昌县唯一的东江源区，尽管只有一个村，零点四平方公里的面积，但老何花的功夫一点不少。会昌县东江源区水源涵养林工程项目，在盘古嶂、椏髻钵山区域荒山造林一千二百亩，按一亩五十株标准，交叉种植荷树、枫香、楠木等。清溪乡城镇生活污水处理设施，规模每天六百吨，新建配套管网三点八公里，服务人口达到三千。这些项目的文稿，都摆在老何的案头。

“近几年河道垃圾少多了，每天只要打捞两个小时左右。”五十好几的老刘呷了一口土烧，话语里隐隐带着自豪。每天清晨，他都要撑着自家的竹排，拎着网兜，到县里的河道四处寻觅垃圾，十五年如一日。他的感言，无疑最具说服力。安远县部署的河道护坡生态修复工程，通过废弃物集中清理、水面日常保洁、河道滩涂森林及草本沼泽恢复、江心洲岛屿生境序列建设等手段，清理镇岗河凤山至镇岗段河道十三公里，绿化河岸面积十万平方米。

不只安远县，定南县对转塘电站、九曲河等水葫芦、水面垃圾进行清理，对下历水河礼亨水库以下河段的流域环境进行截污清淤；寻乌县设置河道水面垃圾打捞工程，对寻乌境内干流及一、二、三级支流河道，利用帆船等打捞水面垃圾。

对水的治理，少不了对生活污水的处理。

寻乌县扩建县城污水处理厂二期工程，处理规模每天一万吨，对原污水处理厂进行提标改造，使全厂排放标准达到一级 A，覆盖近十万人口。南桥镇、晨光镇、留车镇、吉潭镇、桂竹帽镇、澄江镇均建成城镇生活污水处理设施，总处理规模达每天三千八百吨，新建配套管网近七十公里，覆盖五万多人口。同时，又对四十六个行政村开展农村环境连片整治，建设污水处理设施二十五套，污水处理设施总规模每天一千八百吨，覆盖三万余人口。安远县的凤山乡、三百山镇等五个乡镇也建设了生活污水处理设施，十一个行政村同样开展了农村环境连片整治，污水处理能力大大增强。

位于定南县西南角的岿美山镇，东面与广东省和平县的上陵镇、大坝镇接壤，山峦绵亘，风景秀丽，但长期受困于生活污水收集与处置的不力。借《东江流域上下游横向生态补偿协议》的东风，定南县投资一千六百多万元，采用新型低能耗集装箱式一体化村镇生活污水处理设备，新建了岿美山集镇生活污水处理站，每天处理生活污水七百五十吨，满足了七千人的日常生活污水处理需求，出水水质达一级 A 标准，区域水体水质大为改善。

放眼定南县东江流域九百一十一平方公里面积，大胆探索村镇智慧环保公园模式，建成了六个集镇、五个中心村、十五个行政村生活污水处理站等一批重大生态环境保护工程项目，生活污水处理设施实现了所有集镇全覆盖。

生活污水之外，还有工业污水。定南县投入近三亿元资金，建设了富田工业污水处理厂和老城精细化工产业园污水处理厂，工业污水浓度进一步降低，园区污染治理能力得到有效保障。

生活垃圾同样不容忽视。小黄坝生活垃圾填埋场是定南县重点打造的生活垃圾无害化处理设施，投入达一亿多元，同时建设了渗滤液处理站，渗滤液处理后达标排放。经专家鉴定，小黄坝生活垃圾填埋场达到生活垃圾无害化填埋处理省级二类标准。引入第三方公司实行城乡生活垃圾清运一体化处理、机械化作业，通过“户收集、镇村转运、县集中处理”，实现了全县一百二十个行政村生活垃圾治理全覆盖。

四

2016年4月，国务院办公厅印发《关于健全生态保护补偿机制的意见》，明确提出：“在江河源头区、集中式饮用水水源地、重要河流敏感河段和水生态修复治理区、水产种质资源保护区、水土流失重点预防区和重点治理区、大江大河重要蓄滞洪区以及具有重要饮用水源或重要生态功能的湖泊，全面开展生态保护补偿，适当提高补偿标准。”仅仅半年后，在英雄城南昌，江西与广东两省人民政府即签署了《东江流域上下游横向生态补偿协议》。

根据《协议》，未来三年，以两省跨省界断面水质平均值达到Ⅲ类标准并逐年改善为考核目标，每年中央财政出资三亿元，江西、广东两省各出资一亿元，建立两省横向水环境补偿机制，实行联防联控和流域共治。其中，财政资金专项用于东江源头水污染防治和生态环境保护工作。两省资金以水质考核为依据，如果江西省出境水质达到考核目标，将得到广东省的补偿，如果达不到考核目标，则要相应补偿广东省。出境断面共设置两个，一是监测寻乌水水质的斗晏电站断面，二是监测定南水水质的庙咀里断面。

真金白银，真刀真枪。对于江西而言，水质的好与差，将是正反两亿元的巨大落差。对于广东而言，用一亿元换取整条流域的洁净水源，何乐而不为?

《协议》就是一道军令状。《东江流域生态环境保护和治理实施方案》迅速出炉，确定了跨省界断面水质目标和补偿实施范围，明确了环境现状调查分析与评估、生态环境问题诊断和识别、生态环境保护与治理重点工程、可达性分析和保障措施等。2017年初，寻乌、安远、定南、龙南、会昌五县均迅速启动了实施方案中安排的工程项目。与此同时，《东江流域生态补偿项目管理暂行办法》《东江流域生态补偿资金管理暂行办法》《东江流域水质考核断面监测方案》《东江源区上下游横向生态补偿工作绩效评价办法（试行）》等一系列配套制度也及时跟进。

一连串的“组合拳”，给东江源区的生态环境带来了质的飞跃。近五年来，主要污染物指标逐年下降，东江源头水质持续得到改善，考核断面水质均达到或优于Ⅲ类标准。其中，两个跨省出境断面水质达标率为100%。

五

党的十八大以来，以习近平同志为核心的党中央以前所未有的力度抓生态文明建设。习近平总书记视察江西时指出，绿色生态是江西最大财富、最大优势、最大品牌，一定要保护好，做好治水理水、显山露水的文章，走出一条经济发展和生态文明水平提高相辅相成、相得益彰的路子，打造美丽中国“江西样板”。江西省委、省政府始终牢记习近平总书记的殷殷嘱托，坚定不移走生态优先、绿色发展之路，深入推进国家生态文明试验区建设，坚决打好污染防治攻坚战，让“生态江西”的美誉度和影响力不断提升。

——“十三五”末的2020年，全省设区城市PM2.5浓度30微克/米^3，比2017年的44微克/米^{3}下降31.8%。优良天数比率由2017年的87.3%上升到94.7%，提高7.4个百分点。国家地表水考核断面水质优良比例达到创纪录的96%，超过国家考核目标10.7个百分点。长江干流江西段Ⅱ类水质优良比例达100%。全省生态环境质量创历史最高水平，大气、水环境质量均名列中部省份第一。

——2021年，全省环境空气质量优良天数比率96.1%，同比上升1.4

个百分点，设区城市 PM2.5 浓度为 29 微克 / 米^3，同比下降 3.3%，双双更新历史最佳。长江干流江西段十个段面、赣江干流三十三个断面均达到Ⅱ类水质，十一个设区城市集中式饮用水水源水质达标率为 100%。

——全省森林覆盖率稳定在 63.1%，位列全国第二。世界文化景观五处，世界地质公园五处，国家森林公园五十处，国家级自然保护区十六处。国家级“绿水青山就是金山银山”实践创新基地累计六个，位列全国第三。“国家生态文明建设示范区”累计二十个，位列全国第五。武夷山国家公园设立，江西成为全国首批拥有国家公园的省份。

——2021 年，全面完成一百一十七座城镇污水处理设施提标改造，累计建成污水管网二点一万公里。建成垃圾焚烧处理设施三十三座、日处理能力二点八五万吨。十一个设区市中心城区原生生活垃圾处理基本实现“零填埋”。危废、医废年处置能力分别提高到五十九万吨、五点六万吨。畜禽粪污综合利用率、秸秆综合利用率分别达 96.8%、95.1%。

——发布《工业废水铊污染物排放标准》《南方丘陵地区果园面源污染防治技术指南》等地方环境标准，为打好碧水保卫战、农业农村污染治理攻坚战提供了支撑。《离子型稀土矿山开采水污染物排放标准》填补了稀土工业污染物排放相关国家标准的空白。

——国家生态文明试验区三十八项重点改革任务全部完成，三十五项改革举措和经验成果列入国家清单在全国推广。山水林田湖草保护修复、全流域生态补偿、国土空间规划、绿色金融改革、生态价值转化、河湖林长制等改革走在全国前列，绿色发展“靖安模式”、废弃矿山修复“寻乌经验”、萍乡海绵城市建设、景德镇“城市双修”等成为全国典型……

一系列生态环境保护的“组合拳”，把本底秀美的江南西道维护得愈发靓丽。

六

人人都说婺源美，美在油菜花，美在晒秋的篁岭。

说实话，在油菜花黄已然消退、晒秋尚未到来的真空期，我对初夏的篁岭并没有太高的期望值。

可是，一踏上篁岭的土地，我竟被汹涌的绿浪怔住了。从远端的山峰，到近处的田野，再到层层叠叠的梯田，绿贪婪地四下扩张。数百年的古樟、红豆杉、香榧、香枫枝繁叶茂，充分体现着田野的深度，比高速公路边壮硕的速生杨树林，冲击力强上数倍。我们这些生长在江西，早已对绿有些腻歪，甚至麻木的人，居然瞬间恢复了灵敏。

更为惊喜的，远不止绿。刚转过一个小山包，一小撮粉墙黛瓦的徽派建筑裹着阳光逼射过来，像一朵怒放的白牡丹，在碧绿的包围圈上撕开一个缺口。怡然漫步间，蝴蝶成群结队挥舞着雪白的翅膀，上下游弋。蜻蜓轻盈盘旋，曼妙的舞姿带出条条蓝青色的弧线。犹抱琵琶半遮面的绣球花偶尔娇羞地探出脑袋，荡漾着一股紫色的幽雅。两座灰色的木桥横亘中央，强行隔开缠绵的绿。就连漆黑的蚂蚁也不甘寂寞，大摇大摆晃动着肥硕的躯体，这群可以尽情刺激味蕾的昆虫，充分诠释着幸福的至高境界。

水流随处可见。走着走着，耳边就响起汩汩声，一拐弯，又一股浅浅的清水，刚冒了个头，便迅速潜进田野深处，像条灵蛇忽隐忽现。

同行的友人说：“造物主一心想营造一片绿的天地，却不小心漏洞百出。”我笑笑反驳：“或许正是有意为之。”任由一种色彩完全“刷屏”，不也容易审美疲劳吗?

本以为油菜花和晒秋缺位的篁岭，只是一座平淡无奇的村庄，却想不到这般风姿绰约。此时此刻我才领悟，为何是婺源被誉为“中国最美的乡村”，为何婺源才能拿下“全国森林旅游示范县”“中国人居环境范例奖”“国家乡村旅游度假实验区”“中国优秀国际乡村旅游目的地”等三十多张“国字号”金牌名片。

赣鄱大地颜值高的远不仅仅是某几个点。

每年白露到寒露之间，在遂川县营盘圩，总能欣赏到团团簇簇的候鸟席卷半空。这条“千年鸟道”遍布金灿灿的高山梯田和多彩斑斓的天然阔叶林，时常云雾缭绕、烟雨蒙蒙，岭下阡陌纵横、田舍相间，演绎着候鸟大迁徙与人鸟共和谐的壮美史诗。

一百五十二公里的九江长江“最美岸线”水美、岸美、产业美、环境美，不时可见绿草成茵迎风舞、霞映鄱湖千帆竞的旖旎风光。

昌铜高速生态经济带满目苍翠、百花争妍，两侧皆如浓墨丹青绘就的绿水青山，沿线五县森林覆盖率平均约71%。

景德镇昌江百里风光带花红草绿，水清岸美，如一幅充分铺展的人与自然和谐相处的美丽画卷……

七

一条迁徙路线，将一个省与一种鸟的命运紧紧连在了一起。

立冬过后，南矶山的风就会携带着一股浓郁的鸟味。这片由南山、矶山两个湖岛和包裹着它们的草洲、泥滩、芦苇共同组成的湿地，是名副其实的“候鸟天堂”。站在南矶的土地上，满眼尽皆芝麻般的白点。此时望远镜显然成了稀缺资源，好不容易抢到一个，便舍不得放手。

镜头里的鸟儿，有的两两成对相向嬉戏，像是在互诉爱慕；有的挺直身板孑然而立，一副与世无争的模样；有的三五成群扑腾翅膀，吐出高低不同的音符；有的贴着水面低飞滑翔，似乎在向谁展示健硕的身姿。它们的灵动与周边的水、土、草、苇，乃至天空、山峦，融合成一幅优雅的画卷。人们沉浸其间，忘却了时间，忘却了自我。

突然，左上方的天空中传来几声“呕呕呕”的鸣叫。“小天鹅！”众人愣神之际，老王喊了一句。这么远是怎么看出来的？“听声音呗。”老王一副爱理不理的嘚瑟劲儿。他倒是个热心肠，远远指着身形各异的鸟儿告诉我们这是白额雁，那是中华秋沙鸭，认真给我们讲解夜鹭、白鹭、灰鹭的不同之处，白腹鹞与白头鹞的区别。讲到东方白鹳为什么没有声带，它们所发出的“嗒嗒嗒”的声响是源自上下喙的叩击时，还饶有兴致地学了几嘴。

不仅仅是南矶山，永修县的吴城镇，南昌高新区的鲤鱼洲，余干县的插旗洲，乃至鄱阳湖的各个角落，都聚集了品种繁多的候鸟。这些年，来鄱阳湖越冬的候鸟一年多过一年。究其原因表面上看，似乎是冬季湖水的如约退却，但根子里却是乡民们将自己世代谋生的水域资源出让给鸟儿的高度自觉，以及各方管理者的倾心付出。

“下午4点左右，我开始统计密密麻麻的雁群，数到3000只左右时，一群雁从镜头中飞过，其中一只白色的雁，身上貌似有个地方是黑色。黑色？莫不是雪雁？立刻调转镜头。果不其然，翅膀间的飞羽黑色，赶紧翻阅图鉴进行对比。在询问经验丰富的同事，保护区曾有雪雁的记录后，便记录下雪雁一只。”这是南矶保护站工作人员曹志明2022年1月9日的日记片段，尽管他的文字细腻而内敛，但一只雪雁带给他的意外惊喜却喷薄欲出。

曹志明并不孤独，像他一样奋战在鄱阳湖湿地候鸟保护战线上的同道中人遍布湖区四面八方。

2020年10月31日，新华社微纪录片《国家相册》第三季第二十六集如期播出，片中的主角是九十七岁高龄的江西鄱阳湖保护区拓荒元老何绪广。四十年前，已退休的何绪广开启了十年基层巡护员的生涯。他早出晚归，风餐露宿，足迹遍布整个保护区，成了当地村民公认的“护鸟神”。由于条件艰苦，保护区成立初期分配来的大学生基本走光，何绪广眼见人员奇缺，动员儿子何守庆从待遇更好的贮木场转行从事巡护工作。何守庆二话不说，子承父业，一干就是近四十年。1993 年，何守庆的妹妹何红也自愿进入保护区，在一线巡护二十五年直至退休。家族的护鸟荣光闪耀着，在何绪广成为巡护员的三十年后，他的孙子何耀东成为鄱阳湖保护区沙湖站聘用的一名护鸟员。一家三代四人在鄱阳湖畔书写了一段感人至深的人鸟故事。

还有出生于 1989 年，大学一毕业就考入鄱阳湖保护区工作的林发荣，巡湖三十余年、坚持用相机留下鸟类珍贵影像的王小龙，总巡护路程多达十六万公里、从鸟盲转型为鸟类专家的高翔……他们在朔风凛冽中踏泥过草，在冰天雪地中涉水蹚沟，在寒冬腊月里星夜蹲守，奋不顾身投入守护“鄱湖精灵”的壮丽事业。是他们的奋不顾身与勠力前行，让白鹤这个在地球上生存了六千万年的古老物种从濒临灭绝到重获新生。2019 年，白鹤从五百七十多种鸟类中脱颖而出，荣膺江西“省鸟”称号。2021 年审议通过的《江西省候鸟保护条例》又设置白鹤保护专章，这是对这群护鸟人最好的褒奖。

2020 年元旦，长江十年禁渔计划正式实施。两年后，环鄱阳湖边的越冬候鸟已超七十六万只，再创历史新高。

如果说鸟类是环境优劣的“生态试纸”，那么江豚同样是生态环境的“晴雨表”。

2021 年 9 月的一个周末，我和孩子路过赣江扬子洲段。突然，江面上好像有什么东西在扑腾。它与水族馆里表演的小海豚何其相似！难道是江豚？去年时隔四十余年赣江扬子洲水域再现江豚群的新闻顿时浮现脑海。走近仔细观察，旁边相机“咔咔咔”的声响证实了我的判断。“我们都蹲守大半天了！”镜头后面的中年男子中气十足。只见两头江豚时而跃出水面，时而摆尾水中，欢快畅游，很是享受。

自从江豚“阔别”数十年后重返南昌，想一睹江豚风采的人们纷纷涌入扬子洲。随着长江十年禁渔的生态红利逐步释放，作为长江水生态系统的“旗舰物种”，江豚的数量不断递增，仅扬子洲镇渔业村赣江水域就有二十多头安家落户。更令人惊喜的是，2022 年 3 月，科考人员首次在该水域观测到怀孕的江豚，并首次记录下江豚野外生产的过程。

前不久，在渔业村水域、都昌大沔池水域和永修吴城保护区水域，都捕捉到白鹤舞、江豚跃的罕见美景。万众期盼的重现江豚与滕王阁同框入画，也应当为时不远了。

除江豚外，星星点点的刀鱼群此起彼伏，浮光幻影的鲻鱼令人赏心悦目，连绝迹二十余年的颌针鱼也悄然回归，生物多样性持续恢复。

对生态环境和水源要求很高的极危物种大黄花虾脊兰首次现身武夷山脉，七叶一枝花的变种华重楼亮相明月山，阳际峰国家级自然保护区发现五百株花瓣洁白透明、薄如蝉翼的近危物种水晶兰，一雄一雌两只中华虎凤蝶繁衍后代的唯美画面被桃红岭国家级自然保护区工作人员及时捕捉。时光进入 2022 年，江西的珍稀野生动植物宝库陆续“上新”。

放眼整个江西，全球 100% 的蓝冠噪鹛，95% 的白鹤，80% 的东方白鹳，70% 的鸳鸯，60% 的鸿雁和 50% 的中华秋沙鸭、白枕鹤、青头潜鸭落户于此。四十五种国家Ⅰ级重点保护野生动物、一百四十九种国家Ⅱ级重点保护野生动物在山山水水间诗意栖居，九种国家Ⅰ级重点保护野生植物、四十六种国家Ⅱ级重点保护野生植物在广袤大地上傲然挺立。

八

长江有母亲的情怀，黄河在咆哮，浏阳河弯过了几道弯。知名江河似乎都有脍炙人口的旋律。提起东江，一时语塞。这条保留了客家原生态属性的大江，低调、质朴，像极了谦逊、纯粹的江西老表。四千六百万江西人民用红土地上特有的淳朴厚重，埋头苦干，共护蓝天白云，维系江河清流，孕育鸟语花香，滋养千峰叠翠，山水林田湖草沙生命共同体熠熠生辉，走出了一条生态环境高水平保护与经济社会高质量发展协同推进的新路子。

翩跹挥羽的白鹤们正用歌声奏响生物多样性保护的最美合唱。畅快奔跑的野生梅花鹿们正用笑脸舒展开赣鄱沃土纯净而多情的山水画卷。这些涌动着的生命力量之泉，恰是解读江西绿色崛起的精神密码。

湖的味道

一条老旧的木船，搁浅在湖滩。一只鹭昂首立于橹柄，痴望远方，水微澜。这是一幅关于鄱阳湖的摄影作品。从陈列这张照片的观鸟台望去，湖光潋滟。几条小船懒散地躺在湖面，吃水颇深，似打鱼归来。

去白沙洲。十一根粗壮圆木编成的竹筏，在简易发动机的驱使下，匀速驶离岸边。船夫四五十岁模样，标准的国字脸，面色黝黑，八字胡轻描淡写点缀其间，眼微眯着，目光投向前方的水域。他在思考什么呢？这可是他活了半辈子的地方，什么景致还能让他如此出神凝望？

愣神间，竹排已骑上了湖滩。一片浓郁的绿扑面而来，压得人喘不过气。岸边，嫉妒心十足的水花一波波冲击草洲，试图像丰水期那样吞没它们，却无功而返。船夫吐着烟圈，依旧不动声色。周围大多是土生土长的江西人，整天被绿包裹，对绿早已麻木，但一见了草洲，也撒欢儿地回归了本真的性情。

草洲的另一侧，是鄱阳湖的外湖。目光极尽之处，层层薄雾，宛若虚无缥缈之境。有人说，水是生命之源，水流到哪里，文明的种子就会播撒到哪里。那么千百年来，这片水域必定目睹了人类文明的演进，见证了沧海桑田，驻留了数不尽弥足珍贵的记忆。在它的明眸中，是一棵棵幼苗长成参天大树，是一个个啼哭的婴儿变为壮汉，是一个个借船而过的外来生命踏上追梦征程，或萎靡失落低头不语。在它的双耳里，是一群群候鸟齐声高唱的华丽乐章，是一代代男儿或高或低的渔歌，是慕名而来的男女老幼的欢呼和呐喊。

这到底是怎样的一片水域？恐怕没人能够穷尽其中的奥妙。

大自然总是偏心的。为什么把这片水安放在鄱阳城边？各式各样的河流、水库、湿地、池塘，鄱阳已经够多了，却还锦上添花，奢侈地塞进一条磅礴的湖泊。“鄱”的古意，也就是“鱼米之乡”。尽管江西地处长江中下游平原，土地肥沃，但只有东北部的鄱城最符合《史记》“楚越之地，地广人稀，饭稻羹鱼”的标准定位。湖是趋利避害的，它又何尝不想与这样一片沃土融为一体呢？

而城的诸多密码也散落在湖中。这是一汪并不平静的湖水——它曾经见证了刘裕大破卢循，为登帝位稳步前进的坚毅神情；见证了朱元璋、陈友谅荡气回肠的水战；见证了知饶州的范仲淹如何从这片土地汲取营养，为九年后写《岳阳楼记》积淀才智的过程；见证了“四大贤母”中的陶母截发延宾、锉荐喂马的贤德。“鄱阳”，在多数人心中，既是一片浩浩汤汤的湖水，也是一座底蕴丰厚的古城，它所记载的，远不止这些。如今，一条条熙熙攘攘的街道究竟经历过哪些重大的历史变故？金碧辉煌的淮王府是如何在清军铁骑的冲击下覆灭的？鄱阳城中，历朝历代的显赫家族是如何白手起家、悄然崛起，又如何因纨绔子孙挥金如土昏惨惨似大厦倾？当年，从景德镇运来的大批瓷器，一次次从鄱阳湖横穿而过，或北入长江出海，或南入赣江翻越梅岭，在这中国“海上丝绸之路”的重要节点上，它到底闪耀着何种美艳的光芒？

两千年就在这种摇晃与激荡中过去了，湖水与湖畔的城市耐心地标记着光阴的刻度。而时间也和鄱阳的荣辱捆绑在一起，最终成了湖面上白色的闪光。

离别时，城中心的东湖安安静静，漆黑中，它轮廓依稀，有几分夜西湖的味道，一如初见时的感觉。一辆黄包车呼啸而过，仿佛湖上漂移的渔火。夜深了，一睁眼，鼻腔里满是湖水的味道。

夏天到鄱阳湖来看鸟

冬天的鄱阳湖畔，没有一丁点肃杀之感。不论碧绿的湖水、茂密的水草还是成片的沙砾，光是鸟，就把整个湖装扮得五彩缤纷。广阔的湖边沼泽，成群结队的白鹤、东方白鹳、大鸨、鹈鹕、蓑羽鹤、白额雁、白琵鹭、海雕、中华秋沙鸭素裳婷立，连绵不绝，宛如各式珍珠撒满云天水间。每年入冬，看鸟是江西人的必修课。

鸟是天空的搬运工。鄱阳湖的上空，时时覆盖着西伯利亚的影子。鸟是自由的象征。徜徉在鸟的世界，总有羽化登仙之感。鸟是传统文化的见证者，更是参与者。它们的羽毛沾染了太多风雨，它们的基因携带了太多异乡因素。鲲、鹏、鹤、雀、雕，或承载先人高飞的梦想，或目睹友朋惜别的依依。多少人类文明，多少艺术神话，多少诗词歌赋，都以鸟为名，受鸟恩惠。观鸟一遭，仿佛览毕卷卷写满箴言的经书。

尽管鸟类早已成为我的挚友。尽管不少鸟儿的名号我都如数家珍。然而，当听到爱人要我在炎炎三伏天陪儿子去看鸟，我还是愣在原地半天说不出话。这个季节怎会有鸟？“老师说有就有。”儿子的态度不容置疑。

带好望远镜、《观鸟手册》和一些零食，我和儿子一大早赶到瑶湖，加入虎甲老师的观鸟队伍。大车缓缓驶向南矶山。南矶山是观鸟的首选地，距南昌市区仅六十公里，形似凤凰。相传元末，朱元璋曾屯兵于此与陈友谅大战，最终成就霸业。金秋十月，成千上万的候鸟从北国南来，南矶山周边的常湖、菱湖、北甲湖、神塘湖顿时珍禽云集，鸟鸣声声。

鄱阳湖尾水如天。盛夏的湖水，应是烟波浩渺，湖畔亦当水泽丰满。奈何遭遇历史罕见的大干旱天气，沿路沟渠皆缺水严重，泥沙淤积。土地渴得裂开条条缝隙。水草弯腰低垂，抬不起身子。

倏忽间，一只咖啡色的小鸭子探头探脑。车厢里一阵骚动。“小鸊鷉。”虎甲脱口而出。望远镜里，小鸊鷉的脸部、颈侧和下喉部皆栗红色，黑褐色的嘴尖一点白，羽毛油光瓦亮的。“别看它小，可会抓鱼了。”“用根麻绳系在芦苇上，就是它的巢穴，风一吹，像摇篮一样。”瞬间，大家都露出羡慕的眼神。

不远处，两只体型略大的鸭子快速拍打水面，荡起圈圈涟漪。体羽大部棕褐，羽缘色浅，头顶色重，嘴扁色黑，嘴端有一黄色斑块。“这叫斑嘴鸭，它和绿头鸭是我国家鸭的祖先。”

未几，七八只大鸟从低空掠过。“大白鹭。”虎甲老师的手指顺着它们的飞行路线划过一道弯。

“一眨眼的工夫，就能看出是什么鸟？”我惊讶道。

“见多了。”虎甲轻描淡写，“大白鹭的颈部成较为生硬的‘S’形，而且嘴裂达眼后。”“注意，嘴——裂——达——眼——后！”他又一字一顿地强调了一遍，随即在笔记本上飞快涂写起来。

车猛然被虎甲喊停。左侧二十米处，一只通体雪白的鸟优雅立于洼地，纹丝不动。只有纤细的双腿黑漆漆的，嘴扁长呈鹅黄色。“这只中白鹭太美了！”虎甲忍不住赞叹。它的脖子也成“S”形，但曲线更丝滑，比嘴裂达眼后的大白鹭秀气得多。它是找不着伙伴落单了吗？还是离群独自散散心？抑或正在欣赏这一车大惊小怪的男女老少？兴许，我们都在不知不觉中装饰了它的梦。

一路行进，走走停停。一会儿，一只迷你的棕背伯劳蹲在枝头虎视眈眈。一会儿，一只硕大的苍鹭与我们并驾齐驱。又一会儿，两只高挑的黑翅长脚鹬在湖汊边迈着长腿觅食。粗壮的池鹭，游走于稻田的灰头麦鸡，上体闪烁蓝绿色金属光泽的黑卷尾，头顶冠羽发达的冠鱼狗，飞行快而敏捷的大沙锥，频繁在水面上空振翅飞翔的须浮鸥，也先后出镜，引起尖叫连连。

时至正午，天空呈现出动人心魄的瓦蓝，阳光淡白而强烈。攀上南矶山瞭望台，天高地阔，微风习习。四周草甸厚实，色泽油绿，勾勒出草原般宏伟辽阔的曲线。条条小河蜿蜒交错，若隐若现。远处，稻田苍翠，几只白胸翡翠钉在电线杆上。性格倔强、好啄木头的白胸翡翠，它的羽毛曾是古代皇后冠饰的重要原料。右前方似有几团白练横卧水中，凑近望远镜——竟是一个密集的白鹭群，有的把头埋进羽毛自我欣赏，有的轻划水面缓缓滑翔，有的三五成群追逐嬉戏，有的成双成对耳鬓厮磨，还有的昂首挺胸单腿挺立。鸟羽如轻盈飞舞的雪花，纷纭灼目。久久凝望，让人心飞云天，如痴如醉。

“今天我们把鹭鸟基本看全了。”等孩子们狼吞虎咽过后，虎甲才慢悠悠总结道。没想到在骄阳似火的日子，在看鸟的淡季，竟能邂逅一只只大白鹭、中白鹭、小白鹭、池鹭、苍鹭，听它们鸣啭，看它们起落。还有那些难得一见的黑翅长脚鹬、大沙锥、黑卷尾、白胸苦恶鸟们，它们在池塘边，在电线杆上，在洼地里，在水渠旁，诗化了我多日的晨昏与梦境。

这些年，来南矶山越冬的候鸟一年年增多。可未曾想，越来越多的候鸟爱上了南矶山，春夏秋冬不离不弃。午餐店老板的一句话惊艳了所有人：“我们这儿常年有大量夏候鸟和留鸟，像夜鹭就栖满矶山崖壁的树丛，仿佛傲然绽放的白色鲜花。”究其原因，不仅仅是湖水的季节性涨落，更在于人们对鸟的尊重，对鸟的退让。

鱼和鸟，早先是一对难解的冤家。人鸟争食，渔业生产和候鸟保护之间的冲突，是数十年来长江中下游湿地自然保护界最普遍的矛盾。曾经，秋冬季的南矶山遍布“堑秋湖”，这是南矶先民利用鄱阳湖季节水位涨落和赣江口－鄱阳湖湿地三角洲特殊地貌，改造成一个个蓄水的湖池。待秋初洪水消退，便浮现出大量独立的子湖泊，渔民采取人放天养的方式养殖，水中蓄满鱼虾河鲜。这些“堑秋湖”里的丰富食材，无形间为水鸟提供了天然的食物和生境，吸引南迁的候鸟在此歇脚。于是，众多候鸟成为“堑秋湖”的常客。但不少渔民却把这些抢夺食物的鸟类视作“不速之客”，驱赶成为常态。到了深冬，渔民开闸泄水，鱼虾尽收囊中。在渔民大赚一笔之时，候鸟却面临无食可吃的窘境。

为缓解鱼鸟矛盾，2013 年 6 月，南矶山自然保护区管理局设计了“鸟越多、奖越多”的社区共管方案，按照鸟类数量给予渔民相应的物质和精神奖励，引导渔民兼顾渔业生产和水鸟保护。一时间，“点鸟奖湖”迅速在南矶山升温。12 月份每只一元，1 月份每只两元，粗略一算，可不是个小数目！渔民们纷纷像看宝贝一样守护着水鸟们。他们延迟排水，让鸟儿填饱肚子。他们搭起高架台观测湖中鸟况，一有风吹草动就冲到现场。他们立起标牌，警示闲人勿入。难以想象，几个月前还在抱怨鸟多，像防贼一般防着鸟类的渔民，如今态度竟然来了个一百八十度大转弯。看他们那小心翼翼的模样，简直比专家还专家嘞。

年底，现场点鸟，五十万元真金白银奖给了渔民。它所换来的，是几十万只候鸟在南矶山的宁静祥和的美妙时光。它还带来了更多观鸟看湿地的游客，岛上的餐馆和湖边的鱼舍生意愈发红火，上级的项目和政策也不断倾斜。悄然间，南矶山成为鄱湖观鸟的“头牌”。

“点鸟奖湖”一做就是七年。直到 2020 年 1 月 1 日，长江十年禁渔计划正式实施。一个月后，南矶湿地成功晋升国际重要湿地名录。南矶人彻底把河、滩、草、洲让给了鸟儿，让它们自由自在，安然越冬。他们想出了“协议管湖”的金点子，保护区出钱出方案，乡村出人出细招，实行

“保护区－社区共管”，制订了一个个包括水位管理、监测、巡护、科研在内的子湖泊管理方案，管好水位、设施、环境，管控人为活动，营造候鸟们的优质栖息地。2022 年初，来南矶山越冬的候鸟已达二十余万只。

回程途中，不时有鸟儿腾飞而起，忽高忽低，忽远忽近。鸟儿的留恋，鸟儿的不舍，就是对南矶人最好的褒奖。

一山匡庐

似乎每一座山，原本都是没有路的。

数亿年前，江西西北一隅，浅海平静。突然，一股股灼热的岩浆从地壳深处喷涌上来，试图冲出裂隙蜂拥而出。然而，厚实坚硬的砂岩硬是顶住了热流，没有让这片秀美的海湾变成火山。尽管岩浆心有不甘，却也只能把砂岩地层顶托起来，形成五老峰、仙人洞、龙首岩等悬崖峭壁。三百万年前，地球进入第四纪冰川期，山顶的冰雪急不可耐俯冲下来，汇聚成汹涌的冰流，向四周猛烈刨蚀冲溶，形成了冰斗、悬谷、角峰等诸多特殊地貌，谷地被冲刷得更加宽敞，滋生了一系列崭新的植被。

公元前 4 世纪，东周列国依旧刀光剑影。据传匡姓兄弟七人看透列强纷争，无意官场，云游四方。当他们来到一座巍峨挺拔、襟江带湖、云环雾绕的奇峰峻岭面前——有的浑圆如华盖，有的蜿蜒而上似蛟龙，有的如龟行大地，险峻与柔美并济，都不约而同停下脚步，在此隐居休憩，求仙问道。周威烈王仰慕七兄弟高名，力邀其出山为官，不料使者到达此山，七人已羽化登仙，仅剩庐营。自此，这座与大江大湖浑然一体的大山，拥有了它的名号——匡庐。

早在新石器晚期，庐山周围便有人类活动的痕迹。公元前 126 年，西汉王朝北疆反击匈奴的战事正如火如荼，南面安静的庐山迎来了一位清秀的年轻人，眺望传说中大禹治水时疏浚过的九江。三十年后，他在那本熠熠生辉的《史记》里专门记下了这段经历，“余南登庐山，观禹疏九江”

的名句，让庐山成为文人墨客、僧侣道徒心中的圣地，开启了庐山与一个个生命的激情碰撞。

但庐山依然没有路。文章之美冠绝当时的谢灵运，就曾为如何上山头疼不已。尽管“积峡忽复起，平途俄已绝。峦陇有合沓，往来无踪辙”，可这位王公贵族硬是踏着那双并不适合登山的“谢公屐”爬上了山顶，还在石门涧筑造精舍，把山水诗的精髓留在庐山。比他年长一些的陶渊明，更是整日攀山涉溪，披荆斩棘，在山石之间刻下了清晰的足迹。

尤其是徐霞客。1618 年秋，这位访微探幽的旅游达人溯长江而上，登上期盼已久的庐山。他向来达人之所未达，此次亦然。他取径石门涧，“上攀下蹑，磴穷则挽藤，藤绝置木梯以上”，成为史上由“百丈梯”登上天池的第一人。“悬梯以度”“攀茅拉棘”，以登最高顶汉阳峰。“从涧中乱石行，圆者滑足，尖者刺履”，一览三叠泉之胜。短短五天时间，他仅凭脚力将匡庐奇秀“全收其胜”，又于日记中详细记述，读之如身临其境，着实令人钦佩。

古人在迂回逡巡间络绎不绝的步履，终于开辟了一些交错的山道，像九十九盘山路、好汉坡、慧远古道，等等。它们虽然没有如今的盘山公路平坦迅捷，更多的只是依附地形，但却道法自然，天人合一。

于是，自己每每起意上庐山，心间即油然而生一份敬意。

山水历来不分家。水像血液一样，流经庐山的各个角落。浩瀚的鄱阳湖在江西北境恣意奔腾，却在庐山脚下变得异常温顺，不仅收敛了狂傲的姿态，而且心甘情愿被苍翠的含鄱岭包在嘴里。站在“千里鄱湖一岭函”的含鄱口，清澈的湖水与葱茏的林木、静谧的山峦、熹微的晨光交相辉映，美不胜收。

雄伟的瀑布也不甘寂寞。“诗仙”的一句“飞流直下三千尺，疑是银河落九天”，让庐山瀑布的颜值陡然提升，声名鹊起。被誉为“庐山第一奇观”的三叠泉，由五老峰崖口流出，苍崖绝壁豁开如门，经山川石阶折成三叠凌空而下，洪流倾出，白浪飞溢，犹如笼上一缕薄纱，诗意盎然。幽深静谧的黄龙潭、乌龙潭，最早载入史册的石门涧瀑布，好似双龙倚天俯坠潭中的碧龙潭瀑布，均有远离尘世、超凡脱俗的意境。

除了似野马奔腾的巨瀑，山中还隐匿着久旱不涸、久雨不溢的小天池，如发光的碧玉镶嵌在林荫秀谷之中的芦林湖，丰姿幽雅、曲线玲珑的如琴湖，以及若干逶迤环绕的无名水流。山水完美融合的庐山，随处可见山光水色兼备、岚影波光并收，好一幅天然画卷。

山与水的交融，必定氤氲着滋养万物的灵气。中唐时期那只温顺可爱、善解人意的白鹿，陪伴了一批又一批学子讲学论道。暮春时节艳丽的桃花，化解了白居易对“春归无觅处”的长恨。四时花开的锦绣谷，为慧远提供了取之不竭的花卉与草药。我国最早的植物园之一，让十万余种国内外植物标本得以保存……

灵气的滋养少不了天时的偏爱。因依傍长江和鄱阳湖，大量暖湿气流萦绕庐山周围，在爬升过程中与山上的冷空气相遇，自然雨水频繁。山上的雨不像山下那般淅淅沥沥，而是气势恢宏得像一只永不干涸的巨盆倾倒下来，雨点密得没有缝隙，仿佛乌云始终盘桓头顶，压得人喘不过气。雨的力道大得惊人，山上时不时浮现一些被雨水冲刷出来的沟壑，青玉峡、九叠谷、龙门沟等峡谷地貌景观，也是水流长久侵蚀的产物。

云雾缭绕，是庐山的另一大特色，雾日多达一百九十天。一阵云雾飘过，刚才还并肩而行的游客顿时失散。头顶的山巅一会儿高出云层，一会儿被雾气吞没，脚下则一片云海茫茫，恍如腾云驾雾一般，荡入仙境。山、树、路、灯、屋、车，多种色块交织在一起，像一张五彩斑斓的泼墨画。五老峰、如琴湖等地还会偶现海市蜃楼，云天缥缈。有此得天独厚的生态环境，庐山云雾茶的绿润多毫、鲜爽醇厚就不足为奇了。

如果说云雾被称为庐山的灵魂，那么雪就是庐山的精灵。漫长的冬日，这些精灵是庐山最长情的陪伴。奇松怪柏上的雪凇，铁皮屋顶上的冰面，屋檐的冰棱，路边的冰条，映衬出冬日的肃杀。雪与冰封住的不仅仅是一棵棵树、一条条路和一幢幢房屋，更是整座山。它们隔绝了山与外界的联系。山上的居民却丝毫不在意，他们早已囤积了足够的食物，冬眠一般享受着少有的宁静时光。只有极少数游客禁不住煎熬，车胎缠上铁链强行进山，铁与冰的摩擦声在万籁俱静的世界里格外响亮。越过冬季，醒来的不仅是山本身，还有整座星空。皎洁的群星迫不及待地挤出夜空，像硕大的宝石一样尽情闪烁。抬眼望去，仿佛不用登百尺危楼，亦可手摘星辰。

从历代浔阳等城市的地图可以看出，庐山并不是一座孤立的野山，无论是北麓的江州州治和浔阳郡郡治九江，还是南边的洪州州治和豫章郡郡治南昌，抑或南康军、南康府治星子等小城，都与庐山形成了充分的互动。山与人，山与大城小郭，山与大江大湖，彼此融通，相互依存，构筑了一个庞大的生命网络，展现了强健的生命脉搏。

最应当感谢的，还是文人骚客们。跟随司马迁、慧远、陶渊明、谢灵运的脚步，一长串诗人词家纷至沓来。一生中五次登临同一座山，对放荡不羁的李白而言实属罕见，除了声名远播的《望庐山瀑布》，“庐山东南五老峰，青天削出金芙蓉”“我本楚狂人，凤歌笑孔丘”同样脍炙人口。左迁江州司马的白居易，不仅让一条默默无闻的花径享誉天下，还留下了中国文坛“面对歌女掩袖而泣”的经典姿势。“哪个才是庐山的真面目？”苏东坡在西林壁上的千古一问，为庐山增添了一股前所未有的禅机。还有杜牧、韩愈、李贺、王维、范仲淹、杨万里、孟浩然、王安石、陆游、王阳明……一万六千多首神采飞扬、气韵生动的诗词，像璀璨的群星，共同捧起它们心中神圣的明月。魏晋以降，庐山已经成为中国诗人艺术生涯中的必经圣地。成百上千的名人雅士纷纷便风顺流涉足庐山，观光赏景，著书讲学，吟诗作画，参禅论道，寻古探幽，共同书写一部厚重的历史文化长卷。

文人游历名山，不仅是出于对山水的天然亲近和单纯的疏胸释臆、排遣孤独，往往还带着一种企盼——能与高层次的文化大咖聚首，为自己带来大大小小的宝贵机遇。在古代，名山就是一个巨大的交际圈，也许某一次邂逅，便可结上一二位莫逆之交，走上超拔脱俗的快车道。当然，古时候的通信并不发达，不期而遇是概率极小的事件，因此大家把自己的诗文镌刻到石壁上，希冀得到跨越时空的鉴赏，成为不朽。遍布山上的摩崖石刻，便是这种心态下的产物。可是，文人普遍身单力薄，对他们而言，在高峰危崖上雕凿是不可能完成的任务。此时，一批专事镌刻的匠人站了出来。他们身强力壮，虎背熊腰，皮肤黝黑，守在上山的路上，为过路人提供笔墨纸砚，时刻准备将题识、纪事、诗词、对联的光影放大后搬上石壁，或阳刻，或阴刻，或双钩，或横排，或竖列，或擘窠巨制，或寸字见方。时间一长，石刻竟琳琅满目，遍布全山。庐山现存石刻分布于一千三百多处，其年代之久，分布之广，书家之众，书体之全，书道之深，价值之高，堪称全国名山之翘楚。

徘徊牯岭，被梧桐树荫笼罩的步行道，供游客清坐、歇脚的座椅，视野开阔的街心公园，商铺五颜六色的霓虹灯，城市感时刻凸显。但更具集群冲击力的，是那些园林式的别墅，那些动人心魄的工艺品。它们中既有巴西里加建筑的模拟品，又有欧洲文艺复兴时期的产物；既有峻峭的双石堡、双尖塔及尖楼，又有弧度大而舒缓的穹形房顶；既有北欧式的陡坡度屋顶，又有南欧式的缓坡结构；有的散发出欧美中世纪田园诗的风韵，有的又洋溢着浪漫主义的色彩。这些别墅既讲究庭院美化，花木扶疏，又充分借力岩石地貌，野趣盎然。它们或红色，在绿树丛中形成反差而引人注目；或绿色，掩映于浓荫之中，给人恬静安详之感；或蓝色，生成清丽秀美之趣。星星点点的铁皮屋瓦不时扑入眼帘，孤山重冈的寂寥感顿时消散。这些融合了中国园林艺术美学情趣的巴洛克式、折衷主义、哥特式、浪漫主义等风格建筑，像一颗颗绿海中的明珠，在质态上将庐山与其它文化名山彻底区分开来，使之生发出独一无二的特质。

我看到的风景，均立足脚力便利之地，远不及徐霞客，动辄“重嶂幽寂，非复人世”。或许在徐霞客眼中，匡庐的七八分胜景，依然养在深闺。

云雾漫漫，忽来忽往。庐山的真面目，究竟是何种模样？

随处自然

夜气稍退，天色依旧混沌。茶花树的叶子又被打落了不少，顶上的花苞终究没有开成，几株盆景似乎抬不起头，隔壁出墙来的红杏也收敛了几分，整个院落零乱、凝重。下意识拾起扫帚，清理一地的红绿黄。竹枝滑过，瓷砖的苋红顿时鲜亮。查遗补漏之际，咦，这一点绿怎么也带不出来？再用力试两次，仍然纹丝不动。被卡住了？还是侥幸进入了扫帚的“盲区”？随意拽了两下，竟巍然坚挺。定睛一看，这两株绿青翠青翠的，像茶树的毛尖，像襁褓中的婴儿。它们并非随风雨飘落，乃钻瓷砖缝而出。可是，瓷砖高度密合，不见破损，它们何来如此强劲之力道？半年前，工人们才热火朝天重铺了瓷砖，水泥层垫得厚实。

扭过头，后面也有隐隐的嫩绿。左边两步，右边三步，亦然。这一方狭小的院落，瞬间，嫩绿遍布。

惊诧之际，扫帚从手中滑落。它仿佛也在反思，为什么会有这么多漏网之鱼。日日进出，竟毫无觉察。不仅是扫帚，一只只鞋底的踩踏，一次次冲地的水流，都没能奈何一二。更换瓷砖前，它们是否存在？它们的根系，是否已经连通了茶花树们的土壤？瓷砖下面的土壤，应该已经被搅得天翻地覆了吧。思考不出头绪。但无论如何，整个院落的审美意境，由于这些盎然的生机，悄然完成了升华。

转身奔向后院，三下五除二扫去大小不一的落叶，深青色的瓷砖上同样嫩绿点点。中央的桂花树和墙边的几棵竹子突然间孤独不再。

我来回端详四处冒出的嫩绿，放任思绪游走。我有多久没仔细观察植物了？人们的步履愈发匆忙，连早餐都三口并作两口，谁会停下脚步，安安静静欣赏三五株草呢？路边的野花野草再龇牙咧嘴，也难吸引眼球。可与此同时，为了消解苦闷，找寻所谓的大美，人们总是千方百计上高山，下深海，入沙漠，穿森林，仿佛离日常生活越远，才越能感悟美的真谛。但高山深海的美，一定比日常触手可及的美更华丽吗？真正的美，必须费尽周折才堪享受？蒋勋说，美是一种生活方式。这种生活方式是否太奢侈了？

两只斑鸠扑棱落地，打断了我的思绪。它们视我如无物，在桂花树下闲庭信步，不时啄一口虫子。斑鸠和喜鹊、鸽子、麻雀一样，是前后院坪的常客。墙檐上，那只肥肥的大黄猫又不知何时冒了出来，蜷着身子发呆。它和几个伙伴，黑猫、白猫、咖啡猫、条纹猫，商量好了似的轮流出没，或趴着晒太阳，或坐着打盹，有时从毛竹间露个头，倏地消失。

我忽然想起了院墙上方——也是一个清晨，天光熹微。下楼梯的一刹那，院墙上方的一排绿撞进眼帘。好像未曾谋面。甩掉拖鞋，冲到窗边，尽力卸去困意，以确保没有驻留于某段梦境。它们个头很小，每株几片分叉，像是花鸟市场售卖的最小号植物。仅仅延展二十来厘米，没有别的伙伴。拦腰以下，均已灰暗，分明不是新芽。日日上下楼梯，居然从未遇见。是墙头草？可是娇小的身段，迅速否定了我一闪而过的念头。嵌在墙体里的玻璃片冷峻挺立，这些边缘锋利的防盗武器，竟成了最近的伴侣。仿佛一个孱羸之人，被强行摁进一间满是壮汉的小屋，随时有被吞没的危险。可它们镇定自若，倔强绽放着。它们的养料源于何处？跨上两节台阶，只见一层薄青苔——铺在狭窄的墙壁顶端，有点儿自身难保的薄青苔，似乎是唯一的养分。

不知不觉，半个钟头过去了。前后两个院落的美学空气蒸腾弥漫。我像一个寻宝者得偿夙愿，欣赏着这一抹抹嫩绿。它们与苋红色、深青色的两片瓷砖，与发黄的白墙壁，与处于显露位置、营养丰富、丰满婀娜的茶花树、桂花树、橘子树、含笑树等，产生了强烈的美学互动。大美隐于市，大美就在身边——我有种顿悟的感觉。难怪梅特林克会感慨万千：“如果人类用上花园里任何一株小草显示的力量的一半，来消除痛苦、衰老、死亡之种种阴影，那么我们的际遇，将与现状大不相同。”

这两个院落，以及它们围裹的钢筋水泥结构，位于老城区的西北角。居民楼粉墙黛瓦，绿树掩映，标准的城市布局。曾经，这儿是城市的中心地带。小轿车、出租车、自行车、电动车、公交车，塞满各条马路。老师、白领、公务员、医生、匠人、学生、打工者们竭尽全力，试图跟上城市发展的步伐。在这个地段，两个院落理所当然被归入同频共振的拼图。只是这一簇嫩绿的涌现，却让它们与周边区域格格不入起来。这一株株小草，与树、花、竹、鸟、猫等生命体并不是简单的物理叠加，而是碰撞出难以言说的化学反应，释放出更为充足的环境容量和空间美学。

川端康成说过，人感受美的能力，既不是与时代同步前进，也不是伴随年龄而增长。有的美，只会被某些人发现。有的人，身边尽是美的因子，却大眼漏神。从表面上看，院落本身普通得紧，不就是随处可见动植物吗？但这两方在城市化进程中孑然独行的院落，云集了多种生物的院落，充满了生命的伟岸张力，使得不同质的生命之间和平共处，和谐共生，真正构筑了一种清静自在的美学状态。此时，方才理解了康德关于美是一种无目的的快乐的深奥论断。戴着五彩斑斓的美学眼镜，这些生命又呈现出崭新的状态。来到桂花树前，似乎时光就定格在农历七八月，白色花瓣细细密密的，浓香馥郁。那十几棵八九米高的竹子，蓊翠欲滴，瞅两眼，就不自觉想起王阳明——竹子里到底隐藏着何种莫测神秘，让他格着格着就恍然悟道？

前不久遇见一片梨花，躺在大路中间，鲜气尚存。一群中学生蹦跶而来，眼看花瓣即将被踏满黑印，但所有人立刻收住脚步，踮脚绕道而行，留下雪白依旧。他们知道，那是一朵朵花，美丽、清净。望着他们的背影，我的心微微一颤。与成绩、学分无关，他们感受到了美是一种无目的的快乐。在某些人眼中，残花败蕊不就是一堆垃圾？可是，这群学生眼中，它们就是生态，就是自然。这是一种竞争力吗？或许大部分人不以为然。的确，这部分东西的生发，哪儿有这么快？可能等到某个时刻，觉得生命不可以肮脏，不可以堕落，不可以糜烂，不可以趣味低级，而要把生命升华为一个比较崇高的状态，才会幡然醒悟它的核心要义。

上次在火车上翻杂志，被一段话惊艳："记得有人曾说，'美景之美，在其忧伤'……梅花插瓶无须多，一枝就足够，在灯下疏影横斜地静默着，可以提醒你，哪怕半生失意，还有这点压箱底的美学，撑着你，穿过风雨，穿过人潮……"

什么是压箱底的美学？我百思不得其解。直到邂逅这些微小而倔强的嫩绿，方才明了：看似枯燥、坚硬的瓷砖下，仍可春潮涌动；墙沿上密布的玻璃碴，也无法阻挡生命的伟岸张力。随处自然，就是压箱底的美学。

近日进进出出，总是小心翼翼，生怕打扰了美学的清静。那几十秒，我感觉自己的存在，更像是一种生命状态。

十年草原梦

前日清晨，眼前的整绿霎时被一片纯白覆盖，惊诧间回过神来，噢，竟是梦境。梦里自己娴熟地骑着一匹白马，驰骋在广袤无垠的碧草中，尽享大自然的柔美肌肤。

弗洛伊德认为，任何有关梦的来源，都可从以下四类进行分析：外部（客观的）感觉刺激，内部（主观的）感觉刺激，机体内部的躯体刺激，纯粹精神来源的兴奋。江南向来缺乏如此大片的草原，似乎这个梦只能归因于内部感觉刺激。可是这种刺激来源于哪儿？突然想起弗洛伊德的另一句名言，“梦是欲望的满足”，有时还会受到可追溯至童年的记忆强有力的强化作用。

我恍然大悟。原来，十年前那唯一一次草原探秘，竟如此牢固地藏匿于我的脑海深处，此次以梦的形式再一次重温，是对再次置身于那片神奇的土地的渴求，是对十年前那份记忆的呼唤，这种欲望兴许被日常生活的琐碎暂时掩埋，但终究要冲破潜意识的隔层。

我立刻收回盯着天花板的视线，跳下床来，胡乱套上衣裤，竭力翻找当年的日记本，试图从文字里厘清当年的行走线路，尽可能回味初踏草原的复杂情愫。

生长于江南的人，早已习惯了满眼的苍松翠柏，对于看“绿”，总没有太强烈的期盼。旅行社为了节省成本，安排我们乘坐半夜的航班先抵太原，小住后再驱车入蒙。盛夏的骄阳烘烤着一个个疲惫的身躯，高速路旁没有南方的涓涓细流，也没有整齐的梯田，枯燥乏味得紧，打消了我们大半的积极性。同行的大伙东倒西歪，躲在车帘下酣睡。

不知何时，车帘缝隙间透出一缕缕不间断的绿，穿过惺忪的睡眼直刺我的中枢神经。我从座椅上弹起，一把抓开窗帘，顾不得正午的骄阳，贪婪地享受着感官的刺激。整齐的草地齐刷刷铺向远方，与碧蓝的天相交于地平线，牛羊星星点点分布其间，牧民们或立或躺，散落的帽子跟着随风曼舞的草儿打着节拍，纯粹得难以置信。若不是中间让出一条道，供如我们这般的朝觐者观赏膜拜，恐怕没人会相信如此恬适的传说。车上此起彼伏的咋舌声就是最好的证明。

急于下车投怀送抱的大伙，总是受到马儿的影响而延迟，高昂头颅的骏马三三两两地横穿马路，压根视汽车如无物，仿佛在宣示它们的主权。营养充足使它们身形壮硕，与南方公园里被商贩吆喝得低声下气、仅供游人合影的马儿相比，简直是天壤之别。人们不仅愿意欣赏身材好的同类，也对体形健美的动物偏爱有加，这不，影响行车的“不速之客”，反倒迎来了躲在相机背后的灿烂笑容。让人不禁为它们在南方的瘦骨嶙峋、目光呆滞的同伙感到悲哀。

汽车缓缓驶入卓资县城北，停在一个外形似蒙古包的度假村外。我迫不及待地跳下车，端详着诱人的景致。这个度假村拥有一个美妙的名字——九十九泉，据说缘于此地星罗棋布的九十九个天然海子，不仅形状各异，而且每一个都携带着动人的传说。

充分发挥传说的力量，增添一份神秘感与历史感，是各个景点招揽游客的常用手段，有些确有蛛丝马迹可寻，有些纯属虚构，还组织专人梳理脉络，使其变得神乎其神。不过，无论真假，我都愿意听，乐此不疲，权当吸纳古人的智慧。

坐上饭桌，才听到辘辘饥肠的叫唤，也就顾不得细品膻味浓郁的羊排和醇香扑鼻的羊杂汤，把它们囫囵咽下。忽然想起尚不知晓这片草原的名号，心里顿时升起一股愧疚，犯了错误似的请教导游，得到使我至今仍然记得那清脆的七个字：巴音锡勒大草原。

不等大伙吃完，心思不在餐桌上的我急忙潜入草原，把脚板扎扎实实地紧贴草地，仿佛只有卸去了车皮的阻隔，才算真正开启旅程。

草儿长得肥美茂盛，伴着轻风摆出各种舞姿。它们不需要修剪，因为牛羊的牙齿就是天然的剪刀，若要雇专业的修草工，还不知得增添多少花费，也算是牛羊对主人的一种回报吧。

彼时彼刻，我尤为羡慕航拍工作者，若能坐在直升机上俯瞰，该是怎样的一览无遗！

游荡了好一会儿，依然找不着方向，为了不使自己完全迷失在这片陌生的土地，我和同伴各租了匹马。

跨上马鞍，海拔高了，草原又宽广了不少。

我原以为马儿和猫狗一般，容易认生，不承想马儿出奇地平静。兴许是见惯了五湖四海的游客，不要说黄种人，就连黑、棕、白色人都驮了不知多少次，早已培养出处变不惊的气度。

毕竟第一次骑马，心仍悬在高处，反复叮嘱牧马人牵紧缰绳。牧马人笑笑，象征性地拽了一下绳索，算是对我的回应。所幸景色太过令人迷醉，残余的紧张感一会儿就消失殆尽。

不远处渐渐浮现一座砖块堆积的土包，牧马人说这就是赫赫有名的敖包山，蒙古语意为“堆子”。称呼它为山还真有些勉强，最多也就五六米高，顶端竖着一根细长的铁杆，悬挂着多面彩旗。小时候，因父母喜好，对《敖包相会》这首老歌耳熟能详，知道敖包山的爱情意义。但敖包山的作用远不止此，牧马人的介绍，又一次凸显了我的孤陋寡闻。茫茫草原没有明显的道路，难辨东西南北，行政区划、游牧交界更是无法标明，牧民们便垒石成堆，作为路标和界标。再者，敖包山还是蒙古族最为重要的祭祀对象，每当水草丰美的夏季，族人便纷纷涌向敖包山，怀着虔诚的心叩头礼敬，青年男女也正好借此良机“敖包相会”。

走过敖包山，再一次回首，它仿佛一下子高大了许多，正如万里汪洋中的一座灯塔，指引着万千人前行。

路上时而遇到其他观光的马队，我大声向他们打着招呼，有时还与他们互相用对方来装饰自己的镜头。既然大家都是草原的崇拜者，想必是不会介意的。正可谓“草原装饰了你的眼睛，你装饰了别人的梦”。

骑行的终点是一排牧民家的砖瓦房。我随意走进了其中一户，其家里只有一个年轻的姑娘和一个三岁左右的孩子，姑娘殷勤地邀我坐下，端来了自己做的奶茶和奶酪。第一次面对正宗的奶酪，满心欢喜地嚼上一块，可味道却出乎意料地酸，还带着一点儿咸，远没有浓郁的奶香，吃着吃着眉头越来越紧。姑娘看出了我的疑惑，用口音浓重的普通话为我解疑。原来，这是没有附加剂的纯奶酪，也是奶酪最天然的口味，内地超市卖的奶酪大部分都添加了辅料，才变得酸酸甜甜，很好入口。

略等酸劲过去，我环视着屋子，除了几张桌椅和基本的锅碗瓢盆外，可以称得上是家徒四壁。苍蝇盯着桌上的奶酪转个不停。姑娘告诉我，她是房主的妹妹，哥哥到外省打工了，嫂子在外面放羊，她的任务是照看侄儿，顺带帮着嫂子做点奶酪，收入菲薄，一年下来难有多少积蓄。如此简陋的条件令我大吃一惊，我又探视了隔壁几家，大抵相当。

准备返程时，我又从牵马老师傅的口中得知，他一个月的工资只有三四百元，对他一天走上几个这样长距离来回所耗费的腿脚而言，收入与付出实在有些不成正比。他那被阳光晒得发亮的古铜色皮肤正在无声地抗议着。

同伴的牵马者要年轻一些，可是当他报上年龄的时候，我和同伴近乎目瞪口呆，因为从他身躯和眼神中透出的饱经风霜的气息，根本无法佐证他只有十二岁。他已经跟着前辈们在草原上行走了好几年，日复一日，也许还会就这样牵着几匹马走完一生……我不敢再想下去了。

回程途中，我的心情低落了不少，眼光总不自觉地瞟向那外表与实际年龄极不相称的少年。草原于我们这些偶至的游客而言，是圣洁的天堂，可是对于长年栖居于此的牧民呢？他们眼里的草原，又是怎样一种风景？或许连风景都谈不上？

我们沿着草原的另一侧行走，路途更远一些，太阳也已不似刚才那般耀眼，可我一直处在兴奋退去之后的沉默中，无心享受。只有一个波光粼粼、集结了一群羊在喝水休憩的小水洼，把我的凌乱思绪短暂地拉扯到“古道西风瘦马”的意境。

直到有人拍了一下我的大腿，我才猛地一怔，缓缓地爬下马来。五六个蒙古族朋友忽然出现在面前，唱着热情洋溢的歌，跳着欢快的舞蹈，硬是把酒杯送到我们嘴边，实在经不住劝的我囫囵吞了一大口，一股淡淡的奶香从鼻子里飘出，原来这就是传说中的马奶酒。

临走之前，我又摸了摸这匹载我一程的白马，它明亮的眸子里既潜藏着牧民们古铜色皮肤透出的忧郁，又注视着游客们虔诚的朝圣，它该如何处理这种矛盾？

我行过许多地方的桥，走过许多地方的路，但能如此大规模地还原流逝一个年代的印象，恐怕仅此一处。人说十年一觉扬州梦，我可谓草原一梦十年觉。

浓淡之间

苏东坡的那句“淡妆浓抹总相宜”，是我儿时心里的一个疑问。西施的风姿绰约我能懂，一片湖，如何能可浓可淡，在浓淡间华丽转身？

那年高考后的暑假，西湖之旅终于成行。碧波万顷，天光云影共徘徊。曲院风荷、花港观鱼、柳浪闻莺、三潭印月，光看名字，心就醉了。断桥忽远忽近，款款而来的是脉脉风情千万种。原来这就是雷峰塔，磅礴雄浑。徜徉苏堤，晨迎日出，暮送夕阳，一日千年的体验。

我一直有种执念——湖是城市最具灵性的眼睛。源头即在此行。在湖畔，我仿佛走进了一双古老的明眸，看见了古代先贤的身影，读懂了烟波浩渺里潜藏的纵深。上有天堂，下有苏杭。杭州与天堂画等号大抵是因了西湖的缘故。倦了，烦躁了，心绪不佳。往西湖去，瞬间被治愈。

二十年弹指一挥间。多少人事淡薄于记忆，与西湖却始终不离不弃。粗略一想，去过三四回吧。等等，这儿蹦出一次，那儿忆起一趟，一不小心竟有八九回。时间宽裕，可绕湖一周。时间紧迫，只踱半条苏堤。风和日丽，泛舟湖上，舟影寂寥，摇橹声声，整个西湖就像是我们的。春雨绵绵，雨滴像一根根绣花针穿透湖面，涟漪道道。秋风阵阵，落英缤纷，一片残缺，让心感慨……

似乎还缺点什么。对了，是雪。江南的雪，可遇而不可求。那次路过杭州，甫一入住，瞬间大雪纷飞，遮天蔽日。我迎着风，坐在酒店露台的椅子上，望着雪花漫天飞舞。怎能少了西湖？摸上苏堤的那一刻，我感到前所未有的满足。像是久别逢故知。雪花打在身上，痒痒的，酥了心房。

这不是人间的雪。人间的雪，是实用的——打雪仗，堆雪人，滚雪球，拍照留念……只有西湖的雪，才是用来欣赏的，仿佛天上的雪、云中的雪，纯净、圣洁。令人小心翼翼，不忍触碰。一碰，就怕玷污了整个版图。

就这样缓缓走着，直到身上沾满了雪。曾经遮天蔽日的大树，已经脱光了叶子。枯败的残荷，随着水波轻轻摇曳。一剪寒梅疏影横斜。天，与云，与山，与水，与草木，上下一白，幽旷深远。那种无牵绊的简约，毫无烟火气的素雅，醉人心扉。

融入了雪西湖，总算有了一丝知己的味道。也正因为是知己，久而久之，更觉西湖的深不可测。

柔美雅致之外，西湖在骨子里还暗藏一股刚猛。光听名字，龙井、虎跑、狮峰、雷峰塔，似与风花雪月背道而驰。孤山，更是桀骜不驯。其上的西泠印社，堪称世界印学的最高殿堂。黄宾虹、潘天寿、傅抱石、沈尹默、启功……豪华的社员阵容，让最硬朗的书法艺术光耀四方。湖畔，岳飞、于谦、秋瑾、张煌言等忠义之士埋骨，沧桑之中豪情万丈。就连娇弱婀娜的白娘子，竟也能瞬间水漫金山。

这些年，也走了不少湖。有的高冷冶艳，有的温婉可人，有的清幽静雅，各有异质。唯有西湖，时时心心念念，虽达不到明末清初文学家张岱“梦中之西湖，未尝一日别余也”的境界，倒也常浮于脑海。

西湖的前世实在让人浮想联翩：既有果蔬、羹酒、关扑、宜男、戏具、闹竿、花篮、画扇、彩旗、糖鱼、粉饵、时花、泥婴等“湖中土宜”，又有珠翠冠梳、销金彩缎、犀钿、髹漆、织藤、窑器、玩具等物，再加上吹弹、舞拍、杂剧、杂扮、撮弄、胜花、泥丸、鼓板、投壶、花弹、蹴鞠、分茶、弄水、踏混木、拨盆、杂艺、散耍、讴唱、息器、教水族飞禽、水傀儡、鬻水道术、烟火、起轮、走线、流星、水爆、风筝……南宋词人周密如此铺叙后又用一句话总结：“盖耳目不暇给焉。”

夜色同样摄人心魄。张岱写道：“此时月如镜新磨，山复整妆，湖复靧面。向之浅斟低唱者出，匿影树下者亦出，吾辈往通声气，拉与同坐……”弘一法师干脆一曲谱之：“看明湖一碧，六桥锁烟水。塔影参差，有画船自来去。……漾晴光潋滟，带雨色幽奇。靓妆比西子，尽浓淡总相宜。”

诗、文、剧、评，巴金、俞平伯、丰子恺、朱自清……西湖仿佛从未被写腻。每篇经典，似浑然天成的一幅画卷。每幅画卷，似曾相识，却匠心独运。

想着想着，西湖就变得亘古通今。正如东坡先生所言：“西湖天下景，游者无愚贤。深浅随所得，谁能识其全。”西湖早已化身全天下的西湖，包罗万象。它历经坎坷无数，时而葑草蔓蔽，淤积湮塞，常在兴废之间游走，却总能转危为安，老而弥坚。到了西湖，一切随缘，不怕你经纶满腹，西湖宛若一个垂着面纱的美人，再努力，也无法穷尽其韵。

真舍不得离开。如果能天天住在西湖边，像张岱一样一生只知西湖事，该有多好。他在《雷峰塔》中云：“日日看西湖，一生看不足。”虽说他的一生，大志不得伸，但守望西湖的淡泊，又是多么幸福。同时也不由地钦敬苏东坡、白居易和杨孟瑛。西湖是重情重义的，谁疏浚清淤，留下一湖碧水，谁就可以永世相伴。于是，一片湖，三条堤，青灯古佛，长相厮守。

当然，不能忘了钱王祠。钱镠，这位私盐贩子出身的吴越国君，给杭州留下的不仅仅是第一缕王气，更是一座完整的西湖。“因故府大之，不过百年；填西湖之半，可得千年。”风水先生一语惊人。但钱镠不为所动，将千年国祚的诱惑抛诸脑后。后人建祠以祀，使之得与西湖心心相印。

我似乎懂了——淡妆，浓抹，并不那么重要。重要的是，在或浓或淡之间，湖光山色的秀美多姿，升华为天人合一的哲学实践，诠释天理与人欲的完美融合。它就像一枚灵动的印章，为整幅中国山水画卷轻盈点睛。当然，东坡先生看了三年才尽得其味，我只寥寥数回，又安能窥其全貌？

辑三

棱镜

一

才放下电话，挡风玻璃的左前方就出现了一个身影，在这条宽阔却有着与之不相称的平静的马路上，显得孤寂。

尽管那件橘黄色的外衣在没有阳光的冬日盖过了周边的各种色彩，也盖过了他所遮蔽的躯体之上的脸庞，但我还是一眼就认出了他：L同学。

八年前，我们从同一间寝室各奔东西，L去了Z省的A县，而我去了J省的N城。这些年，一直没有见上面，QQ上的头像也始终黯淡着。仅存的拜年短信，也在维持了两年后消失。直到不久前，我与一个同乡闲谈，聊到他单位有一个我的校友，一问，同系，S省人，但年龄比我大两岁，“应该比你高两届”——这是同乡的判断。虽然每届学生人数众多，但在男女比例严重失调的院系，上下一两届的男生即便不那么熟识，也至少有所耳闻。可我在脑海中仔细搜寻了一番，这样一名地域相隔千山万水的“学长”似乎进入了盲区。可能是他记错了吧。正当话题转移之际，我突然想到了L，那个剃着光头、有点愤世嫉俗的室友。对啊，比我大两岁，S省人，怎么光往前几届想了呢？可是他怎么会跑到这儿来呢？“老婆是这儿人，跟着老婆一起考过来的。”随即打了一通电话，约定今日见面。

头天晚上，居然有点莫名的激动。八年了，人生又有几个八年呢？不过还好只有八年。有的同学毕业后就没了音讯，八年真的不算长。久无睡意，突然手机一震，是L发来的微信：“八年未见，同学别来无恙？心情微妙难言，知否？”纵使久未谋面，彼此间的默契居然还在。他现在长什么样了？会不会变得不认识了？仍然剃着锃亮的光头？……

中午下班，开着车出发，这些问题又蹦了出来。待在这座城市的年数不短了，可会面的地方却是一片陌路。跟着他发来的位置导航，冬日的肃杀愈发浓郁地袭来。拐到指定的大马路，左边一排小餐馆紧闭大门，不知营业与否。电话确认了位置，L便出现在其中一家小餐馆门前。

从玻璃传进的信号看，他还是他，即使把他放进茫茫人流，我也能一眼认出来。下了车，依然是爽朗的笑声先至，“你没怎么变嘛！”“你也是老样子啊！”一个大大的拥抱，算是正式拉近了八年的时空距离。这一刻，我被自己的“俗套”震住了。我才瞬间明白，电视剧里那些多年不见的老同学见面时的场景，并非空中楼阁。

坐下，桌上的腾腾热气扑面而来，两个陶制盘子分别盛着黄丫头烧豆腐和小青菜，另有一份韭菜鸡蛋汤安静地躺在青花瓷碗里。饭馆很小，顶多五十平方米，紧凑地摆放着六套桌椅，用墙隔出一侧约莫十平方米的厨房，楼上还有一个小储物间，标准的小本经营。从两扇玻璃门投射进来的自然光稍显微弱，但屋内并没有开灯。左边和后面各有一人，身形魁梧，留着浓密的胡须，就着一份“花荤”，把大碗的米饭往嘴里囫囵塞去，不小心流到胡子上的汤汁，总被那双粗壮的大手抹去。N城就是这么封闭，“盖浇饭”这个名词还很是稀罕。厨房里还坐着一个中年妇女，系着沾满油渍的围裙守候着，随时准备应和隔壁的叫唤。她身兼数职：老板、厨师、收银员、服务员、清洁员，应该有年月了，她在不同角色间的转换已娴熟得流畅自然。或许是不想占用本就逼仄的空间，或许是给顾客留有纯粹的谈话氛围，或许是不屑听家长里短的琐事，她知趣地躲在一旁，望着空荡的窗外。

灌下一碗热汤，咕噜叫唤的肚子才给我注入凝神观察的精力。虽然轮廓依旧，但岁月的沧桑还是在L身上刻下了繁杂的印痕：光头不见了，代以细薄的板寸，这是否意味着对现实世界的妥协？透明的眼镜增加了变色的功能，说是为了抵挡烈日的刺激，缩减了三分之一的镜片竟使愣愣的目光变得炯炯有神。白皙的皮肤上多了一排淡淡的八字胡。橘色的Jack wolfskin（德国户外运动品牌）羽绒服敞开着，一件白色衬衫从藏青色的鸡心领毛衣上探出头来。是的，衬衫，这种以前被他鄙夷诟病的服饰，如今穿在身上，并没有比当年那副放浪形骸的装束来得怪异，甚至再自然不过。我猛然间发现：他变了，刚才被许久不见的亲切感萦绕下的判断实在太武断了。

菜出乎意料地美味，烧出了浓郁的地方特色。拿几万元月薪的酒店大厨，尽管花样繁多，菜品看去赏心悦目，可口味却未必胜过路边小店的农妇。这个观点再一次得到了证实。

起初，L吐字平缓，语调抑扬顿挫，显然带有职业要求的谨慎。说着说着，谨慎感随着话闸的打开逐渐减弱。他时不时地微微颔首，把眼睛从眼镜上方透出来，盯着我好一会儿，又说到得意处了，还是这个标志性动作。我面露微笑地倾听着，仿佛回到了当年，回到了谈论契诃夫，谈论托尔斯泰，谈论卡夫卡的寝室，回到了谈论诗歌，谈论海子、北岛、顾城的氛围。入住寝室的第一个晚上，L就和另一个室友夜谈到凌晨两点，萦绕在他脑海里的，是终于摆脱工科学校的束缚，终于不用起早贪黑在工地上采矿作业，终于可以毫无顾忌地热爱文学，终于不是“另类”而投身志同道合者怀抱的彻头彻尾的满足感。他如饥似渴地读书，要把前几年的欠账全补回来。他爱上了写诗，乐此不疲地在校园BBS（网络论坛）的POEM（诗歌）版贴诗，评论他人的诗作，参加各种诗歌论坛、版主聚会，甚至以被贴上“诗人”的标签为荣。他的装扮也诗人化了——剃去了仅有的一点儿板寸，纯色的T恤配上蓝色的牛仔裤，天气冷了再加件深色的夹克或棉袄。

每晚两三点钟，那盏浅蓝色的台灯准还散发着微弱的白光。“深夜才有写诗的灵感”，这是他当夜猫子的第一理由。

他的声音愈发激昂，似乎要把这些年郁积的情绪一股脑挥散出来。旁边的食客换了几拨，总是独来独往的，从下单到开吃，到熟练地丢下几张人民币起身离开，基本悄无声息。满屋子都是L的论断。“当年去A县，我以为要一辈子待在那儿了。”是啊，如此重要的人生岔路口，他也要文学地抉择。离毕业不到一年，某个文学场合，他结识了一个同系的师妹，很快与之陷入热恋，早出晚归。在这段外界定义为“黄昏恋”的感情氤氲下，他拒绝了大城市的众多offer（录取通知书），义无反顾地选择A县的一家小企业。世事难料，牵线搭桥的文学最终成了分手的罪魁祸首。重新成为“A漂”的他，一度彷徨失落，直到遇上现在的妻子，才再度迁徙千里之外的N城。尽管谈不上流离颠沛，倒也少不了折腾。尤其是那一大书柜的书，别的都可以扔，只有书一本不能少，十多个沉甸甸的大纸壳箱，把健壮的搬运工都压得步履蹒跚。

这下可好，又回到文学上了。什么唐诗、宋词、汉赋、元曲、小品文，都被他翻出来数了个遍。此时的眉飞色舞，卸下了他仅存的最后一层矜持的伪装，仿佛岁月涂抹在他脸上的铅墨瞬间褪去。我又陷入了迷惑：这不还是原来的他吗？

临走，L很自然地叫来“老板”。尽管她有多重身份，但这么叫总是更容易受到欢迎。至少从效果上再一次得到了验证，她一手拎着老式烧水壶，一手握着一打一次性塑料杯子，快步上前，倒了两杯热腾腾的开水，满脸堆着笑。这份笑容是司空见惯的？还是对这两个异质性明显的生客所特有的友善？抑或是耳膜受了一中午文学语言的震动而引发的共鸣？

在开水的滋润下，他终于跳出了文学。“我的孩子过两个月就要出生了。”他的脸上洋溢着满足的笑容。噢，还有他的父亲，当了几十年普通工人的父亲，终于“出场”了。这名当时已在我们寝室享有“盛名”的中年男子唯一爱的依然是酒，爱得时常酩酊大醉，爱得对儿子无端打骂，塑造了恐惧性的权威。“不过我以后还是要接他过来的。”这句情理之中又意料之外的话，若在十年前，是无论如何不会从他嘴里吐出的。

目送着 L 穿上风衣、骑着电瓶车远去，我打开他的微信朋友圈，只有一条内容：《左传译注》《道教史丛论》《管锥编读解》的封面，以及“新到书三本，好味道，慢慢啃”的一句注释。

一顿两菜一汤的便餐，一个多小时的聚会，让我原本平淡的中午变得生动而难忘。返程途中，我依然沉浸在怀旧的情绪里。“在他眼里，我有哪些变化？”一个念头倏然闪过。我突然一激灵，想起了那副变色眼镜。这副眼镜，不就是一面镜子吗，一面映射时间在我身上的雕琢的镜子吗？就像他的举手投足在我的眼镜里留下的印记一样。他觉得八年后的我有什么变化，我不得而知，但它们都会被架在他鼻梁上的那面镜子所吸纳，反射。的确，我们总有百般忙碌的理由忽略着老友的成长厘革，甚至连我们自己发生了什么变化都难以察觉，有的人以愈发浓艳的装扮自欺欺人，可这些变化在一面面镜子中却展露无遗，无论如何想隐藏，无论采取何等高级的装束掩饰，都终究逃不过镜子的映射。

而且，棱镜透露的不仅仅是变，还有不变，以及变与不变相互作用下的独特走向。

二

我满怀忐忑地走着。两百米的路走成了两公里。

它居然还在开着。

它的结构和布局有什么变化？支撑它的顾客群来自哪里？它还能坚持多久？它又靠什么来支付店租和员工的薪水？有没有改弦更张地进点畅销

货？……

一连串的疑问蹦了出来。我试着把它们尽可能梳理清楚。说是访问，有点过于正式，毕竟是一个人的故地重游。说是闲逛，又太轻松了，这么多疑问还等着解答。姑且算是探寻吧。

好不容易走到门口，“席殊书屋”四个字依然均匀地分布在六块瘦长玻璃上，享受着夕阳温柔的沐浴。我做了一次深呼吸，轻轻推门进去。一股清冷的空气袭来，彻头彻尾的安静。还是二十年前的架构，五排到顶的书架，被一条狭窄的走廊当中切开，像一个多了两横的“非”字。依然满是人文社科类书籍，其中不乏中国古典文学基本丛书、中国史学基本典籍丛刊、商务印书馆汉译名著系列等久违了的高端书籍。只是上面的存货架都空空如也，一本书已用不着大量进货了，隔书的铁片上锈迹斑斑。小口字形的后厅，还是清一色的文学名著，古今中外一应俱全。这些曾经让人一睹封面便热血沸腾的书，如今凄凉地相互依偎着，任灰尘肆虐。楼梯在最左边，试着走上二楼，工作间式的格局，原先的书架和桌椅踪影全无。只有几幅名人光顾的留影，与举行盛大活动时的历史影像，躲在楼梯旁的墙壁上，依稀述说着往昔的辉煌。偌大的店里除了我，还有五个人。一对大学生模样的情侣，倚在靠墙的凳子上看书。两个小学生，或是店员的亲戚，或是周边的居民，在后厅的桌子上写作业。另一个是店员，五十来岁，坐在门口发着呆。

的确，这还是原来的席殊书屋，那个有着充盈着历史与人文气息的门面，宁愿赔本也不屈降品位的倔强书店。

我和店员攀谈起来。这位新华书店退休后被返聘的老大姐，对书有着深厚的感情。当我说明来意时，她表现出极大的友善。“现在读书的人太少了。”她叹了口气，眼里闪烁着忧国忧民的神色。回想起当年的盛况，她突然眉飞色舞起来，滔滔不绝。她告诉我，二十年来，席殊书屋一直坚持自己的定位，每天上午九点到晚上八点雷打不动的营业时间，虽然有时一天下来也没几个顾客，但依然不进中小学教材、网络小说与热播电视剧同名的小说等畅销书。“亏本是必然的。”回到现实中，大姐无奈地摇摇头。至于未来，“走一步看一步吧”。

就这样，约莫半个小时，我完成了这次短暂的探寻。之前的那些疑问，答案已经或显或隐地露出了痕迹。

这次探寻的起因，是妻子一个不经意的小问题。

这个问题，又和我与席殊书屋所在的街区密切相关。

前不久，大院机关整体搬迁了出去，这个叫作“三经五纬”的街区才顿时冷清下来。在长达数十年的时间里，这个由三条南北走向和五条东西走向的路交叉组成的区域一直熙熙攘攘，人口密度高得吓人。由于路名直接由数字带上经、纬合成，同质性高，不住在周边的本地居民都常常迷路，外地来客更是十有八九找不着北。

除了办公大楼和住宅区，餐馆、宾馆、学校、小卖部、五金店、菜场、水果店、药店、裁缝店等等日常机构一应俱全。这里住着各色人等，公务员、部队官兵、公安干警、国企员工、理发师、医生、小商贩，以及各个年龄段的学生，他们是共同填充着三经五纬的细胞。下基层的公务员走了，新考入的公务员来了；一批复员的士兵走了，又一批新兵来了；周转不过来的小店老板走了，盘下店面的新老板来了；考上大学的学生背着行囊走了，呱呱坠地的婴儿来了。循环往复，日复一日。

我一不小心就生长在这个N城曾经的中心地带。父亲在母亲怀胎九月时，已托人把待产的物什全部捎回乡下老家，准备护送母亲动身。没承想，在羊水里浸泡多时的我早已按捺不住对大千世界的渴望，急不可待地释放出强烈的信号。于是，父亲只好措手不及地独自把母亲送进产房，我生命的第一站也临时改为N城。

一个星期以后，我就正式住进了三经五纬，成为这片区域的长住民。掐指一算，除去在外读书和因工作原因住在郊外的近十年，我在三经五纬足足生活了二十多年。尽管中途也曾搬过几次家，但只是经纬前的数字发生了变化。楼越建越高，车越停越多，宾馆的名字越来越洋气，路也修了多次，但三条纵路和五条横路依然笔直地躺在地上。或许是对周边的环境太过熟悉，熟悉到陪妻子散步时总是脱口而出这家的炒粉好吃，那家的苹果可口，以至于忽视了做点最基本的形而上的思考。前日，妻子随意问道："三经五纬哪家店开的时间最长？"

我突然一怔，长时间语塞。脑袋高速运转着。20 世纪 90 年代二经路有个"三羊包子铺"，肉包、豆沙包、萝卜丝包、叉烧包，样样个头饱满，大蒸笼从炉子上和着腾腾热气刚端出来，不一会儿就只剩下竹片。七八年下来，虽然只做早餐，却也赚了个盆丰钵满。只可惜老板禁不住利益的诱惑，盲目提价，味道又没有改进，最终难逃倒闭的命运。它对面的"军人服务社"，堪称三经五纬小卖部的鼻祖，20 世纪 70 年代起很长一段时间都是附近最大的供货场所，柜台的阿姨吃穿不愁，还能挑两斤上好的开司米线织毛衣。我对它最清晰的记忆是一次散步经过，外婆用身上仅有的一张一分钱纸币，给嘴馋的我买了一个"大大"泡泡糖。市场经济的浪潮一来，它很快就成为了历史。还有三经路的家具市场，一条街的瓷砖、地板，好不热闹，前些年因市里规划整体搬离。餐馆就更不用想，同一家店面少说也换了三四个主人。

还有哪儿呢？我一条条街地毯式地扫过去，消逝的店面和它们曾经的辉煌纷纷涌上脑海。探寻即将以失望收尾之际，位于一经路头上的席殊书屋突然让我拨云见日。噢，为什么没有早点想到它？以前上学可是每天路过啊。或许是因为外出求学数年，回 N 城工作后又转道二经路上下班，逐渐淡忘了吧。或许是连新华书店都在城市规划的压力下越搬越偏，越搬越萎缩，心里已经默认它穷途末路了吧。但无论如何，它还在开着。我特意向父亲求证，得到的答案是肯定的。

这家块头和体量都很小的书店，开张伊始却火爆得惊人，像一个威力十足的吸铁石，把周边的“书虫”悉数吸引过来。它来得太及时了，三经五纬的居民们再也不用蹬上半天自行车奔新华书店了。我记得，第一次随父亲造访席殊书屋，走进狭窄到仅容一人出入的大门，逼仄的空间滋生的压抑感迎面扑来，墙角、走廊、楼梯口、收银台，到处都是人。可是，店内鸦雀无声。我小心翼翼挤进去，书架上都是近期的人文类新书，名人传记、古籍校注、外国文学名著等等，摆放得整整齐齐。面前的读者雕塑般站着、坐着、蹲着，只有一双双眼睛悄然行走在密密麻麻的文字间。这片宁静偶尔被结账的一系列声响——手指摁在计算器上的声响、揉搓塑料袋的声响、撕发票的声响，划破。时光在静与动的错落中流逝。

那时，席殊书屋已经出台了会员制度，办张会员卡可以打九折。十分之一的让利在那个年代具有足够的诱惑力。又新设了租借制度，租金多少已经记不清了，但比起购买的价格，无疑是相当低廉的。光有这些，似乎还不足以与雄壮的新华书店抗衡，二楼还时不时搞些书友会、名人见面会、文学沙龙之类的活动，拨动读者的神经。住在三经五纬或是再远一点儿的居民，每到周末就蜂拥而至，使其像夏日的泳池，水泄不通。平常走过，心里也是痒痒的，总想淘上几本佳作。

可是如今，书屋的生意一落千丈。新媒体对社会发展和生活方式的革命性冲击，把纸质书籍挤入毫无争议的弱势群体，甚至让传统意义的阅读本身也举步维艰。席殊书屋门庭若市的景象一去不复返，仿佛沦为三经五纬的一个死角。路过那六块玻璃的行人，不再将崇敬、渴盼的目光投向里面，而是要么低头专心致志拨弄手机，要么急行军般地走过，看都不看一眼。玻璃里面冷冰冰的书架，成了一种虚无缥缈的存在，比起对面的小理发店都相形见绌。有的年轻住户从出生或许都没有进过一次书屋，甚至不排除他们根本没有注意到这个旮旯里竟有个书店的可能。

但它不为所动。

于是，我当即决定，会会这个多年不见的老朋友。

回到家，我终于把答案报给妻子。那一刻，我恍然大悟：那光滑透亮的六块玻璃，难道不是一面镜子吗，一面充当着书屋的眼睛，映射三经五纬和它的居民数十年演进变化的镜子吗？

是的，它默默见证了我的成长，记载着某些我自己早已遗忘的片段。它更默默见证了三经五纬的鼎盛和转型，默默见证了一茬又一茬居民的成长，以及他们阅读秉性、生活习惯和消遣时光的方式的变迁，甚至默默见证了整座N城近二十年的改革和发展。为什么充任镜子的会是它？若是时光倒流二十年，恐怕谁也无法预料。这和职业有关系吗？似乎也没有直接的关联。在纸质书籍的生存空间早已被电脑、手机挤占殆尽之际，书店这样一个夕阳产业，竟然能成为翘楚。更何况，这家全国连锁的老牌书店，十有八九已经消亡。有时，你真的不知道镜子就在自己身边，离自己那么近，不知道跟自己关系如此密切的物什会成为印刻进程、记载历史的镜子。然而，无论人们是否幡然醒悟，镜子就在那里，静静地观察着，聆听着，记录着。

在时代浪潮的裹挟下，席殊书屋显得苍白无力。它还能坚持下去吗？我没有多少把握。或许若干年后，它终究难以螳臂当车，无法抵挡关门的命运。但它却为着哪怕一丁点的希望坚持着，这种坚持本身就是一份抗争。几米外的阳明路上，临时搭建的挡板里挖掘机、推土机正在轰隆隆地大肆作业，一年之后地铁就将穿梭而过，席殊书屋还将见证地下空间的拓展，及其所象征的又一次跨越。我突然想起了龟兔赛跑。席殊书屋就像一只老迈的乌龟，和年轻、矫健的兔子们比着赛，没有麻利的腿脚，却老而弥坚。

几天后，两岁半的儿子路过席殊书屋，站在六块玻璃中的一块前，仔细盯着玻璃里的自己，像是在记录着什么，抑或是被记录着。等他长大，这面镜子是否还在吸收着三经五纬的故事？他又能否意识到他的童年时光和成长道路已经被这面镜子所留存？我相信，会的。

三

身处若隐若现的重峦叠嶂，听着雨点敲打绿叶的清脆声响，凝望辽阔深邃的天空，伴随潺潺仿佛出世般的河水，呼吸着滤过尘埃的空气，今夜的思想没有理由不纯净，今夜的情感没有理由不平静，今夜的梦没有理由不香甜，祝大家晚安！

这是我在五年前的大年初二夜晚，睡前，临时起意给亲人们群发的一条短信。月光缺席的村庄，黑得十分纯粹。天空、山峦、草木、田地都裹上了一袭乌衣，鸡、鸭、狗和各种飞禽纷纷进入休眠状态，唯一的声响是水。不久，雨停了，只剩下小河在孤独地歌唱。不过听着听着，一会儿仿佛萦绕耳边，一会儿又仿佛停止了流淌，万籁俱寂。原来，小河的哗哗声已经彻底融入了这一片静，彻底地无迹可寻。

这条小河位于J省南方的一座H村庄。它没有名字，在任何一张地图上也找不到蛛丝马迹，但对于整座村庄四百余户村民而言，这条仅仅三四米宽的小河却举足轻重。

每天清早，家家户户的第一件事就是赶到河边挑水，填满自家水缸。走完了这道程序，才算为全天正式拉开了序幕，砍柴、洗漱、做饭、喂鸡等等环节才能陆续启动。男人们耕作累了，掬一捧水往脸上一浇，顿感清凉；女人们三三两两蹲在河边，边搓洗自家男女老少的衣裳，边闲话村头逸事；孩子们三五成群地跳进河里，嬉戏玩耍，捞鱼捕虾。游泳的技艺，都是不经意间顺带练就的。

千百年来，这种状态一直持续着。一代又一代河水养大的罗氏、黄氏后裔从小河旁进进出出，或衣锦还乡光耀门楣，或富甲一方腰缠万贯，或庸碌无为平淡一生，或寒衣素食惨淡度日；一个接一个人面桃花的新娘，从四面八方来到这里，在河水的滋养下相夫教子，度过苦乐人生。

我差一点就成为这些土著中的一员。原本按计划，我会在村里出生，并留在这儿度过婴儿岁月，父亲把母亲生产用的大件物什都运回了村里，可我却提前半个月给父母来了个“突然袭击”，擅自把降生地改到了千里之外的J省省会N城。彼时，交通不便，从N城回村要坐十多个小时的夜班车到G市，转车到县城后，再搭车进村。于是，父母放弃了把我送回村里抚养的打算，我与小河的见面也一再推迟。

终于等到两岁半，在母亲怀里随母亲奔波了近二十个小时，我才第一次回到村里，穿过小河上方的石桥，走进爷爷奶奶的老屋。那时的我，对乡村的夜幕是感到恐惧的，我唯一的印象是除了两支蜡烛的微弱光芒，整间屋子，乃至整座村庄都是乌黑的，我蜷缩在母亲腿上，一动不动。不过此后，随着年龄的增长和道路的硬化，我回家乡的机会多了起来，常常混着泥土奔跑，看着大人插秧种田，爬树，摘柿子，挖竹笋，追着鸡跑，依稀感受到父亲和叔叔们的童年时光。当然，少不了在小河边嬉笑打闹，只是小时候的我特别怕水，不敢下河耍弄，只好眼巴巴地望着堂兄弟们尽情追逐，这成为唯一的缺憾。

然而，或许因为小河是进出的必经之路，或许由于城市里要么是大江大湖，要么是人工挖凿的水塘，小河仿佛有种魔力，引诱我每次回乡，无论长短，一定会抽出时间单独陪陪它，那缓慢而有力的水流，总能清除我积淀日久的疲惫，涤荡内心的繁杂琐事。回到N城，尽管我在这儿生活的绝对时间远远超过村里，但当我一次次地试图把高楼大厦鳞次栉比、十字架型吊车傲慢林立、车水马龙挪不动步还要限号的城市与故乡画上等号时，小河就会从隐蔽的脑细胞突触里跳将出来，横亘于前，遂屡屡作罢。

此次回乡，趁众亲午休，我又坐在小河旁，聆听着圆润的声音，欣赏着与石头撞击产生的条条波纹。不知怎的，或许是为了弥补儿时的遗憾，或许是学会了游泳的心理暗示，我突然间萌发了下水的冲动。来不及做好生理准备和心理准备，我迅速脱下衣裳，跳向河中心。当鸡皮疙瘩泛起又褪去后，我轻轻闭上眼睛，享受迟来的亲密接触。渐渐地，脑海中电影般闪现着：上一次回乡，还抱在手上的儿子，怯生生地看着鸡群觅食；四年前，第一次回乡的妻子卖力地拔着萝卜；刚上初中的我第一次单独跟三叔回乡，被一只大马蜂狠狠蜇了两口，后颈脖子疼了好几天；小学三年级的我，第一次帮叔叔们贴春联，满是成就感，虽然只是负责捋平下端。噢，那是年轻时的父亲吗？挑着扁担快步走来，老式军裤高高卷着，一到河边便熟练地弯腰放桶、装水，旋即起身离去。尚在读中学的二叔、三叔、四叔正推着载满湿麻袋的大板车往十里外的河滩迤逦前行，为了洗净、晾干车上的两三百个麻袋挣点生活费，三兄弟紧咬牙关，眼里绽放着希望的光芒。还有爷爷那个扛着锄头上山的标志性背影，黑发逐渐漂白，腰杆却始终挺拔。我像是进入了一条时光隧道，穿越了青春，穿越了童年，穿越到未曾经历的家族历史和村落旧事……不知过了多久，我猛然睁开眼：这条比村口的老樟树还老的小河，竟是一面长长的镜子，一面记录整个村落历史变迁和精神传承的镜子，家家户户的悲欢离合和甜酸苦辣，都被它默默地看在眼里，嵌入心头。被石块割裂的一条条波纹就是一块块角度各异的镜面，全方位映射着H村的春夏秋冬，映射着子丑寅卯等各个时辰的衣着，映射着晴雨雪雾的雄奇瑰丽。它暗藏的历史密码太多、太深邃了，随意释放点滴，就是一组鲜活的故事，以及潜藏在背后的形而上的哲学思辨：

——隔壁的罗长生家，四十年前，在主靠农耕生产、劳动力就是命根子的年代，膀大腰圆的四兄弟大摇大摆地上工下工，在小河里的倒影也好不威风。只是这家人有个共同的嗜好——酒，傍晚从田里回来，总得买点“土烧”，围在桌前喝个够。时间一长，挣来的收入基本捐献给了卖酒的店铺，浓烈的乙醇味深深嵌入大门、窗户、桌椅和晾衣服的竹竿等所有木质的纤维，两层楼的屋子成了一个大酒缸。酒气熏怕了亲朋，熏走了女人，连四兄弟也熏得只剩一半。如今，小河里的两兄弟，目光呆滞，衣衫褴褛，背，佝偻着，拉碴的胡须镶在蜡黄带黑的皮肤上显得天衣无缝。

——住在对面的罗文堂，按辈分我得叫他爷爷，从小家境贫寒，跟着长辈耕田、砍柴、放牛、养猪，吃了不少苦。成家后，生了二子一女，艰辛度日。借改革开放的春风，罗文堂的两个儿子学了门手艺，南下广东打工，经过十多年的打拼，不但赚了不少钱，还当上了小主管。近几年，兄弟俩用积蓄各盖了一栋新房，轮流供养父母，把罗文堂乐得合不拢嘴。

——几百米外的黄谷茂家，年过花甲的老两口常坐在院坪上拔花生。可是，为了常人眼里“不登对”的爱情，他们的生活轨迹曾严重偏离各自父母的期待，甚至把家庭闹到剑拔弩张的地步。当年，黄谷茂的妻子是从上海“上山下乡”来的知青，朴实木讷的黄谷茂与她坠入爱河引起了巨大争议和阻挠。先是女方家人轮番出马劝阻，无济于事后又以母亲病重为由把她骗回上海“软禁”起来，三个月后她利用买菜的机会逃回村里。又是黄谷茂家兴师问罪，有的说城市的姑娘不会真正喜欢乡下癞子，有的以两人同姓为由坚决抵制，还使出“挑牛粪”这条家规加以考验，均被一一化解。劫波渡尽，终于走到一起的两夫妇相濡以沫，孝敬老人，如今也是儿孙满堂。

——我自己呢？从最初对乡村夜幕的恐惧，到一点点逐步消除，直到燃起对如此纯粹的夜的浓厚亲切感，难道是一蹴而就的吗？每回一次乡，就多闻一次乡土的芬芳，就增添一缕深切的乡愁，这些元素一次次积淀下来，逐渐融进我的身体和灵魂，悄然升华着内心的情感，又清晰地印刻在容颜的成熟与沧桑中。

这一切的一切，都暗藏于小河之中，都毫无保留地被小河记载下来。每个人的成长都与小河息息相关。它作为一面映射全村人的镜子，抚慰过每个个体的身躯，精细到每一块肌肤、每一根毛发。每个人从小到大成长的历程，记下的、忘却的，在小河的密码库里都可以找到。我顿时感悟到，这条无名小河不仅仅是一个提供基本生存物料的源头，也不仅仅是一条具有泛泛的简单审美意味的水流，更是整村人的生命之源和精神寄托。每个出生在村里的人，如果没有与这条小河亲密接触，是无法想象的。可以说，对于H村的村民而言，小河的浸润就像接受神圣的洗礼，是长大成人的必备程序，只有经历了这一关，才能拿到正宗村民的资格证。

如今，小河还在哗啦啦地流着。四周的楼房越建越气派，有的还是单家独院，刷饱油漆的大门红得发亮，两只石狮子威严地驻守着，散发着拒人于千里之外的气息。路，都平整得很，却远没有崎岖的泥路人气旺盛。出走的人越来越多，田埂上只剩零星的劳作身影，村子的脊髓像被抽空了。尤其是自来水的四通八达，强行割断了村民向小河固定的请安。所有的零部件，都与传统的故乡渐行渐远。然而，小河没有受到丝毫干扰，还在一如既往地坚守着。也许，辉煌不再的它看上去更像一根退役的琴弦，闲置于角落，懒散地歇着。但这面镜子却始终是大变革时代最为清醒的观察者，默默注视着，依然如饥似渴地装载着周边的人和事，并用它们丰富着本已富饶充盈的历史记忆和抒情张力。

上岸的瞬间，我才真正成为H村的一员。

圈

一

一个，两个，三个，四个……二十一个，二十二个。二十二个！四岁的儿子重复了一句，笑容灿烂。从家里的阳台居然能看到这么多塔吊，真是一件令人兴奋的事。我只好挤出一丝微笑，算是对他数数精准的肯定。然而，内心依然忧虑忡忡。

起初，我也沉浸在乔迁的喜悦之中。海拔高了，离阳光更近了。可每当试图极目远眺，几个粗犷的钢筋水泥结构横亘于前，一扇扇窗户威风凛凛，组成一个庞大的扇形，压迫眼球，把天空割得四分五裂。这些由钢筋、水泥、瓷砖、工程管道、人造板、气味各异的油漆拼凑而成的巨大空间，硬生生从大自然的身体里割取出来，像一个个钢筋水泥的火柴盒子。它以这样的方式把人圈在里面，密不透风。除了散佚的灯光。这些人本来天各一方，只是因为一个金属结构成为邻居，咫尺天涯。

前几天，雪终于姗姗来迟。南昌城的冬日，总是给人一种即将落雪的假象，又每每失约。所幸，今年有了冻雨。饱满的颗粒砸在窗户上，响亮、自信。在这股强大的寒潮催化下，雪总算来了。路面，悄然铺上一层坚白的冰层。屋檐下，路灯外壳下，粗壮的树枝上，乃至挖土机的顶端，结满闪亮的冰凌，错落有致。城中迅速燃起一种罕见的冰冻美学。只是，人们纷纷紧闭门窗，猫进各自的金属盒子里。堆雪人、打雪仗的欲望，似乎也降至冰点。若是早些年，随便喊一嗓子，小伙伴们便蜂拥而至。不过也对，那时都是家属院，彼此熟稔，阳台也是敞怀的，雪花可以随性飘落。当然更关键的是，人们的内心几乎是不设防的。如今，气候变暖了，可人心呢？

仅仅待在金属盒子里，似乎并不能完全放心。铝合金窗早已成为标配，房门愈发沉重，密码锁、指纹锁随处可见。好不容易出一趟门，总能在小区偶遇各色人等。西装革履的绅士、浓妆艳抹的白领、双手各拎一个大打包袋的快递小哥、遛狗的全职太太，彼此眼神充满警惕。乃至进电梯时，都不愿先伸手，生怕暴露自己的楼层。人们正被某种不知名的力量圈起来，封闭在厚实的金属框架里，越圈越紧。海拔越升越高，身体和心灵都飘在空中，如何能感知地气？更可怕的是，这种远离地面的悬空，并未让大多数人觉得恐慌，而是趋之若鹜，无暇，确切地说是不屑思考与大地和泥土的关系，麻木得令人恐慌。

从金属结构残留的角度里，二十二个塔吊正在张牙舞爪。它们的海拔随着空间的远离不断升高，“野心”昭然若揭。它们在城市这个巨大的圈里，围出一个个小圈。未来，还将有多少居民从四面八方汇入？还将有多少个新楼盘，上演争先恐后、摩肩接踵的壮观？无论是老城的置换者，还是乡村的迁入者，都将欣然接受被塞进金属盒子的命运，并以此为荣。

前日，翻看清朝时期南昌城的《三湖九津图》，我原先居住的三经五纬，竟只是西北角城墙边的一块荒地。可自打我记事起，三经五纬就是全城当仁不让的中心。近几年，又被广袤的新区取代。城市扩张的速度实在太快。若干年后，这个大圈必定还要继续延伸，再用成群的塔吊搭建更多的小圈，圈进越来越多的人。斯蒂文森曾说，人须有冬天的心境，才能看霜、看雪。是否可以说，人须有城市的心境，才能看圈、看人？

二

停下车。眼前的大楼庞然矗立。墙，粗壮，白得有些耀眼。二舅探出头，露出古稀老人的皱纹。跨入大门，瞬间袭来一股凉意。七八十平方米的厅堂，五米多的层高。厨房、卫生间、卧室、阳台，空间富余得可怕。除了一根晾衣竿悠闲搭在窗台边，三楼的区域充分闲置。天台极度舒展，几进邻家院落。眼前的村庄，钢筋水泥一望无垠。

这是我的家乡吗？乡邻们为何对高楼趋之若鹜？二十年前，两层的房子都难得一见，田野开阔，足够孩子们疯跑。可现今，村民对于空间的热爱似乎丧失了理智，原先谨小慎微规划的长宽高，放大成一个个不受约束的数字。容积率、采光、美观、搭配，在村里完全失效。乡村不是在城镇化吗？在城里，类似架构的商品房必定滞销严重。二舅的四个儿子有三个在外面，留下的独苗还在老家翻修了新房，这些空间用途何在？

日头像一枚亮堂的银币，把阳光抹在屋顶上。三舅家的房子也翻新了，偌大的厅堂只有一组沙发，几组柜子，一个电视机和几张桌椅，空旷，甚至浪费。每层格局大致相同，老两口和两个儿子各占一层。小表哥还在哭穷。算了吧，这都可以当地主了。表妹怼得他哑火无言。

见母亲他们聊得火热，我出门走走。其实，小表哥或许并没骗人，做点小生意，打打零工，能挣多少钱？一层房子又不能卖，更何况小洋楼成了家家户户的标配。终于拐进主干道——龙布镇唯一的主干道。农历每旬二、五、八，四面八方的商贩和农民挑着竹筐竹篓簇拥而来。于是，一个铺着鸡蛋、豆角、花生、鱼干和各类新鲜水果的集市形成了。天蒙蒙亮，吆喝声、还价声、交谈声，让龙布镇内的分贝蹿升。每隔三天，就是一场感官的盛宴。可眼前的主干道，人迹稀疏，偶尔三两孩童或老妪闪现。T型辅路上，一字排开的石桌们不知所终，只见一个个用砖砌起的圆形结构，堆放着扫帚、抹布、麻袋、麻绳等物什，歪七倒八。人们的维权意识真是越来越强，连扫帚这类再平常不过的工具，都要专门圈个地方保护起来。噢，或许在意的并不是扫帚，而是地。就像一幢幢小洋楼。怎样宣示主权？除了用砖围起来，也没什么更好的办法。围得越大越好，最好一丁点不浪费。

曾经浑然一体的乡村，正在被一个个“圈”割裂。人们执着于最大限度圈住土地，好像只有用砖砌得严严实实，才能确定为己所有。可同样被圈住的，还有人的内心。以往几乎路不拾遗，有时去街坊邻居家拿个东西，房门随意一带，忘了也就忘了。现在，铁门越做越高，有的还摆上两个石狮子，宫殿般气派。人和人之间，被密闭的空间隔开。乡村的生机和活力，也被圈得寥寥无几。偶尔邂逅的几个年轻人，脸上写满孤独、焦虑和紧张。孤独、焦虑、紧张，不是城市的特性吗？可为什么出现在乡下？难道在与城市相向而行的过程中，乡村不可避免地染上了某些“恶习”？尽管我不愿相信答案，但如果不焦虑、不紧张，为何要把自己圈起来？

这会不会只是乡村走向城市的一次阵痛？我不得而知。主干道的尽头，是大舅的房子。果然不出意外，原先的老屋销声匿迹，取而代之的是一幢崭新的三层洋楼，依坡而建，南北通透。二表哥的房子比邻而立。我忽然想到一个问题：每旬二、五、八的集市上，肉，安放在哪儿？

三

长时间的雨季，人越发意兴阑珊。约定的菊花展，推而复推。好不容易放晴，一盆盆菊花涌现在广场，迫不及待。人，男女老少，摩肩接踵。并不宽敞的广场，顿时像一个下满饺子的蒸锅。

五颜六色的菊花从各地被征调而来，像是共赴一个约定。有的悬于梁上，有的嵌入铁架，有的坐在地上。白燕漫风、碧玉银凤、嫦娥奔月、仙露蟠桃，光名字就是一场盛宴。它们是心甘情愿的吗？恐怕未必。原本它们可能生长于大山，每日沐浴纯净的阳光，聆听溪水潺潺，无忧无虑。

它们是大自然的宠儿，却被外力强拉至一片几亩大的草坪，供一个个饥渴的眼神打量。它们从来没有见过如此大的阵势，散落在城市各个角落的人仿佛突然间全冒了出来。他们渴望进入这个被花围成的圈。站在圈内，尽管一股凶猛的窒息感袭来，但每张脸上都笑靥如花。赏花也成了一种奢侈。看花，还是看人？

渐渐地，机器成为城市的主旋律。层出不穷的机器抢占了大量的私人空间，人的生活每天被各种机器瓜分肢解。电脑、空调、电视机、iPad、iPhone，拥有机器的数量与机器的质量成为生活水平的关键象征，人与机器相对的时间远远超过人们的面对面。每隔一段时间，总有一些新奇的机器登录生活。人与机器之间的智能界限愈加模糊。时间一长，或许人类本身都将被机器同化。

不过，一听到大规模菊花进入城市的消息，人们对于大自然的灵敏度貌似即刻恢复。他们从城中城郊专程赶来，是多么珍惜这个宝贵的机会呀，一次性能看到这么多菊花，没有理由怀疑他们的虔诚。花展总算暂时证伪了机器的万能。伟大的软件足以遥控卫星火箭，操纵飞机潜艇，但无法管住生命的本源舒展与审美情趣。菊花的种类与名称？如何摆放以优化审美？孩童的笑与成人的笑，男人的笑与女人的笑，背后隐藏着何种机缘？机器只能哑口无言。

尽管如此，人们刚从花展返回，转身又投入到拥有机器的享受之中，接受机器核准的生活，甚至钻研机器的更新换代，似乎真要把机器变成统治世界的万能之手。一边沉浸于机器带来的快感，对大自然不屑一顾，一边又把最平常的花草奉若掌上明珠，应当怎样理解这矛盾的做法？或许只顾埋头赶路的人们，偶尔也会想起丢失已久的诗和远方，希冀一点心灵的慰藉，但根本无法停止近乎疯狂的脚步。一场菊花展，又怎能担此重任？

四

一个球，从发射器里喷射而出，砸在某个形状上。正方形，三角形，圆形。正的，倒的，斜的。里面装着数字。砸一下，形状抖一抖，数字也随之递减。直到减到零，形状一并消失。难度系数水涨船高，形状消灭越多，分数越高。直到某个形状升至顶端，游戏结束。

它有一个朴素而优雅的名字——最强弹一弹。这个名字精准诠释了它的内涵：弹。腾空、折射、自由落体，都是弹的结果。对了，它还有一个前缀词——天生就带着比拼的意味。时光，在一弹一弹间川流。

前不久，一款名为"跳一跳"的游戏横空出世，神不知鬼不觉地塞进每部手机。一个国际象棋小卒，在各种方块和圆柱体之间跳来跳去，几乎没有技术含量。手指的力度是唯一的技巧。可人们照样趋之若鹜，一有空便试试手气。你多少分，成了最时髦的话题。每周的排行榜上，总会出现几千分的"大神"。今年春节，夜幕笼罩下的乡村，"跳一跳"成了孩子们娱乐的主旋律。五岁的侄子挑落各路好手，荣膺冠军，惊艳众人。没几个月，在"跳一跳"被审美疲劳击退时，"弹一弹"应运而生。人，和他们的眼睛、大脑、手指、神经系统，好像进入了一个新的世界，无法自拔。这真的是放松吗？

前不久，网上流传一段视频。一条游轮，栏杆边拥着一群人，一名身穿豹纹上衣的女子情绪激动，哭天抢地，几次想越过栏杆跳下水去，幸被两名女子紧紧拽住。女主角似乎并不领情：让开，让开！视频长达一分多钟，豹纹女子一度濒临崩溃。出了什么大事？原来，是她的手机掉进了海里。至于这么激动吗？"我的孩子掉下去了！我的孩子……"噢，她竟与手机如此相依为命。

洱海的清静，被一部突如其来的手机打破。人的理智瞬间失常，似乎有点不可思议。如今却并非个案。哪天自己没带手机，不也魂不守舍吗？手机悄然织起了一张网，日益繁密，把人们裹挟进来，进入一个既定的圈内，手机日益成为身体的一个器官。"低头族"已经不是某个群体的称谓，而是整个人类的代言。

地铁或公交车上，公寓楼的电梯里，机场、车站的大厅，医院候诊的走廊，单位食堂，“低头族”四处可见。尽管三令五申，可相当数量的驾驶员仍然接打电话，闷头看手机。斑马线上的行人同样不甘落后。是啊，网还在升级、扩容，买火车票飞机票，购物，交水电费，朋友圈里眼花缭乱，连现金都不用带了，怎么舍得放下呢？书被抛弃了，谁还有心情去看大部头的东西？朋友圈时常点个赞，却难得真正电话问候一二。家庭、学校？社会，逐渐被网一一瓦解。在网的圈笼下，人，彻底扭曲了。

迟早，“最强弹一弹”也会步“跳一跳”的后尘，变得“门可罗雀”。然而，“心理学专家”腾讯公司，必定又会设计出新的替代品。据说，火车上，长途汽车上，将实现Wi-Fi全覆盖。人们在手机与互联网的大圈里，只会越陷越深，越裹越紧。说不定哪一日，便完全沦落。

五

阳台上掠过两只小鸟。

这是十六楼，四周除了高楼，就是撕裂的天空。上次看到完整的天空，似乎是很久以前的事了。向外望去，一层巨大的浅咖啡色油漆面，密集镶嵌着长条状的玻璃和乳白色的空调，像随时要倾倒过来。如果视角大致按一百二十度计算，这个油漆面至少占据了一半。剩余的几十度，依然是油漆面主打。白色、褐色、暗黄色，裹着烈日傲然耸立。唯一的纵深，塔吊们正在张牙舞爪，绿色的防护网密不透风。到了夜晚，像一群幽灵。小区的绿化显得孤立无援。

自打出了水痘，我成了重点照顾对象。由于病菌具有传染性，我被牢牢圈在一百平方米的金属盒子里。少用脑，好好休息。医生再三叮嘱。我只好减缓大脑高速运转的速度，静静看着，听着。只是一朝外看，不同种类的金属结构接二连三跃入眼帘，无法躲避。闭上眼，高架桥上的汽车呼啸而过。尽管隔着厚实的玻璃，每一辆车的声音都清晰入耳。匆忙，焦躁。方向不明的电钻声劲头十足，仿佛随时会钻破某个墙面。钢筋的碰撞声时不时从某个工地传来。这是高速运转的声音，契合整座城市的节奏。我看不见麦穗在稻田里摇曳，听不见溪流虫鸣，闻不到泥土的芳香。在离地五十多米的高空，我像被囚进一座空中楼阁，无所适从。两只小鸟，已经是上好的褒奖。

城市拥有一股前所未有的魔力。人们从各个村庄涌出，奔向一个叫作城市的目的地。写字楼灯火通明，深夜到家的白领第二天清早又是精神抖擞。无论白昼黑夜，都有人挥汗如雨。夜总会的女郎刚刚下班，打扫卫生的清洁工人就接茬上街。龙虾店、烧烤店的卷帘门才拉下，包子店、米粉店的锅炉迅疾开启。分秒必争，城市给所有居民上紧了发条，恨不得每天变出三十六个小时来。钱袋子越来越鼓，身板却越来越弱，有人猝死的新闻司空见惯。“江晚正愁余，山深闻鹧鸪”“孤舟蓑笠翁，独钓寒江雪”的从容恬淡，恐怕只能封存在想象中了。

愣了好半天，我只好打开电脑。海量的网络信息扑面而来——高考状元出自哪所中学，世界杯哪支球队赢了，哪几个城市又开始“抢人大战”了……手机铃声响了，一通电话过后，又把微信、QQ、手机报、新闻软件挨个点开。最后，万分纠结当中，还是戳了一下“最强弹一弹”，试试能否再创新纪录。时间任性地往前走，一不小心就超过刚才那些费力思考的用时。我又陷入了另外的圈。确切地说，我根本未曾离开。什么时候能跳脱出机器和网络织成的圈？手一抬，就是机器的领地。

关于这个庞大的世界，它是由若干碎片组成的。人，山水，花草，金属结构，机器，看得见与看不见的网。但这些分散、独立，看似毫无关联的碎片，却拥有一种整体性，多元的整体性。它织起一个个圈，以独特的方式把经过筛选的零件装进去，形成一个个不被察觉的大型闭环。圈内秩序井然，相安无事。舒适、安逸、压抑、暴躁，都源自圈内释放的磁场。人们甚至感受不到边界，更无法跳出边界，只能顺着圈内的游戏规则行走。城市的圈、机器的圈、网络的圈，尽皆如此。某种程度上可以说，世界在圈与圈的交织中尽情舒展，阔步向前。世界并不是一元的、平面的、线性的，很多问题无法通过一元论解释清晰。当人们认定某种真相，也许只看到真相的一个切面。从这个意义上看，对于生活的理解，对于人生的窥探，或许从一个个圈入手，能够获得一些新的切入点。每个圈，都是通往认知的窗口，至少，它是一种体察世界的方式，从这种方式出发，能够看到更丰富更宽广的事物。

我无法逃出这些圈。是的，我为什么要逃呢？我又能逃到哪儿呢？

玻光

一

“这块玻璃我们量错了，要重新做过。”

声音轻柔，像是喃喃自语。可它的分贝足够大，大到透过耳膜传入中枢神经，一下子把我从沙发上“嗖”地拽了起来。我极力撑开困倦的眼皮，一副不知不觉刚刚闭上的眼皮，祈盼奇迹出现般注视着眼前的小伙子。他顶多十八九岁，皮肤白皙，蒸腾着未脱的稚气。可在这个三人小分队里，他已经是头儿，尽管两名下属明显年长些许。直到确认奇迹发生的一丁点儿希望都无法燃起，我缓缓起身，平静地和他约好重装的时间。

在这样一个年少、稚嫩的男孩面前，我竟是如此无能为力。早就量好了长短尺寸，左叮咛右嘱咐老板快马加鞭，终于提前两天完工。顾不上吃午饭，我急忙从单位赶来，打开房门，递过鞋套，欣赏着从工具包里取出锤子、老虎钳、螺丝钉，到拆胶线，卸金属条，把整块玻璃取下来，三个精瘦的少壮男丁从里到外包围着阳台侧翼的窗户，画面仿佛一个美感洋溢的艺术品。一不小心，饥饿感，中午例行的大脑缺氧，一上午高强度脑力劳动蓄积的疲乏，搅拌成一支浓烈的催眠剂，把我的眼皮强行黏合在一起。

“又完成了一道工序，锅炉的管子总算可以穿过去了。”醒来后的台词，我似乎早已备好。上月，一拨工人好不容易把沉甸甸的锅炉挂上墙壁，却猛然发觉管子没法通往外墙对接燃气管，只好更换顶上的玻璃，划开一个大小匹配的圆洞。另一拨工人上门，量好留洞的尺寸，才有了今天中午的约定。本以为如此简单的测量对于一个业界颇具口碑的公司和一支成熟干练的小分队，只是一道再轻松不过的程序，居然量反了。是对突如其来的利润过于激动，还是这点利润在他们逐渐膨胀的胃口里实在微不足道？抑或仅仅是概率极低的一次小失误？我不得而知。我只知道，被这个消息唤醒之后，除了这几个问号外，我并没有表现出应有的恼怒和遗憾也没有指责他们。

我只是盯着这块玻璃，许久，许久。它聚集又发散出的光，像是一片时光密林。

这是南昌城最好的地段之一，处于新区的中心部位，毗邻万达广场，周边超市、酒店、餐馆、五金店、便利店、打印店、医院一应俱全，几幢高耸的写字楼里集聚着早教、拍照、印刷、修眉、舞蹈、小儿推拿等业务，道路四通八达，满载乘客的公交车来回穿行。尤其是划入了教学质量顶尖的中小学学区，房价一路上涨。尽管如此，居民还是从老区涌来。要买到这片区域的一套商品房，光有经济实力是远远不够的。每个楼盘开盘，都成为全城最吸引眼球的重大事件，简直有千军万马过独木桥的阵势。我和妻子起了几个大早，赶往人满为患的销售大厅，均无功而返。我惊诧于人们对商品房的满腔热情，更惊诧于市民与城市经济发展水平似乎并不相称的强大购买力。以往电视里闪过类似的场面，或听闻亲朋好友绘声绘色地絮叨，第一感觉便是开发商招揽客源的拙劣手段，直到此番被折腾几个来回，终于身临其境接受了一次教育。

又过了一段时间，其中一个楼盘再次开售一栋新楼，又一次于晨光熹微时恍惚着出门的我和妻子才终于得到幸运女神的眷顾。回想起来，若不是我们小两口一直和父母住在一起，尚没有自己的小窝，无论如何也不愿一头扎进混乱嘈杂的环境里，人为刀俎我为鱼肉般地任人“宰割”。更何况，一旦被成功“宰割”，还要庆幸运气爆棚，为能够在花光多年积蓄的同时成为背负巨额债务的“房奴”而欢呼雀跃。

二

从我小时候起，大部分时间住在一片名叫“三经五纬”的区域。这片区域颇有点年岁了。它并不是一个完整的行政区划，比街道办事处辖区要小一些，比社区又要大上许多。顾名思义，它由三条南北走向的马路和五条东西走向的马路交错构成，直接以数字命名。路面并不宽阔，道旁没有什么高楼，多数是老式居民楼，粉墙黛瓦，绿树掩映。由于行政中心坐落于此的缘故，这儿曾经是全城人气最旺的路段。公务员、学生、医生、护士、大老板、士兵、白领、小商贩等各色人等齐聚，人口密度颇大。有人就有需求。除了数量庞大的单位宿舍，学校、幼儿园、宾馆、餐饮店、银行、医院、小超市、移动营业厅、书店、药店等等，填充着三经五纬的各个角落。清早，分布在各处的“金子拌粉店”“湖南牛肉粉店”“三羊包子店”“沙县小吃”等早餐店率先拉开帷幕，从四面八方涌来的上班族一拨接一拨在寸土寸金的小店面里穿梭，仅有的两三名店小二端饭、收钱、抹桌子的动作飞速循环，无论多冷的天，总是大汗淋漓。小轿车、出租车、自行车、电动车、公交车，塞满了各条马路。临近八点，人流逐渐向行政中心集聚，人们行色匆匆地鱼贯而入。接着，书店、修车铺、理发店、银行、小超市、营业厅、药店纷纷开业，把沉睡了一夜的细胞陆续激活。傍晚，行政中心的人员逐渐外流，各个门面陆续关门歇业，这片区域迅速安静下来，像涂抹了一层隔离霜，与喧嚣的外部世界隔离开来。前些年，即便新城区如火如荼地扩张地盘，依然难以撼动它的特殊地位。

不知怎的，此区域外的市民过来办事访友，总是辨不清方向，往往来过三五次还会迷路，数十年来依然如故。一进门，第一句话基本都是：“你们这儿的路长得一个模子，像迷宫一样！”现在倒没什么，一个电话就可以指明方向。可苦了几十年前的人了，在“迷宫”里左闯右绕，眯着眼沿着门牌号码挨个找下去，眼神充满无助。是路的结构太过弯弯绕绕，东南西北难以辨认吗？是建筑物同质性太高,长得都差不多？还是岔道口太多，一不小心就会拐错胡同？其实，它加起来才八条路，横平竖直，且没有岔口，房屋尽管都不高，却也风格各异。为啥就“迷倒”了这么多人呢？尤其是有的人三番五次走错，我一直百思不得其解。

我刚出生时，随父母住在其中一条街上的老式单位宿舍，每层一条走廊通到底，厨房和卫生间都仅有一个公用的，阴暗得紧，只有当房门敞开时，能见度才大为改观。家里原本只有一间房，生了我之后，物品添置不少，外婆又从乡下赶来帮忙，父亲只好厚着脸皮向同事暂借了半间房。到我临上小学前，才有机会搬进一套完整的公寓房，虽然在同一条马路上，只隔了百米左右，可来回搬运物品的途中，我还是反复嫌路远，急迫的心情仿佛就在昨日。

在上海读完大学后，我回到南昌，又一次住进“三经五纬”。这片区域还是老样子，绿树成荫，白天人来人往好不热闹，晚上清僻幽静，全然找不着夜生活的影子。尽管楼房的阳台纷纷被铝合金封闭，有的还配上了防盗窗，半夜在昏暗的路灯掩映下射出冰冷的寒光，原本并不宽阔的马路被轿车割占了一半，但总体而言还是风貌依旧。

直到几年前，由于行政中心搬往二十公里开外，三经五纬才经历了一场伤筋动骨的巨变，仿佛一夜之间被抽走了主心骨，顿时冷清下来。居民陆续迁往新区，以减少上下班的时间成本和经济开销，傍晚宿舍楼里的灯光也变得稀疏，外来办事的人员数量锐减，他们再也不用担心被几条难以分辨的道路耽搁时间。只有早晚上下班高峰，才能在公交站台依稀回味之前的盛况。其余光景，几乎只剩散步的老人和疾驰而过的学生。

三

从交完首付到领钥匙的这段时间，我依然沉浸在成为“房奴”却兴高采烈的心理悖论中。一拿到钥匙，我便快步登上新房，迫不及待地东张西望起来。当我站在阳台准备极目远眺时，血液中的温度顿时骤降下来。原以为登高望远，海拔升了五六十米，离天空更近了，理应看得更远，视野更宽。可是，一个硕大的钢筋水泥结构横亘于前，几乎塞满了两个眼球，反射过来的阳光刺痛着眼睛。从它留下的极为有限的视野里，除了一座高架桥，还有密密麻麻矗立着写字楼、商场等高楼大厦。虽然远近高低各不同，但都是清一色四四方方的金属材质拼凑而成，一扇扇威风凛凛的窗户齐整地镶嵌在各个楼面，把仅有的一小片天空划得四分五裂。这些由钢筋、水泥、沙子、瓷砖、工程管道、人造板、气味各异的油漆拼凑而成的巨大空间，硬生生从大自然的身体里割取出来，对于仰头打量的路人和固定在附近做生意的小商贩来说，其中隐藏着许多不可知的秘密。每幢楼里有多少扇门？每一扇门后面密闭了一个什么样的空间——一套装修精美的住宅，一条纯楼梯的安全通道，一间塞满仪表盘的水电房，还是一个堆放贵重物品或杂物的仓库？又有多少条通道？楼盘的公用门厅，铺满地毯的酒店走廊，公司里拥挤的座位旁好不容易挤出的只容一人通行的狭窄空间？走过这些通道的人们大多行色匆匆，遇见熟人点个头或寒暄两句便抬脚离去，没有人会像在乡下的院坪上一样慢节奏聚谈。皓月当空的时候，多少人站在窗前眺望远方，思绪万千？又有多少人连饭也顾不上吃，只是目不转睛盯着电脑屏幕，恣意透支本已伤痕累累的躯体？它们的地下车库是否车满为患的同时让人逗留一会即不寒而栗？每幢楼里又有多少部电梯？这样一个人流密集的公共空间，常常弥漫着紧张而尴尬的空气，西装革履的绅士，淡妆浓抹的白领，皮肤黧黑、孔武有力的装修工人，袖子挽得老高的保洁阿姨，提着菜篮子的老太太，都用复杂的眼光打量着对方，戒备清晰地挂在脸上，沉默是毋庸置疑的主旋律。人们正在被一股股不知名的力量从大地上连根拔起，裹挟进机械化和电子化的逻辑轨道，海拔越升越高，身体和心灵都飘在空中，封闭在厚厚的金属框架里，加上因为有了中央空调，室内四季如春，已无法轻易感知纯粹的阴晴冷暖。只有当眼睛不小心瞟到窗户上斜长的水纹时，才会有人心不在焉地问一句：下雨了吗？可怕的是，这种远离泥土的悬空从未让人觉得惊惶失措，相反，人们已经无暇匀出心情思考与泥土和大地的关系了，在大地上行走反倒成了一种偶然和低概率的事件。也对，据说现在设计世界的精英睡觉都不解领带，或者说干脆连睡觉都觉得是一种累赘，哪有闲心体验双脚紧贴大地的感觉。

抢镜的还有一台台塔吊，参差排列着，层次感极强，争先恐后挥舞着吊臂，挤占本已逼仄的空中视野。更要命的是，它们现在所处的高度远未达到极限，一副非得冲入云霄的架势。左手边的万达广场，门前依然车水马龙，人头攒动，施展着独特的魔力吸引衣着时髦、风华正茂的俊男靓女鱼贯而入。

周围看不见山，看不见水，人们就像被关在一个硕大的钢筋水泥壳里。电钻声此起彼伏，木料、油漆、瓷板、家具陆续出现在只剩一条缝的过道上，前面、后面都是邻居的阳台和窗户，小区仿佛一个小型牢笼，把原先分散在各个老城区的居民集中过来，纷纷装进一个个小方块垒叠起来，一幢不够再垒一幢。而被关进来的居民倒是乐此不疲，甚至以此为耀。前不久，一栋楼的外墙脱落了一大块，被邻居们拍下来传到 QQ 群里，不出意外响起一片骂声——这么豪华的楼盘怎么会这样！物业真是什么都不管，枉我们交这么高的物业费！更有甚者直接要求退房。没过几天，那些情绪激烈的声讨者似乎突然销声匿迹，那几张照片早已被海量的信息淹没，QQ 群里的情绪又恢复了平稳。脱落的外墙是否有人去补？谁也不知道。性质类似的还有游泳池，承诺的水深一米二缩为九十厘米，下水还要额外收钱，在 QQ 群里又引发了一场波澜，只不过短短一阵便自行消失。

此时，我忽然反应过来，三经五纬的老楼就像一个个饱经风霜的老人，阅尽浮世苍生，任年轻人如何折腾蹦跶，把生活节奏弹拨得越来越快，仍不闻不问，兀自过活。至少老楼附近的生态不是畸形的，它们能够真真正正享受绿树的荫护和花草的芬芳，不像那些只贪图海拔的后辈，自以为居高临下地把花草树木缩微便是战胜了大自然。老楼眼里的人是原始比例的，斑马线是饱满的，头顶上的天空是完整的，云朵飘浮的轨迹一览无余，车水马龙的景象又移走了，它更乐得轻松，安详度日。

四

不知从何时起，步行成了一种奢侈。

城市，早已不满足局限于一片小小的区域，框架越拉越大，凭传统的脚力，已经难以完成基本的丈量。于是，满大街都是车，机械化程度越来越高的车。人们无车则不欢，车与房一同构成了每个家庭最核心的诉求，甚至有撇开住房独占鳌头的趋势。有的家庭在无力购房的情况下，往往会先倾力买一部车。嗅觉灵敏的商家总是喊出贷款“零利率”或“零首付”的口号，推波助澜。

但是，总有很多买不起车的人。他们只能选择另一种车——公交车。公交车最大的优势是便宜，一两块钱可以绕城一圈，可劣势是花费时间长，经常堵车，且环境嘈杂，与私家车的舒适简直是天壤之别。于是，在经济成本与时间成本的权衡之间，产生了两个群体，尽管并不绝对。

就像坐火车。动车和高铁的开通，大大缩短了旅途时间，大家都在感慨生活的进步，夸赞科技的创新。每天开往全国各地的高铁都人满为患，逢年过节更是频繁加开。可是，K 打头的普快列车和纯数字构成的绿皮慢车依然存在，与D、G打头的快车同时运行，而且候车厅里的队伍依然庞大。这是为什么呢？快车难道不应该更受欢迎吗？科技的发展不是应该把慢车都淘汰掉吗？笛卡尔说：存在即合理。K车里的人并不比D车、G车里的人少，有时甚至远远超过，因为过道上、车门边，乃至厕所里都塞满了人。不是每个人都要赶时间的，或者更准确地说，不是每个人都可以毫无顾忌地赶时间，因为缩短旅途时间成本的经济成本太高了。有的人时间宝贵，晚一个小时就可能损失巨额钞票。有的人不是不想早一点到，只是无力承担高额的经济开支，只能以成倍的时间和身体的隐性透支，换取车票钱的差价。拿南昌到上海来说，G车只要三个多小时，K车最快也要九个多小时，可价格正好相反，K车票价还不到G车票价的三分之一，连最贵的软卧也比G车的二等座便宜。更何况，慢车的运行时间并不准确，一旦与快车的轨道发生冲突，让车就是一种天经地义。每当绿皮车里的旅客听到类似“临时停车”的字眼，过一会儿准有白色的影子“刷”地一下越过眼皮，随后车才会再次启动。这两类人群，同样少有交集。

记得十五年前的暑假，我带队赴山东开展关于农村专业合作社的社会实践。由于经费有限，我们一行七人只能坐了一下午加一整晚的绿皮车。恰巧天降暴雨，车窗全部紧闭，车厢内的空气仿佛是凝固的，闷热、潮湿。车缓慢地开着，乘客们歪七倒八靠在座位上，或趴在小茶几上，或斜倚在铺了几张报纸的地上，此起彼伏的鼾声在惨白的灯光下加大了分贝。能站的空间全挤满了人，没有走动的余地，连伸懒腰都得小心翼翼。第二天，意料之中地晚点了几个小时，终于抵达了济南，随即转车赶往平阴县。在十元一个床铺的小宾馆住了五晚后，便踏上了返程的K字头列车。这一次，我们加入了无座人群，在过道上一字排开。车厢依旧人满为患，人们身上散发的热气和鼻孔中呼出的二氧化碳远远超出了空调所能调节的量，熏得人头晕脑胀。我们显然高估了身体的熬夜能力，刚进入午夜便神情恍惚，只好和其他旅客一样席地而坐，把过道堵了个水泄不通。每有列车员、乘警、上厕所的旅客穿过，就要挨个站起来一次，像一根依律而动的琴弦。偶尔卖零食的推车经过，列车员的喊声所至，像“惊起一滩鸥鹭”。整节车厢像一个泛着白光的巨大蒸笼，在深沉的夜幕中疾驰而过。隔壁就是软卧车厢，过了十点就混沌一片，只留下几盏昏暗的夜灯站岗。此时，床这种再平常不过的物件，拥有了成几何倍增长的价值，尽管配置极为简陋，却散发出一股神奇的魔力，只要往那边看上两眼，脑海里便顿时浮想联翩。

彼时，在纵横交错的铁轨上，我们是绿皮车和K车的忠实乘客。回到平坦的公路上，我们又是公交车的铁杆粉丝。因为我们，以及与我们年龄相仿的庞大群体的缘故，在公交车与绿皮车这两类长相、体积、用途都截然不同的车型之间，产生了某种同质性。

五

正当我津津有味地回忆着这一切，突然某种外力反复推搡我的大腿，身体剧烈摇晃起来。我睁开朦胧的双眼，怎么是公交车司机？她为啥跑到最后一排来了？咦,怎么就到站了？刚才还满满当当的车厢已经空空如也，我赶忙拽着包飞奔下车。

自从单位搬至新区，我也不得不放弃奢侈的步行。公交公司为了照顾三经五纬高峰期的出行队伍，特意增开了一路公交。尽管上下班的时间成本高出一截，却也重新把我推进了公交车的怀抱，毕竟大学四年，公交车是出行的唯一选择。和上海相仿，提着公文包、长相斯文的白领，扛着大行李袋、皮肤黝黑的农民工，背着书包、与世无争的中学生，充当着公交车的主体客流。乘客们要么自顾自地闭目小憩，要么盯着手机，要么交头接耳。交谈的声音与硕大的金属躯体发出的声响叠加起来，形成强烈的声浪，常常淹没报站的广播。一条微信语音，往往要听上五六遍，才能将每次听清的只言片语勉强合成传递的内容。

原先脚力和自行车勉强够用的时候，全城只有寥寥几趟公交车，路次都是最简单的一位数，拖着笨重的身躯大摇大摆地横行在闹市区。两根天线在电缆上亲密游动着，不时迸出星星点点的火花。偌大的车厢里只有两排单人座，足以满足市民的需要。有的车是三节车厢拼起来的，拐弯时暴露得尤为明显，连接处的座位随时可能把人甩到地上。1路车的终点站叫包家花园，在我的童年记忆里那仿佛是个遥不可及的地方，尽管现在看来只是多几脚油门的距离。随着推土机、挖掘机等工程车入驻，城市的骨骼逐渐向外延展，公交车的数量也急剧增加，路次迅速升到了三位数。破旧的车身修缮一新，横亘于半空中的电缆转入地下，座位的设置也变成前面两排各三座、中间左四右三、后面左五右四的格局，越来越有大城市的味道。从这个意义上说，公交车便与所在城市的发展水平拥有了很具说服力的正比关系。

赣江自南向北穿过南昌。像三经五纬所在的老城都在江的南岸，江北的新区是近年来随着塔吊的不断位移造出来的。既然是两岸，就少不了桥。前些年江面上只有两座大桥，由于各类车辆的急剧增长，原有两座大桥早已不堪重负，于是又陆续新建了三座大桥。可以说，桥的数量也与城市发展水平构成了正比。在此基础上，公交公司又新增了一些车次，每天，江面上的五座大桥上，便行驶着数量众多的公交车。在晨曦初至和夜幕降临的某个时刻，我便和一车素不相识的乘客，出现在跨江的朝阳大桥上。

到了周末，“房奴”的角色又使我上了另一趟公交——全城稀有的双层公交。在大多数人尚且沉浸在香甜的梦乡，有的年轻人才刚刚结束夜生活之际，我夹杂在稀疏的乘客队伍里，穿过与朝阳大桥平行的八一大桥。这座习惯了超负荷，全城最老的八一大桥，只有深夜和这个时段，可以喘口大气。奇怪的是，在老城区范围内一直清晰的站名，一过八一大桥，却突然简练下来，金融大街、雅苑路、南昌城北，这些指向长达几公里的大街，甚至一片广袤区域的名称，对于长期逗留在老城区的居民，若不事先做好功课，很难不迷路蒙圈。

桥是一个分水岭，老城和新区的分水岭。一旦上了桥，乘客们心里便油然生起一种暗示——到新（老）区了。尽管这种暗示并不一定每次都被意识到，但新与旧、高与矮、宽与窄的切换，总是无可争议地存在于每一个人的脑海中。就像于我而言，朝阳大桥、八一大桥比其他标志性路段更应当成为三经五纬和新区与我的单位、新房的分水岭。而分水岭上最重要的工具便是车，各式各样的轿车、卡车、货车、面包车、电动车，乃至自行车，尽管偶尔也会出现几个步行者，但步行被车轮取代的趋势丝毫没有逆转的可能。不知是否因为承载的人员密度遥遥领先，公交车常常被认为是联结两个隔水相望的区域的第一选择。或许在桥上，在水汽的氤氲中，公交车拥有了一种特殊的魔力。

六

"有旧电视机、冰箱、洗衣机卖啵？"

带着浓烈南昌方言腔的男低音在扩音器的帮助下恣意传播，打断了我的思绪。我惊讶万分，本以为许久未曾出现的喊声早已被时代的巨浪所淹没，它却在此时又重出江湖。它曾经是三经五纬的标志性声音，每到大中午或周末，便穿过繁茂的树荫，直达深深庭院。听不清是从哪个方向传来的，只知道若有生意要做，只需站在阳台上大声一喊，承载扩音器的三轮车，更有可能是板车——当时在与三轮车的较量中占尽上风，就会迅速来到院落门口。这些皮肤黝黑、骨骼硬朗、往往留有浓密胡须的车夫，如何练就了听声辨人的娴熟技能，至今仍是一个谜，恐怕不能简单归因于熟能生巧。随后，便是一番家庭主妇与生意人之间的唇枪舌剑，最终的结果大致是家庭主妇一面喋喋不休地絮叨，仿佛对方得了多么大的便宜，一面畅快地接过票子，生意人则把剩余的钱塞进荷包，扛起电器上车，扬长而去。至少看上去，是一次双赢的交易。

进入21世纪，这样的男低音就逐渐消失了。起初还有些不适应，居民的生活条件改善了，电器更新换代也随之更加频繁，没了这些三轮车，旧电器该如何处理？不过时间一长，也习惯了。或许是时代的发展注销了这个行业？或许是车夫们在城里找到了更体面的工作？抑或家家户户都装了铝合金窗，把偶尔路过的这类声音自动隔绝？直到前日，熟悉的声音再一次响起，我下意识地冲向阳台，却像几十年前一样，寻不着半点声音来源的蛛丝马迹，任凭它由强渐弱。下一次听到这个声音，会是什么时候？

正愣神间，邓师傅蹬着自行车过来了。等等，邓师傅？真的是他，那对枣红色袖套证实了他的身份。他不是退休了吗？难道又出山了？

在自行车还是主要交通工具的年代，他和他的修车铺曾经有着辉煌的历史。链条掉了，车刹失灵了，轮胎被碎玻璃扎破了，都成了他的生意。每接一辆车，邓师傅都仔细地对症下药，局部问题解决了还会认认真真给车作个"体检"，查找其他方面的"病症"。尤其是装链条、修刹车、补胎等活计，一定要骑上车在三经五纬转上一圈。别人花五分钟修的毛病，他得花上几倍时间。因此他基本从早忙到晚，只在午后一两点钟挤出时间端着夫人送来的搪瓷碗大快朵颐。邓师傅修过的车总是完璧归赵，无须返工，还把车擦拭得亮亮的，街坊邻居无不交口称赞。而且在这儿修车的人，邓师傅总能跟他唠上几句，不致使车主等得烦躁。价格同样地道，有时车主打气，一摸口袋，糟了，一分钱没带，邓师傅也乐呵呵放行。哪怕萍水相逢，也毫无例外。一传十，十传百，三经五纬的自行车慢慢都来这儿修，店门口总有一排自行车在等待着修理或被主人取回。

他住得很近，离修车铺只有三十米上下。每天一大清早，两口子穿着固定的蓝色工作服，推着装满螺丝钉、扳手、锤子、老虎钳、润滑剂等各式工具的工具车摆摊开工。利索地拉开铁门，把工具和铃铛、轮胎芯、坐垫等零部件一字排开，三四把打气筒斜倚在工具箱上。从第一单生意起就开始埋头苦干，直到天黑才彻底伸个懒腰，收拾物什锁门返回。

三经五纬也偶有其他几家修车摊，但总是开不长，没两年就收摊走人。或许明面上各有原因，但与邓师傅绝对脱不了干系。谁能做到他这样精益求精呢？

前些年，三经五纬曾经赚得盆丰钵满的三羊包子铺，军人服务社等等店面都陆续改换门庭。同一个餐馆店面少说也转了三四个主人。只有邓师傅，依然每天准点推着他的工具车上下班，蹲在自行车前摆弄着。尽管此时他宽阔的国字脸架上了一副老花镜，微秃的上额愈发光亮，背与地面形成的角度也更小了，骑自行车的人群更是大幅萎缩，可他不为所动。一不小心，他成了三经五纬资历最老的生意人。为什么是他？若是放在当下，又有谁会想到，在自行车的生存空间早已被轿车和“电驴”挤占殆尽之际，修自行车这样一个夕阳行业，竟然成为翘楚。

当然，无论是收家电，还是修车铺，在时代浪潮的裹挟下都显得苍白无力，它们无法抵挡岁月的侵蚀——就像几年前，由于年龄原因实在干不动了，邓师傅把店铺交给儿子打理。但它们却执拗存在着，这种存在本身就是一份坚持，一份抗争。今后还能坚持下去吗？我没有这个信心。或许若干年后，它们终究难逃消亡的命运。但它们见证了自行车、三轮车、板车的辉煌阶段，见证了一款款轿车的更新换代，见证了地铁时代的降临之后，谁又能预测它们的生命力究竟有多顽强呢？

如今，在高楼大厦林立的城郭，乍一看，三经五纬真有种萧条的感觉。可是，它还是安之若素。“有旧电视机、冰箱、洗衣机卖啵？”仍然在三经五纬的上空飘荡，邓师傅和他的儿子依然守着旧修车铺，素心若简。

七

“我要搬家了。”

前不久，颇有段时间未谋面的叶叔见到我，兴奋地脱口而出。叶叔今年四十出头，白皙的面庞上架着一副高度近视眼镜，笑起来眼睛眯得像一叶扁舟，大学毕业后参军来到南昌。一晃十余载春秋，成了家，在市中心买了房，又添了车，成了南昌的正宗居民，只是囿于留营住宿的规定，难得回家住上几晚，直到七年前转业。安置的单位离家很近，走路也就二十分钟。

“为什么要搬家？不是刚住回来吗？”我诧异地问道。看着他露出洁白牙齿的畅笑，我突然间反应过来：对呀，他的单位不也搬过去了吗？还是隔壁呢。城市的重心终将转移，迟早不也要搬吗？

叶叔居住的中山路，在南昌的历史上一直是当仁不让的主干道。两千两百年前，当它还是一片荒芜之际，因缘际会迎来了一支征战已久、人困马乏的骑兵队伍，浓密的树荫，泛着点点金光的小河，远处若隐若现的山丘，让驻马休憩的全体将士流连忘返，产生了强烈的归宿感。于是，为首的将军请示汉高祖刘邦得到同意后，展开了声势浩大的筑城运动。中山路的始祖也在猎猎旌旗的飘扬和数万工匠劳役的挥镐舞锄中正式登上历史舞台。它的中心地段就是将士们洗马驻军的地点，“洗马池”的名号沿用至今。这位将军的名字也永远和他的杰作连在了一起——灌婴城。

道路总是在行走中开创历史，中山路也在一代又一代新老居民的行走中变得厚重。大约三百年后，南昌第一位土生土长的名人徐孺子，“大丈夫当为国家扫天下”的豫章太守陈蕃，初唐写下《滕王阁序》的诗人王勃，都用脚步丈量过中山路的土地。当时光隧道穿越至五代十国，那个风云诡谲、城头变幻大王旗的时代，中山路和它的母体南昌城都迎来了生命中的第一个顶峰。这个顶峰充分演绎了幸与不幸的辩证关系，本是诸侯混战、烽烟四起的乱世，黎民百姓居无宁日、流离失所，却为偏居一隅的南昌城制造了唯一一次成为国都的宝贵机遇。中山路也随之完成了鲤鱼跳龙门的飞跃，浸润了正宗的王气。

它们要感谢的，自然是当时的国君，南唐中主李璟。

一国之君如果在某种艺术方面过于天赋异禀，且又沉溺其间，多半对治国理政不是什么好事。宋徽宗寄情书画，瘦金体天下无双、空前绝后，却被金人所掳，只能终老塞外。在生命的最后一段时日，还要靠瘦金体博敌人一笑，的确是莫大的讽刺。“木匠皇帝”明熹宗虽未直接亡国，却重用阉党，致使各方矛盾激化，把一个处于内忧外患中的烂摊子交给崇祯皇帝，对明朝的最后灭亡负有不可推卸的责任。李璟的儿子李煜更不必说，“春花秋月何时了，往事知多少”“问君能有几多愁？恰似一江春水向东流”“梦里不知身是客，一晌贪欢”等等名句震古烁今，却毫无治国之术，成了亡国之君的杰出代表。与儿子相比，李璟虽然写词的功力略逊一筹，但治国的头脑更为出色。在位初期还打了几次胜仗，兼并了东南面的闽王朝，只是后期因国力衰弱，难敌后周咄咄逼人的锋芒而一再退让，甚至不得不想到迁都的下策。他摊开地图，眼光反复游移，钦点了位于腹地的洪州，将其升为南昌府。选择南昌，就等于选择中山路。于是，由中山路东段向北延伸至上营坊的一片区域成为新的皇城，附近的街道至今仍有“皇殿侧”之称。尽管做了充足的准备，投入了大量人力物力财力整治修建，但基础孱弱的南昌城与王气氤氲多年的江宁城相比还是稚嫩得多，城市框架和配套设施远远满足不了王公大臣的需要，人心思归。因此，南唐的国都只在南昌停留了三个月，便复归江宁。只是，中山路附近的繁华丝毫没有受到影响，绸布、五金、食杂、药材等商号与钱庄、酒楼依然遍布长街。

此后，明代的宁王府，清朝的抚台、藩台、臬台衙门和总镇府，民国年间的省府、市府亦先后坐落于此间。

从明清时期的《南昌府治图》和《三湖九津图》约莫可以得到印证，在圆形城墙围起的老街旧巷里，中山路基本是自东向西的中轴线。难怪著名隐士苏云卿虽选择了地寂而偏的南昌作为隐居地，却也只能住在毗邻中山路的百花洲。与基本的生活保障比起来，豫章节度使张澄在隔壁东湖操练水军引起的铠甲抖动声和稀里哗啦的波浪声所带来的叨扰，便显得微不足道了。彼时，连滕王阁、绳金塔都被排除在繁华之外，三经五纬也只是贴近西北角城墙的名副其实的郊区。包家花园和再往南的青云谱，更是连地图的底端都相距甚远。这也足可解释，为何明朝皇族朱耷能够成功躲避清廷统治者的目光，不仅得以善终，还能将皇族血统与国破家亡的碰撞产生的孤凄悲愤尽情抒发，塑造了南昌历史上另一座艺术高峰。

刹那间，我意识到——城市的心脏是会变的。不仅能扩容，且完全可以根据行政指令和人气聚集度四处游移。当城市的架构越拉越大，滕王阁和绳金塔被迅速吸纳进来，三经五纬与中山路的相对地理间距日益缩小，直至成为心脏共同体。当我和三经五纬的邻居都毫无疑问地把所住的区域认作核心的老城，当年的灌将军和他的士兵或许想都不敢想，离中山路如此之远的一片荒地，竟能演变为兴旺繁华的区域。在二十二个世纪的长河中，一片又一片新区从四面八方发展起来，区域间距离越来越远，住房海拔越来越高，一个个塔吊你追我赶充当着开路先锋，旧的新区被更新的新区挤进了心脏，中山路的负荷愈发重。直到如今，年迈的中山路终于可以歇息一阵，南昌城的心脏正在发生一次彻底的转移，它轻盈地越过茫茫赣江，越过八一大桥、朝阳大桥，在红谷滩摩天大楼的集聚中健硕跳动，并且正在一路向西，与九龙湖相向而行。

未来，永修县、丰城市、高安市等等南昌周边县区的某些偏僻村落，会不会扮演今日九龙湖的角色，延伸着南昌城的脉搏，演绎着从荒凉到兴盛、从孤寂到繁华的又一次蜕变？

新城逐渐变为老城，一代一代的市民从新城的开拓者变为老城的土著居民，城市就在一代一代开拓者的努力下骨壮肌腱，在新城与老城的渐次循环中发展壮大。也许，这就是城市化最简明的要义。

冬日的雨尽情飘着，一片迷蒙。浓浓的雾气把一幢幢高楼的顶端包了个严实，一台台塔吊也终于如愿没入了云端。那三个小伙子组成的小分队再次到来，一眨眼的工夫，便换好了玻璃。

我再次盯着这块玻璃，许久，许久。

品读赣州，这城，这水

“你的家乡在哪儿？”每当有人问起，我总会脱口而出：赣州。随后，才会指向那个名叫黄冠的村庄。

山坳坳里的黄冠村离赣州城足有两百多里路。一直以来，在绝大多数村民心中，赣州只是一个宽泛的地域概念。他们从未踏上过赣州城的土地，甚至把进一次赣州城视作人生理想。

与其他村民相比，父亲算是一个幸运儿。四十多年前，他入伍来到赣州。当军用卡车在马路上疾驰时，他仍觉得自己像是在做梦。八年后，父亲进入省城工作，并在省城安家，结婚生子。

那时候，由于交通不便，父亲带着我从省城返回老家黄冠村时，必须在赣州留宿一夜。因此对我来说，彼时的赣州就成了一个中转站，每次父亲都带着我来去匆匆。后来，随着经济的发展，道路越修越好，交通工具也不断升级，耗在路上的时间变少了，父亲和我才终于有时间在赣州城稍作停留，我也才有机会细细打量这座亲切而陌生的城市。

一千多年前，这里接纳了第一批南迁的中原先民。在历史的长河中，赣州城渐渐成为北人南迁的重要目的地之一。这座城记录着无数商贾、农民、文人、挑夫、篾匠、铁匠另起炉灶的身影，以及潜藏其间的勤俭持家、艰苦奋斗的故事。漫步城中街巷，可以听见婉转的采茶戏、高亢的兴国山歌、悠扬的于都唢呐，这些都与赣州的历史密不可分。

在赣州，我去得最多的地方，非古城墙莫属。三千六百多米的宋城墙，是如何奇迹般完好保存下来的？每每登临古城墙，我的心中都感慨万千。古城墙砖石平整，错落有致；城墙威严，间有字迹。古城墙还连着郁孤台。宋代大词人辛弃疾曾登上郁孤台，留下了名篇《菩萨蛮·书江西造口壁》。古城墙还连着八境台。苏东坡写下《虔州八境图》八首，让八境台声名远扬。在他们之外，还有周敦颐、王安石、朱熹、文天祥等一众名家，共同给古城墙留下一条华丽而厚重的文脉。城墙外，是奔腾的章、贡二江，它们于八境台下合流为赣江。赣江，这条江西最为著名的河流，即以古城墙为厚实的依托，奔腾流淌。

说起赣州城的水，自然少不了福寿沟。在福寿沟博物馆里，我领略到福寿沟的千年沧桑。赣州古城因三面环水，水患频繁，常年面临江水倒灌的危险，而且一旦大雨倾盆，后果更是不堪设想，这令历任地方官非常苦恼。直至北宋熙宁年间，水利专家刘彝赴任赣州，这一问题才得以根治。这位知州在走街串巷、勘探地形、考察民情的基础上，遵循比较科学的防洪方略，造水窗十二，修二沟排水。二沟利用地势高差，连通城内凤凰池、金鱼池、清水塘等坑塘水系蓄洪，由城墙处水窗排出。因二沟走向形似篆体的“福”“寿”二字，故名“福寿沟”。福寿沟采用砖石工艺，设计拱形结构，能够延长沟墙使用寿命。排水孔筑成铜钱状，既可阻挡垃圾进入沟内，不致堵塞，又显示了中国传统文化的内涵。已有近千年历史的福寿沟，处处体现着中国古人的经验和智慧。

我也时常在梦中，忆及通天岩的青石小径。悬崖峭壁上的一尊尊石龛造像，工艺精美，栩栩如生。一百二十八品摩崖题刻充满张力，让我恍惚置身于一条千年文化长廊。尽管我去那里的次数并不多，但翠微岩、龙虎岩、观心岩、忘归岩等景观，至今仍清晰地刻在我的脑海里。

三十多年间，我已记不清多少次到访赣州，赣州的大街小巷都留下了我的足迹。如今的赣鄱大地，高速公路四通八达，赣州城已非回黄冠村的必经之路。但我还是时不时想去看看赣州，倾听古城墙的脉动，感受这座城的发展与变化。这些年来，赣州城的变化可以说是日新月异。赣州挥别了无高铁的历史，顺畅的交通拉近了游子与家乡的距离。古城墙边新添了郁孤台历史文化街区，夜幕降临时，灯火璀璨，游人如织。

今天的赣州，正不断焕发出崭新的风采。我心中的赣州，一天天盈满了浓浓的情思。

夜登高

“海底珊瑚，瘦劲难名，沉深莫测，精光万丈，力量万钧。”

短短20个字。胡应麟把《登高》捧上“古今七言律第一”，而远不止唐人之首。

友人照例“微”来《古诗日历》，标示农历辛丑年九月初十。同为重阳节感怀，却难撼《九月九日忆山东兄弟》，只好推迟一日。可论哲理之深、意蕴之广，诗佛却略逊诗圣。只一句“无边落木萧萧下，不尽长江滚滚来”，便“唤起精神，见得连绵”，落叶的气势和长江的宏伟立现。

《古诗日历》另有一大特色，即与时令匹配。五日一候，三候一节气，六节气一季，四季为时。诗读着读着，转眼就是一年。此日为寒露，二候，雀入大水为蛤。雀鸟躲哪儿去了？既然找不着，索性把纹色相似的蛤蜊当作归宿，也是古人的智慧。如今，雀无从辨别，蛤蜊亦难见，只余登高。

适逢临古虔州。亥时，登古城墙。穿仿古街，喧嚣过后，城墙之静更显珍贵。露气寒冷，将凝结也。幸好风量减弱，无刺骨意。每十米，一盏路灯，下悬灯笼两盏，上书仨宋体“宋”字，又悬红边黄旗一面，溯源“江南宋城”。脚下，砖石平整，错落有致，偶有沟壑。左侧，砖墙威严，不时刻有字迹。凑近一看，字多难辨认，摸上去，恰似历史的车辙、时光的皱纹。可辨认者，多为“癸亥年造”，亦有“曾宏春造赣城砖”。

随缘挑一个垛口望去，一片绿荫遮蔽视线，像把镂空的大伞。透过空隙，章江缓缓流淌，波澜轻起。中间多少行人泪？对岸灯影稀疏，未闻人声，亦无鹧鸪。真个有萧萧落木、滚滚长江之势。

回望郁孤台，黑漆漆的，却似与天相接。蒙蒙薄雾中，仿佛瞧见稼轩正在西北望长安。纵观历史，能让“圣天子一见三叹息”者，应是此生无憾。尽管一心向北，可命运偏让他谪居江南。淳熙二年，朝廷授其江西提点刑狱，仅三月，平定茶商军起义。此后，城墙上便常常印下稼轩的身影。他的眼前，尽是青山。他是多么想随水而上，翻山越岭杀奔家乡，光复大好山河。伴随他的，唯有鹧鸪，“唯能愁北人”的鹧鸪们。

稼轩怀旧，全然不似武人。翌年，奉调京西转运判官，途中触景生情，留下一首《菩萨蛮·书江西造口壁》，把名不见经传的郁孤台捧上历史舞台。郁孤台知恩图报，台前台后各立一尊稼轩像，以纪念恩公。如若当年稼轩驰骋疆场、豪情万丈，心情当不至悲凉，却也必定无缘郁孤台。悲哉？幸哉？

临近子时，人迹渐稀，露气似已凝结。前方，涛声愈浓，应是三江合璧处到了。四百里章江与五百里贡江于此相遇，领头的浪花倏忽一跃，壮阔合流。一条崭新的大江应运而生，取章、贡之合体，是为赣江。三江之上，怎可无楼？于是，八境台拔地而起，一解“州城岁为水啮，东北尤易垫圮”之惑。它的功臣，是虔州知军孔宗翰，孔夫子第四十六代孙。楼成，孔知州遍邀群贤至，登台论诸景，共推八处：石楼、章贡台、白鹊楼、皂盖楼、郁孤台、马祖岩、尘外亭、峰山，并绘下一幅《八境图》。又将图送至苏轼手中，远隔千里的东坡先生浮想联翩，就图中八景一一赋诗，玉成《虔州八境图八首并序》。数年后，东坡先生登台赏鉴，面露愧色，惊呼前诗“未能道其万一”。只是这万分之一，足以给八境台一个高贵的身份。

子时过，城墙愈发肃杀。从郁孤台始，至八境台止，始于稼轩，终于东坡。并称“苏辛”的两大文豪，分别在此挥洒才情，难道是一种巧合？他们之间，还有王安石、朱熹、文天祥、周敦颐等，一众文豪联手，给城墙镶嵌了一条华丽而厚重的文脉。

对于亭台楼阁，颜值并不重要，在时光面前，再美艳的外表、再精致的装修，也必将面目全非。它们的要点，在内涵，在积淀。滕王阁重修二十九次，只要《滕王阁序》犹在，光彩依然夺目。《黄鹤楼》之于黄鹤楼，《岳阳楼记》之于岳阳楼，《醉翁亭记》之于醉翁亭，亦不外如此。

天地静穆，群山参差，孤星时明时暗。在古城墙的注视下，雄雄赣江元气绵长，昂然北往。

我的青云谱

传统意义上，青云谱毫无疑问是南昌的郊区。二十多年前，从城区往南，过了坛子口就算出了市中心，一般情况下，人们不会涉足青云谱的土地。但是，幸好青云谱有个“八大山人纪念馆”，它成了招揽人气的金字招牌。印象中，小时候与青云谱仅有的几次交集，完全是因为这座大宅子。

对“八大山人”这个名字，可以说只要是正宗的南昌人，都有着天生的敏感。这种敏感让我在读到余秋雨先生的《青云谱》时，对他提到的几名考生产生了一种强烈的怜悯。考试题目是：略谈你对八大山人的了解。“中国历史上八位潜迹山林的隐士，通诗文，有傲骨，姓名待考。”这是其中一位的解答。起初，觉得不可思议，甚至略有鄙夷，连八大山人的大名都不知道？但细想之下，若非在南昌生活多年，自己也有可能隔膜甚深。况且，在决定人生命运的重要考试中，面对完全陌生的题目，凭借丰富的想象力“胡诌”一番，是常用的伎俩。万一碰对了呢？只可惜，这名考生不但没有碰对，还让老师哑然失笑，印象分大减。我多想邀他来一趟南昌，看看八大山人的栖息之地。

八大山人原名朱耷，是明代宁王朱权九世孙。在封建王朝，皇族的生活是奢靡浮华的，就算像朱耷这支权力被剥夺、封地被边缘化的一脉，也有着远高于普通百姓的物质保障。但是，他有些生不逢时。1626 年，他生命的元年，明朝的统治已经江河日下，内有李自成、张献忠等农民起义军攻城略地，外有后金军虎视眈眈，大厦将倾。1644 年，他远在北京的亲戚崇祯帝自杀殉国，尚不及弱冠之年的朱耷成了亡国奴。随后，他的那些保障都化作了灰烬，生活也在风雨中飘摇。他首先想到的是改名，把这个过度耀眼的前“国姓”隐匿起来，作为改头换面的第一步。于是，八大山人便应运而生。

“八大”究竟寓意何在？世间猜测不少，有的认为“八大者，四方四隅，皆我为大，无大于我也”，有的认为“山人固高僧，尝持八大人觉经，因以为号”。较为流行的是“八大山人”四字连写起来，有时像“哭之”，有时像“笑之”，分别表达了他当时的心境。我更倾向于学者赵力华的解释——把“朱耷”二字拆开，“朱”去除“牛”，“耷”去除“耳”，正好剩下“八大”。“牛耳”，即“统治权”，把“牛耳”去除，正是对家族丧失统治权的呼应。当然，是否符合事实，答案只有朱耷自己知道。

八大山人纪念馆原是一个历史悠久的道院，相传公元前六世纪，周灵王之子晋在此开基炼丹。两千二百多年后，它的主人换成了八大山人，他取“吕纯阳驾青云来降”之意，将道院改名“青云圃”，后清朝礼部尚书戴均元又将“青云圃”改为“青云谱”。在这座道院里，他将满腔国破家亡、孤独悲寂的愁绪寄寓于一支笔上，将巨大的傲岸以及由此生发出的强烈的生命气场融注在一张张纸上，用廉价的笔和纸将个体生命的最真切的感悟淋漓呈现开来。或许，他并不想成为艺术大师，但命运“迫使”其走上了艺术的道路，并且在“劳其筋骨，饿其体肤，空乏其身……”之后，造就了一个足堪与同时期欧洲文艺复兴任一巨匠相媲美的泰斗。青云谱，甚至整个南昌，因为他而光彩十足。如今，依然。

说起八大山人与南昌的缘分，南昌城和城里的世代民众，还得感谢两个人。首先的是朱权。《明通鉴》记载：“太祖诸子，燕王善战，宁王善谋。”明朝初期，朱权是与后来的明成祖朱棣齐名的英才，十三岁就被封为宁王，镇守“东连辽左，西接宣府”的大宁，带甲八万，革车六千，骁勇善战。明太祖朱元璋去世后，短短几年内燕王朱棣便攻克南京，江山易主。“飞鸟尽，良弓藏”乃世之铁律，起兵前曾许诺朱权“分治天下”的朱棣，登基后便翻脸不认人，将其发配至数千公里外的南昌，并尽夺其兵权。保住一条命的朱权只好韬光养晦，寄情于戏曲、音律、茶道、宗教等等，其所著《太和正音谱》为我国现存最早的杂剧曲谱，是戏曲史上重要的理论著作。据《千顷堂书目》载有《宁献王书目》一卷，收书一百三十七种，为南昌这片土壤留下了宝贵的精神财富。对朱权一脉而言，偏居南昌实在是委屈失意，不得已而为之，然而对南昌城及其民众而言，却是幸甚。

南昌要感谢的另一个人，是朱权的五世孙，也是第四代宁王，朱宸濠。尽管朱权以高超的审时度势的眼光得以善终，但宁王府与中央王权之间的隔阂难以消除，在第二代宁王期间，又被朝廷削去护卫，矛盾进一步加剧。这种矛盾积聚着，终于在一个世纪之后的朱宸濠这一代完成了集中爆发。只可惜鸡蛋注定是碰不过石头的，就算朱宸濠费尽心机、筹措多年，也仅仅在舞台上蹦跶了四十三天，他号称十万之众的部队被名将王阳明迅速击溃，落得个本人伏诛、宁王封国被废除的悲惨下场。然而，也正是出于此次战争，中央政府彻底放下心来，宁王这支血脉也真正安分守己地在偏远的南昌城过着平静的生活，不再有机会卷入政治漩涡的中心，这很大程度上导致清廷势力占据南昌后，没有将宁王一系作为搜捕和诛杀的对象。从这个意义上看，是使生灵涂炭的战争不经意间为南昌城留住了滋养艺术细胞的血脉。

如今，南昌人民仍不时想起朱宸濠。前几年南昌倾力打造的新兴生态农业旅游景区“凤凰沟”，就主动贴上了朱宸濠的印迹。我且把景区的一段介绍附后：

明正德九年（1514 年），江西宁王朱宸濠招贤纳士，邀请名满天下的大才子唐寅来南昌辅助政事，特地在南昌近郊为唐寅选了一处树木繁茂、花果飘香的地方建了一座亭台楼阁错落有致、依水相抱的宅院，题匾为“江南第一才子别馆”。唐伯虎深感知遇之恩，于是带着心爱的秋香来到了南昌，宁王对他礼遇有加，每天供他好吃好喝。灵山秀水激发了他的灵感，唐伯虎与秋香纵情山水、赏花赏月、抚琴作画、对弈吟诗，吸引得江南文人学士纷纷集聚宁王府。待了半年多，唐伯虎感觉到有些不对劲，他发觉宁王正在为谋反做准备，大为震惊，便欲离去。可是想走就没那么容易，宁王不仅拒绝了他，还增加了侍卫将他进行软禁。唐寅万般无奈，不得不佯装疯癫，终于瞒过了监视溜出别馆，这时一只满身彩色羽毛的大鸟从绿树丛中飞出，驮着唐伯虎飞离而去。据说，这只大鸟就是凤凰，老百姓从那时起就把这个地方叫作“凤凰沟”。

为了延揽游客、增加人气，搭上某些名人造些牵强附会的传说，是新兴景区的常用伎俩。据史书记载，唐伯虎确曾被朱宸濠重金征聘至南昌，发觉其阴谋后又装疯逃脱，但乘凤凰飞离显然属于神话。我对此类生造既不赞成也不反对，毕竟缺乏历史厚重感的景点不得不借力上位，恰好此地也算是对朱宸濠的一种纪念吧。

回过头来。我去八大山人纪念馆是比较多的，虽然我并不算一个正宗的南昌人。很多地道的南昌人一辈子也去不了一次，大多数也只是象征性地踏进过一次大门，以提防旁人对“本地人都没有去过”的可能的哂笑，当然那一次必定是走马观花。不过也怪不得他们，我第一次参观的印象，也并不怎么愉快。大约是十一岁那年，坐了很久的公交车，还走了十来分钟，来到一片蒿草丛生的野外，高度契合我对郊区的预设。几栋小阁楼里摆放着一些黑白的画作，加上一座荒凉的后院、一个色泽黯淡的小湖，就是纪念馆的全部，更何况画里的花草枝叶都丑陋不堪、“营养不良”，鸟兽虫鱼要么孤凄桀骜，要么目光狰狞，看不出丝毫美感。就连那个戴着斗笠、有点尖嘴猴腮的干瘦老头，也无法将其罩上艺术家的光环。约莫半小时，我就带着一连串的问号出了大门。

世间万物，不同的年龄，不同的经历，看到的内容肯定是不同的，得出的结论甚至可能是完全相反的。这不，随着年龄的逐渐增长和阅历的逐渐丰富，尤其是本硕在中文系读了七年，有幸受到众多知名学者文化底蕴的浸染，自身的审美情趣有了长足的进步，再到八大山人纪念馆，感受一次比一次深，脚步停留的时间一次比一次长，观察的方式也从一眼带过到凝视良久，往往一幅画就能驻足一二十分钟。最典型的画作就是那些永远白眼向人、微小的黑眼珠只能若隐若现蜷缩在大片眼白里的鱼儿，和不是站在危石就是站在枯枝之上、与残花败叶为伍的鸟儿。曾经不以为意，认为令人窒息感顿生的“丑作”，逐渐变成了膝不移处的瑰宝。记得当年和妻刚恋爱不久，带她出游的第一站没有选择春意盎然的公园和近郊错落的山峰，而是把目标锁定在八大山人纪念馆，学管理的妻本对传统文化并无浓厚兴趣，而且当时春雨绵绵，开了近一个小时的车才抵达，转完之后已经鞋袜尽湿，回头惊得她室友一阵错愕，将我唤作一朵“奇葩”。

机缘巧合，前两年由于工作原因从市区搬到青云谱住，离八大山人纪念馆步行仅五分钟路程，更让我成了纪念馆的常客。近些年，南昌市斥巨资对纪念馆作了一次大规模的修缮，环馆的湖水也清了淤，并以此为中心打造了大型的“八大山人梅湖景区”，规模一下子扩充了几倍。但无论怎么扩，八大山人精神气质的核心还是在近四十亩的纪念馆里，走近纪念馆，总感觉有一股气氤氲在空中，一股集伟岸与怪诞、困顿与灵变、冷峻的外表与火热的内心于一体的气。每天早晚上下班，纪念馆成了我的必经之路，路过时，我都会降下车速，望上几眼青砖黛瓦，以及那股独有的气。尤其是雨季，几栋老屋躲在一片蒙蒙薄雾里，仿佛八大正在静坐听雨，抑或挥毫泼墨。上下班遥远的路途也因为它变得心甘情愿、疲乏尽解。期间，妻怀孕、休产假，纪念馆成了散步的首选地。跟着我故地重游，妻对八大也有了深刻的认知，将那些残山剩水、枯枝败叶也呼唤为佳作，岳丈将此赞为最好的胎教。

有时，在八大山人的某一幅画面前，我会站上许久。他的枯枝、怪石、残山、孤鸟、单鱼，乍一看，是丑陋的，乃至是吓人的；细细品味，是高傲的，是棱角分明的，乃至是瑰丽的，是震撼的。这些反常态的意象并不是各自为战，它们组成了一个整体的物质世界，从这个物质世界里又映透着一个完整的精神世界，只有读懂了一幅幅单独的画作，才能逐步走进那后面隐匿着的神秘而丰富的整片世界。如同开启一块宝藏的密钥分成多个部分散落各地，只有找齐了所有零件，宝藏的庐山真面目才会显现。《孤禽图》前，我仿佛看见八大山人站在道院门口，冷眼观望着“江山满目非吾土”，“享受”着前朝遗族的孤独；面对《孔雀牡丹图》，我仿佛看见八大山人从集市匆匆赶回，迅疾磨好墨，在稀疏的牡丹下勾勒出两只猥琐的丑鸟，讽刺和谴责刚刚碰上的几个趾高气扬的前明贰臣；一只凹凸不平的“西瓜”压在一个圆圈上，寥寥数笔勾勒的《瓜月图》，我仿佛听到已渐渐放下反清复明的决心的八大山人突然又想起了驱鞑大业，轻轻哀叹着“昭光饼子一面，月圆西瓜上时；个个指月饼子，驴年瓜熟为期”，怀念前人揭竿而起的壮举……

每次从纪念馆出来，我总是脚上灌了铅一般地步履沉重，内心对“苦难”的理解又深了一层。如八大山人一样，相当数量才华横溢、成就斐然的艺术家，都经历了超乎寻常的苦难和打击。文学界，像巴尔扎克、川端康成、莫言、史铁生；音乐界，像阿炳、贝多芬、莫扎特；绘画界，像徐渭、凡·高、伦勃朗。也正是源于他们并不想体验的悲惨世界，才造就了一次次异常残忍、同时又蔚为壮观的生命碰撞。客观地讲，如果没有这些人生悲剧，他们可能达不到这么高的艺术水准，但他们又何尝愿意作如此颠覆性的交换呢？因此，不是谁都能读懂他们，不是谁都愿去靠近他们，许多人都是浅尝辄止，附庸风雅地号称自己去过哪些纪念馆、名人故居，但真正能在他们内心留下印记的却屈指可数。近几年，青云谱区政府对纪念馆做了不少修葺、扩容的工作，加大了宣传的力度，还把原先的门票收费全部免除，但一直无法使纪念馆的人气旺盛，每日闭馆的时间也维持在较早的 16：30（16：00 即不准进入）。其实也是正常的，能来瞻仰与自己毫无关联、游离于中学课本之外、非主流的画家的精神家园之人毕竟是少数，纯粹为旅游而旅游、徒为湖水增添垃圾的游客，不来也罢。

从时运上看，八大山人是不幸的。但从保存性命、安居度日上看，他又是万幸的。清军入关初期，南明的弘光、隆武、永历等政权与清廷作了长时间的争斗，老百姓也自发组织义军小规模抵抗，特别在南方，反清复明的口号此起彼伏。为了增加起兵的号召力，往往挖出藏匿于民间的明朝皇族奉为头领，赚取众多遗民的民心。不少本已平安的旁系皇族被推至风口浪尖，未得善终。因此，说八大山人的人头是暂寄在项上的，一点也不为过。然而，他生于1626年，卒于1705年，以如此身份在如此动荡的环境中活至耄耋之年，实在有些不可思议。这一点，他又遗传了祖上朱权，且享了朱权造的大福。朱权生于1378年，卒于1448年，享年七十有一，二人皆长寿。六百多年前的南昌，虽不至“蛮荒之地”，却也可称为边疆，当打之年被排挤至此，朱权常常感慨命运不济，终日郁郁寡欢。好不容易待挟持其参与政变的哥哥明成祖驾崩、新皇帝继位，便上书“言南昌非其封国”，结果被仁宗“南昌，叔父受之皇考已二十余年，非封国而何？”的软钉子挡回。他只好寄情于音律宗教，聊以度日。可他又怎会知道，两百多年后，正是南昌的偏远拯救了他的后代，为子孙创造了存活的宝贵土壤。那些分封在南京、杭州、扬州等地的亲王，尽管福禄高于宁王一支，但在八旗铁骑踏过之时，他们的后代均难逃一死。从这个意义上讲，朱权在两百多年前就已经铸造了一道免死金牌，如果他泉下有知，肯定会为自己所受的迫害含笑的。作为朱权的后裔，八大山人是无比幸福的。

站在八大的角度，清朝的统治者是敌人，是不共戴天的仇人。但从更宏观的视角来看，却另有一番见解。历史的进程是不可逆的，衰落的明政权被强大的清政权取而代之，任何人无法阻止。我认为，清廷入主中原，给八大山人注入了满腔的仇恨，这种仇恨经过郁积、发酵、升腾，又被尽情、反复抒发在画笔上，铸造了一批划时代的珍本。如果没有关外铁骑的冲击，依然是大明的江山社稷，历史上很可能不会有“八大山人”的存在，更遑论那些流传至今的熠熠宝藏。尽管据史书记载，八大的祖父和父亲都有相当的绘画功底，他走上绘画的道路或许是必然的，但歌舞升平的氛围和锦衣玉食的生计只能给予其秀逸平和、明洁幽雅，那种孤傲不群、晦涩怪诞的风格，大破大立的气魄，源自内心的悲愤，绝无可能凭空诞生，朱耷也至多将以一个优秀的皇族画家的身份盖棺论定。从这个意义上讲，大清王朝纯属意外地为中国绘画史灌注了一股新鲜的没落的王气。这一点，从八大山人的生年亦可得到佐证，这位皇族的生命只有十八年属于本朝，其余六十余年伴随着清太宗、清世祖、清圣祖三朝皇帝，特别是在中国历史上在位时间最长的清圣祖（康熙皇帝）统治下生活四十四年之久，见证了“康乾盛世”的发端，更助推着这股没落的王气绵延不息。与此有同质意义的是李煜，这位君主的国土倘若不是被北宋所占，身躯倘若不是被囚禁限制，他势必在绮丽柔靡、旖旎温情的道路上渐行渐远，那些透着彻头彻尾亡国痛的“问君能有几多愁？恰似一江春水向东流”“梦里不知身是客，一晌贪欢”“无言独上西楼，月如钩，寂寞梧桐深院锁清秋”“多少恨、昨夜梦魂中”，以及“天上人间”“春花秋月”“流水落花”等等牵肠挂肚的意绪，也将永远埋藏在未经激活的大脑细胞里，中国词史也就缺失了一份没落的王气。八大山人和李煜一样，如果没有皇族血统，生活必定更加自由、洒脱，但恰恰是皇族血统与国破家亡的碰撞，才完全颠覆了前半生安身立命的根本，赋予他们一片南辕北辙却广袤壮阔，足以恣意奔跑、呼喊、释放的土壤，纵然是疯狂的，甚至为此丧失了性命，却使他们将皇族血统可能带来的两极分化的两个端点合二为一，在自己的头脑中无规则地相互撞击，垒起了两座形状怪异的雄浑高峰：南唐人铸就的词史高峰，布满了北宋的斑纹；明人铸就的绘画史高峰，处处潜伏着清人的血液。

这股没落的王气一直蔓延至今，经过三百多年的传承、跌宕、糅合，早已超越了一幅幅画作本身的重量，逐渐演变成一种象征，一种高高在上、无法模仿的艺术价值衍生而来的象征。在市场经济迅猛发展的新时代，又催生了一股强烈的金钱效应，在拍卖场上屡次打破纪录，遭到收藏家、爱好者狂热甚至盲目的追捧。2010年，西泠印社拍场，《竹石鸳鸯》以1.18亿的天价成交，让其他的《仿倪云林山水》《孤禽图》《鹭石图》《书画合璧册》这些以八位数成交的作品黯然失色。不仅如此，这种象征还漂洋过海，在海外赢得了至高的荣耀。外国人把八大山人称作“东方的艺术魔鬼”，与“音乐魔鬼”贝多芬、“绘画魔鬼”毕加索齐名，还建立了八大山人艺术研究中心，专门研究艰涩难懂的残山剩水。作品在后世被炒得火热，产生如此震撼的吸金能力，且伪作充斥市场、真假难辨，是八大山人万万没有想到的，与其生前的贫苦困厄形成了鲜明并带讽刺性的对比。如若看到拍卖场的门庭若市，在喊完“××元一次，××元两次，××元三次”之后落槌的那一刻欢呼、失落与冷眼观望交织的场面，八大山人一定也只能“哭之笑之”了。

往往人们对一个地域的深厚感情，都源于其是自己的故乡，包括广义的第二故乡、第三故乡。不过，好像无论从哪个意义上讲，青云谱都不能算作我的故乡。我老家在千里外的赣南乡村，读书成长在南昌，归属感也仅仅是活动半径之内的东湖区。可以把求学七年、度过自己最美好青春年华的上海称作我的“第二故乡”，在青云谱居住的短短几年，其远远无法达到故乡的高度。只是我对青云谱总有一种莫名的惦记，一份难以割舍的情怀。就算不久前搬离青云谱，那片典雅古朴的净土，后院里那块藏在茂密树荫里的“竹林筛月”的牌匾，以及沐浴在被“筛”下的月光里苦思冥想的八大山人，那首“殁毛驴，初生兔，剺破面门，手足无措。莫是悲他世上人，到头不识来时路。今朝且喜当行，穿过葛藤露布，咄！”的《个山小像》自题诗，还总是轻易地冲破世俗琐事的封锁，优先浮现在脑海中。衰草蔫花、丑石怪禽、秃山寒水，也不再是刺激眼球、催人移步的丑陋存在，它们已经在我的内心里完成了集体蜕变。因此，我略带“自私”，却十分郑重地把八大山人纪念馆定义为南昌城的又一文化地标。

说起南昌城的文化地标，老百姓一般都会指向滕王阁。有人云：滕王阁之于南昌，相当于埃菲尔铁塔之于巴黎。最近省内主流媒体微信上推出十一个设区市的“一城一景一味”，不出意料地为南昌配套了“滕王阁+瓦罐汤”的组合。一千三百多年的历史，以“落霞与孤鹜齐飞，秋水共长天一色”为代表的历代文人墨客洒下的文化因子，数十次兴废背后的历史回声，的确担得起这副名号。但相对于零散的、充满偶然性的、不成系统的诗词文句构成的历史脉络和文化中枢，始终出于一人之手、连贯性强烈、随着岁月不断深化而自成一体的绘画笔墨所映透出的文化底蕴，显然富有不亚于前者的地标性意义。滕王阁高而阔，人人可见，纪念馆小而灵，不是有缘人无法邂逅；一个在北，一个在南；一个是第一眼看去便光彩夺目，另一个则需沉心鉴赏才敬畏渐生。离开了哪一个，都显得单薄，只有共同鼎立，才能充分彰显整座城的文化底蕴。

八大山人在绘画史上的地位已经毋庸置疑，就连当代巨匠齐白石也“恨不生前三百年，或为诸君（徐渭、朱耷、石涛，笔者注）磨墨理纸。诸君不纳，余于门之外饿而不去，亦快事也”。然而，他的道院依然冷冷地躲在一个角落，承袭着数百年来未曾衰减的生命信号。

陪你一起长大

“到站了！到站了！”

喇叭里话音刚落，司机就扯着嗓子提醒，生怕乘客坐过了站。我看了看表，整整四十分钟。今天格外畅通。四周，马路宽阔、空旷，方兴未艾的楼盘巍然耸立，一排排塔吊正在忙碌的运转。新区的面容洋溢着青春。

十五公里外的三经五纬，是我的起点。这片由三条南北走向和五条东西走向的马路交错构成的区域，曾经是全城当仁不让的中心。绿树掩映、白墙黛瓦，总让外来人员如处迷宫般眩晕。如今，随着行政机关西迁，原先只凭脚力上下班的居民，不得不寻求代步方式。于是，每天清晨，提着公文包的公务人员、西装革履的银行职员、背着书包的中学生、准备替换夜班同事的医生和护士，纷纷从老式大院中走出，聚集于二经路、三经路、阳明路的几个公交车站，赶赴各自的目的地。

日复一日，我夹在人群中，沐浴着朝阳上车，披着夜色返程，在年轻的 39 路公交车上，透过新老交替的脸谱，感悟城市的飞速发展，思索文化的代际传承。

如果光阴回拨三十年，我怎么也不会想到，公交车将成为生命中不可或缺的重要元素。

20世纪80年代的南昌城，只是地图上的一个小方块。仿佛过了老福山，就到了郊区。赣江以北，似乎都是不毛之地。骑自行车绕全城一周，也花不了多长时间。公交车，只有寥寥几路，拖着沉重的身躯在闹市区游走。

两根天线在电缆上亲密滑动，不时迸出星星点点的火花。能坐上一次，都算一件奢侈的事。当时的三经五纬还没有公交站台，自行车是人们出行的第一选择。在我的记忆里，无论是去八一广场放风筝，到新华书店买书，还是难得进百货大楼或逛中山路购物，基本是坐在二八式自行车的横杠上。

突然有一次，自行车出了点故障，父亲怎么都没有修好，只好带我到阳明路坐公交。那时的我别提有多高兴了，在人群中踮起脚朝公交车开来的方向探头探脑。1 路车终于来了，两节车厢摇摇晃晃，发出金属特有的撞击声。车上两侧各一排座位，已经坐满了人。我站在转盘与后一节车厢的连接处，抓着一个座位的靠背，第一次感觉到窗外的楼房过眼烟云般成排后倒。父亲付过钱，售票阿姨撕下一张车票，是那种纯正的绿，我抓在手心里摩挲了好一会儿。一不留神，在拐往八一大道的当口，差点和票一起因惯性被甩了出去。至今想起，仍心有余悸。“终点站包家花园！”每站起步，售票阿姨都用最大的分贝喊上一声。以至于之后很多年，我一直把包家花园视作南昌的南大门，仿佛到了那儿，就踩着了出城的边界。

仅仅一支烟的工夫，就到了八一广场。我恋恋不舍地目送车子远去，默默回味刚才的一点一滴。此后，每到周末，我总缠着父母坐公交。

读中学后，城市的框架逐渐拉大，公交车的数量慢慢多了起来，可供选择的线路也越来越多，横亘于半空的电缆，纷纷销声匿迹。周末外出，总是人满为患。与公交车的缘分，在我读大学后，来了个质的飞跃。21 世纪初的上海，公交车四通八达，想去哪儿，常常有多种路线，有点“条条大道通罗马”的味道。时间长了，心里形成了“公交优先”的依赖，连地铁也无法与之相提并论。似乎没有公交，寸步难行。习惯成自然，毕业回南昌工作后，在与自行车和自驾的竞争中，公交车先天领跑。

此时的南昌城，骨骼愈发向外延展。公交车的数量也急剧增长，路次迅速拓展至三位数。车身修缮一新，车内干净整洁，司机的服装也统一制式，越来越有大城市的范儿。2 路、7 路、22 路，都能把我从阳明路载到单位。出门办事，倒腾个一两趟，总能抵达目的地。

渐渐地，坐公交车成了一种习惯。当选全国最拥挤十大公交线路的“瑶湖高校专线”220 路上，一张张青春的面庞洋溢着希望。在 22 路“豪华公交”上，我发出过“南昌也有双层巴士”的慨叹。坐了一次 137 路，足以体会什么是耗时最长的公交。在停靠五十二个站点的 203 路上，一转眼，小半个南昌尽收眼底。若想饱览老城风光，非停靠老福山、八一广场、百花洲、洗马池、滕王阁等站的 52 路莫属。还有 302 路夜班车，屡屡为风雪夜归人送上浓浓暖意……

在一台又一台公交车上，我邂逅了无数陌生的面孔，聆听过似乎是不可理喻的无谓争吵，陷入过高峰时段的野蛮拥挤，也见证过数次让座的温馨，感动于搀扶老人的善举。在赶车、等车、乘车的过程中，或许旁边乘客一个微小的动作，就会诱发某个平常忽略的灵感。或许一次堵车，能从小摊贩、小摩的主、小报商身上观察人世间的千姿百态。或许一伙奇装异服的中学生，足以掀起一阵前卫的喧嚣。公交车就像一个小社会，众生带着各自的哲学、社会学因子，穿行其间，奔波忙碌。

更重要的是，公交车在晃晃悠悠之间，给我留足了思考的时空——思考城市的历史沿革，思考街头巷尾的变迁，思考城与人的驳杂关系。每当路过洗马池，眼前总会浮现出猎猎旌旗飘扬下，灌婴将军和众将士洗马驻军的浩大阵仗。穿过榕门路，一旁的滕王阁上，似乎一袭白衣的王勃走笔龙蛇，惊起片片赞叹。薄雾缭绕的百花洲上，仿佛苏云卿先生正在捋须品茗，悠然自得。“皇殿侧！”一听见这个名号，脑海中就会遥想千年之前的南唐中主李璟。真得感谢他的决断，才让南昌浸润了正宗的王气，完成了一次鲤鱼跳龙门的飞跃。尽管都城仅仅三月便复归江宁，但这位写下“细雨梦回鸡塞远，小楼吹彻玉笙寒”的国君，在南昌留下了浓墨重彩的一笔。

南入青云谱，擦梅湖公园而过，常感觉有一股气，集伟岸与怪诞、困顿与灵变、冷峻的外表与火热的内心于一体，氤氲在空中，那个戴着斗笠、有点尖嘴猴腮的八大山人，究竟是如何扛过超乎寻常的苦难、悲怆和打击，从而攀上中国艺术殿堂顶峰的？一进中山路这条最为古老的街道，当年绸布、百货、五金、食杂、药材等商号与钱庄、酒楼遍布的盛况，丝毫不输它们的后辈。曾经遥不可及的包家花园，竟然成了 88 路二十六个站点里的中间点。

坐着坐着，公交车逐渐上升为一种情怀。故而每每踏入一个陌生的城市，只要略有闲暇，我都喜欢乘一趟公交，感受新城的光鲜亮丽，体验老城的历史纵深。小轿车太快，错过诸多风景。自行车偏慢，且不避风雨。走路更不现实，虽可细致入微，但远不能管中窥豹。只有公交车恰到好处。曾有朋友向我炫耀，到过几百座城市，个个如数家珍。我只调侃一句："都坐过公交吗？"他顿时哑然。一座城，连公交都没有坐过，何谈熟识？

公交车更新换代的轨迹，就是城市发展的缩影。《南昌市志》记载："1929 年 9 月，南昌开辟第 1 路公共汽车。车辆均由美国进口的'雪佛兰'牌货车改装。"虽然时速只有二十公里，但这路由滤水站（轮船码头）经中山路、安石路至汽车站共经十个站点的公交，依然给全城人民带来了全新的观感。公交线路由于战乱一度中断，直到 1948 年才恢复 1 路公共汽车的运行，南昌人民再次率先沐浴了现代文明的曙光。尽管车厢和座椅都是木头材质，车速较慢，车尾吊挂着一个烧木炭的小型铁皮锅炉，行驶中发出"嗡嗡嗡"的噪音，下车后还不可避免地沾染一身炭灰，但全城百姓毫不介意，常常蚂蟥一般排起长队，茶余饭后津津乐道。几十年后，公交车不断升级换代，1980 年代中期已扩容至 358 台。这些车辆满城穿梭，对于新中国成立初期的市民来说，简直是无法想象的盛况。我与公交车的缘分，就肇始于其中的某一台。又过了几十年，公交车越开越远，不仅越过赣江直达红谷滩、红角洲，还远赴新建、进贤、安义等县区，更延伸至九江市的永修县。在形态各异的白鹤簇拥下，“鹤舞鄱湖、永修人生”的标语常常吸引众多目光。截至 2019 年，全市公交车已达 4587 台，远超当年 10 多倍。

城市的身躯日渐庞大，公交车也呈几何倍数增长。同为现代文明的产物，两者携手同行，荣辱与共。从诞生伊始，公交车就担负着“陪你一起长大”的使命。城市的触角往哪儿延伸，一台台公交车就开往哪儿。它们甘当绿叶，不求回报，像一根根毛细血管，把血液输送到身体的每一个角落，让其骨骼健壮、肤色红润。在陪着城市一起长大的同时，公交车也在陪着每一个市民成长，见证了每一个生命的青春勃发、中年沉稳和老当益壮。每一个市民的生命中，都或多或少印刻着公交车的影子，每一个市民的心中，都有一座属于公交的记忆库。

作为城市的一员，公交车在我的成长历程中扮演了重要的角色，如今依然与之款款相依，深情相伴。从三经五纬驶出的 39 路，途经阳明路、子固路、中山路，从朝阳大桥驶进新区，仿佛一条时光隧道，缩微出南昌的发展变迁。我坐在车上，愈发觉得公交车远不只是形而下的器，更是形而上的道，一种“精言不能追其极”的大道。

美哉 钓源

初春的钓源，微有凉意，满是古镇的味道。

位于吉安市吉州区的钓源古村，村子并不大，乍一望去，似乎从入口处便可依稀观其脉络，小得有些“可怜”。不料走着走着，却曲径通幽，时常蹊径另辟，别有洞天，震撼感燃起的热度逐渐将凉意驱走。

在文脉强健的江西，钓源本难以出人头地，但因为妇孺皆知的一代文豪欧阳修，声名水涨船高。欧阳是全村唯一的姓氏——没有任何杂姓——乃欧阳修的高叔祖、唐末博士欧阳弘肇基，其画像高悬于宗祠之上。欧阳一族家教甚严，宗祠顶端有三个方形的开口，合成一个“品”字，象征着氏族对品德高尚、修身养性的要求，目前钓源能够确认的进士就有九人，五品以上的官员更是高达二十余人。明末大才子钱谦益至此落脚，欣然亲书“存礼堂”，表达对钓源家学的钦敬。

古镇能够保存至今，清秀的环境功不可没。宗祠门口的四株千年古树，直径足有一米多宽，充当着守护神的角色，也是全村一万八千棵香樟的代表。这些树木既驱走了蚊虫，也为全村保留一百五十多处明清建筑立下了汗马功劳。

在村里走了好一会儿，居然没有发现一条笔直的路，而且每家每户的大门都是一边凹、一边凸，好不平整。原来，这些“歪门斜道”都是建造者有意为之，遵循古代阴阳八卦的原理，巷道时宽时窄，院角偶方偶圆，墙面有正有侧，甚至每幢房屋的棱边，也寻觅不到四方皆直的四沿，形成回环往复、跌宕参差的格局，彰显“天人合一”的理念。导游戏称，别看钓源表面上小，如果不跟着她走，倒很容易迷路。我抱着宁可信其有的态度紧跟着导游，也从她的身上得到了“看门道”的机会。她随意指着一户人家的窗台，问通过这扇窗户如何判断家里有几口人，大家彼此相视茫然。其实窗户上暗藏着两排八卦图案，分别用不同的卦象暗示着父亲、母亲和三个儿子、三个女儿的人员组成。导游的解释引起了啧啧赞叹。不仅如此，门扉、床架、脸盆架的木雕图案和门楣、屏墙石雕也多以八卦为图案，蕴藏深奥的天理玄机。

与八卦文化相契合，钓源的建筑文化同样在建筑史上占据着特殊的地位。各类石刻、木刻、镏金字画，人物鲜活、服饰秀丽、车銮逼真。陈列于各家的朱红色鎏金雕花架子大床，既有麒麟送子、八仙过海，又有喜鹊登梅、竹节梅花，印刻了钓源人的生活愿景和审美情趣。钓源几乎汇集了我国南方古代民间建筑的主要基本类型，被誉为浓缩我国古村建筑风韵的瑰宝。

绕了一圈出来，不知不觉已到午时。此刻回望古村，目光不自觉地柔和、亲切了许多。在钓源正中，有一条自东向西、形如“S”形的人工岭，把村庄依照太极的双鱼形隔成两半，七口水塘分别坐落其间，宛如七星伴月，将自然与人文完美地融合在一起。来过钓源，才能更深刻地理解庐陵文化，才不会惊奇于这片土地所滋生的“隔河两宰相、五里三状元”的盛景。

回程途中，思绪愈发翻滚得厉害。印象中，说起江南古镇，首先蹦出的是周庄、乌镇、西塘等知名代表，然而实际上，还有大量以钓源为代表的藏匿于民间、历史悠久、富含文化韵律的古镇。在钓源的隔壁，就有渼陂、燕坊、梅冈、陂下等错落有致的村庄，再往远一些，北方的婺源、瑶里、河口，东面的驿前、流坑、棠阴，南侧的白鹭、密溪、周田，遍布在赣鄱大地的各个角落。它们构成了庐陵文化、临川文化、豫章文化、客家文化等等文化脉络的基本单元，默默承载着百姓的无穷智慧，静静审视着历史的兴衰变迁。正是有了它们的存在，才给古镇注入了更为丰富的内涵，才大范围扩展了江南古镇的整体版图，才为江南古镇的永续发展提供了无限可能。

美哉，钓源！美哉，江西！

古镇初霁

雨刮器以最快的频率摇摆着，卖力、敬业。可仍然不足以抵挡雨水的侵袭，仿佛有一群大力士捧着一口口大缸，瞄准行进中的车窗不停浇灌，负重的车轮缓慢挪动着，狭长的高速公路只剩下一对对黄灯此起彼伏地闪烁。

这样一场拉开五月序幕的暴雨，注定不会让此次出行等同于普普通通的浮光掠影。

不知不觉地，已进入婺源地界。纵然不是第一次，但这片自然风光与文化积淀完美融合的土地，还是在我的内心荡起了阵阵涟漪。

到了周末和假期，国家“5A”级景区就呈现摩肩接踵的景象。带着无尽期盼的旅客们不得不与大批同样狂热的陌生人“贴身肉搏”，往往举步维艰、进退维谷，原本从容的景致也被高密度的人群挤压得扭曲变形，很容易失望而归。可尽管心知肚明，成千上万的旅客还是义无反顾地“在路上”，投入憧憬与沮丧的轮回。

这令人想起英国作家阿兰·德波顿在《旅行的艺术》里写到的：“我们从旅行中获取的乐趣或许更多地取决于我们旅行时的心境，而不是我们旅行的目的地本身。……什么是旅行的心境？感受力或许是它最主要的特征。我们怀着谦卑的态度接近新的地方。”可是，在人头攒动、人声鼎沸的地方，如何让旅行的心态保持谦卑？又如何维系平和的心境以真切地放飞感受力？

然而，这场不期而至的暴雨，把失望重新变成了希望。

从江湾口驶下高速，已近晌午，瀑布般湍急的雨水终于逐渐瘦身。通往景区的道路两旁开满了店铺，除了揽客的老板娘和她们聒噪的叫声，竟有种近乎人迹罕至的幻象。及至进入镇子，才发现雨水所能阻挡的仅仅是少数徘徊逡巡者的脚步，洗刷过后的赣、皖、浙、闽等各地车牌锃然发亮。

出于本心，我更偏爱古镇的雨日风味：一层薄雾笼罩着，似有一道厚重的围帘遮掩下来，与世隔绝；古老的建筑氤氲着水汽，模糊而清秀；石缝间滑落的水珠，像是历经沧桑饱含的泪花；狭小逼仄的弄堂，仿佛随时会走出一个撑着油纸伞的丁香姑娘；串串水滴滚下的老屋天井，与亲切的客家传承如出一辙……这种“犹抱琵琶半遮面”的“装束”，荡漾着丰厚的遗韵，平添了几分诱惑。

饭后，雨依然淅沥地下着。实在等不及了，只好冒雨前行。一岁半的儿子似乎继承了我的爱好，在妻子的臂弯里兴奋地打量着水帘围裹的世界。走过牌坊，雄伟的“萧江宗祠”映入眼帘，江一麟、江宏晚、江一道、江永等一代代贤才名流都源自此，皆展现了良好的家风传承。渐次往里，除了少许几间店铺做点小生意外，基本以住户为主，远不像周庄，隔不了三五步又被吆喝声扰乱心绪。在安静的小道上漫着步，不经意间雨居然停了，还停得十分彻底，刹那间，隐忍多时的太阳已经成为主宰者，伞尖滴下的水珠瞬间蒸发殆尽。

事物总是有它的两面性。恰如这极端的天气，在麻烦之外倒也丰富着审美的情趣。这不，先是倾盆大雨把整座镇子洗了个遍，接着雨后初霁的炽热光线又将水烤干，呈现出的是古镇最清澈、最纯净、最真实的状态。难怪路遇几拨游客，相互间都不约而同莞尔，这份幸运的默契彼此心照不宣。

跟随着儿子踉跄的脚步，蜿蜒淌过的潺潺流水，砖上刻着“滕”字以示主权的宅院，承载过天南海北脚步的石桥，摇着蒲扇慵懒地晒着日头的老妪，被葱郁茂密的苍翠覆盖的后龙山，尽收眼底。这不正是典型的江南古镇吗？大名鼎鼎的同里、西塘、乌镇、南浔，在江湾的面前，恐怕也占不得半点便宜。特别是配上那些传承下来的徽派建筑，以及弥漫的“徽商”气息（有的院墙下面是十四根柱子，代表着十四岁外出经营买卖；上面则镂空一片树叶形状，寓意叶落归根），更是独一无二。

曾经认为，只有奇绝瑰丽、陡峭险峻、层峦叠翠才堪称风景。随着年岁的增长，却觉得山水淡泊、闲林安适也足可媲美。置身其间，放下生活的琐碎和重压，任心情自由翱翔，此时风景已不是风景，身体里日积月累的疲乏也悄然舒缓，印证了两千多年前古罗马政治家西塞罗的名言：“世界是本书，不从旅行获得充足，而是为了心灵获得休息。”

返程途中，一大片雪白的云朵虚掩着远处的山峰，不甘寂寞的太阳公公透过厚厚的云层洒下一束束金黄的光柱，又一次点燃希望的曙光。

一城名鼓

水面宽阔，船舫悠然前行，浪花溅起，漫漶了白云。两岸峰峦藏卧，连绵拥翠，四周皆是墨绿的倒影。雾气渐散，远方一碧如洗，天空与水面似两面对视的镜子。点点阳光洒下，光线在树林里浮沉。一只老鹰在半空盘旋，倏忽间消失得无影无踪。

凡是有水的地方，表情就会灵动丰富起来。这条名曰“九龙”的湖泊酷似蛟龙，又如少女扭动的纤细腰肢，坐落其上的欢乐岛、情缘谷、桃花岛、长寿谷和观音吉象、少女思春、长老点赞、金蟾望母等景观如纤纤十指相扣，相映成趣。尤其是“观音吉象”，正看犹如观音双手合十祈福祷告，侧看又似一头巨象闲庭信步。

典型丹霞地貌的天柱峰，显然比别处多了些眼波流转、巧笑倩兮，也掀开了铜鼓秀美颜值的一角。

我一直不明白，为何有城以“鼓”命名。来到铜鼓石旁，多年的困惑方才解开。这块布满岁月印痕的巨石，因“色如铜，形似鼓，击之有声”，遂名“铜鼓”。据同行友人介绍，以往水流丰沛湍急，可没过此石，浪击之，当真声如丝乐。县区或以山名，或以水名，唯独铜鼓标新立异，以石为名。“铜鼓石”三字正楷竖书，鲜明俊逸。石上存留古人题词镌刻多处，“潘周过化”“题铜鼓石”等朱红大字，依稀讲述着明朝著名将领、铜鼓营守备邓子龙将军剿灭叛乱，让铜鼓复归王化的英雄事迹。巨石中间，一条裂缝清晰可见，那是西晋年间许旌阳在此追斩蛟龙、放出金鸡而留下的印迹。

铜鼓石旁，定江河水流淙淙。每一条河流，都有它的前世今生。千百年来，这条铜鼓人民的母亲河一直默默流淌，不事张扬，它将万顷碧波送入清清修河，奔腾倾注浩渺鄱湖，最终归入滚滚长江。它的水质常年稳定在一类水标准，水质综合指数连续多年位居全省第一，娃娃鱼、棘胸蛙等濒危水生重点保护动物在此栖息繁殖。它不仅为铜鼓人民提供饮水和洗菜浣衣的源流，更见证了无数铜鼓人日出而作日落而息的身影。它同样注视着一批批读书人背井离乡追寻梦想，也率先陪伴了外来官员、商贾、匠人、移民、僧侣与铜鼓的邂逅。其中，就有名士苏东坡的羽扇纶巾。

北宋元丰七年（1084 年），朝廷调苏东坡赴河南临汝任职。接到圣旨的苏东坡并未立刻启程，而是决定先南下江西，看望担任笃州税吏的弟弟苏辙。途经带溪，听闻此地有位“隐居乐道、不求闻达”的布衣儒生胡安鼎，于是慕名前往拜会。消息传开，胡安鼎及全村男女老幼皆欣喜万分，村里像过年一般热闹起来，为远道而来的贵客接风洗尘。接下来两天的带溪光阴，将被两位名士满腹经纶的碰撞与激荡填满。他们携手攀龙门山，观磨盘石，赏带溪水，谈古论今，吟诗作曲，大有相逢恨晚之意。见多识广的苏东坡没有想到，偏僻的带溪山水竟如此绚丽多姿，陌生的江西老表竟如此热情豪放，胸中一气呵成长诗一首。“篮舆暂憩诣造门，竹马儿童欢迎候”“带水清，泉石透。中有高人自在居，耳可洗兮齿可漱”……至今读来，仍可领略当年的美景与盛况。

漫步铜鼓，目之所及皆山峦叠翠、林木繁盛，处处氤氲着诗情画意。走进永宁镇坪田村，古木参天、绿荫蔽日，漫山遍野的茶树嫩芽摇曳，金黄的油菜花田错落有致。客家博物馆内，馆主四处搜罗的窗棂、樟木箱、储物柜、牌匾、竹器，都在默默诉说占全县八成以上人口的客家人勤俭持家、耕读奋斗的优良传统。散落各处的吊脚楼、古祠堂，同样洋溢着浓郁的客家风情，高度契合“永宁”的寓意。

永宁镇因桥得名。始建于清雍正年间的永宁桥，已有近三百年的历史。《铜鼓重修永宁石桥记》明确记载：“一廛两市间，往来日凡千百辈，奔腾浩瀚，非桥不为功。桥成义举，宁人宁国，永捶无朽，故名永宁。”历经风吹雨打、洪水冲击的永宁桥，尽管青石斑驳，略显老态，但依然身板紧凑，巍然屹立。1927 年，毛泽东同志领导的秋收起义部队第三团就是通过此桥进军浏阳，攻打白沙首战告捷。站在桥上，我仿佛看见秋收起义波澜壮阔的史诗场景，仿佛看见第一面工农革命军的旗帜高高飘扬，仿佛看见风华正茂的毛主席运筹帷幄、指挥若定……刚才徜徉过的燈星台红色公园又浮现脑海，毛主席在一张八仙桌和一盏煤油灯的陪伴下苦思冥想中国革命的前途和出路。那一幢幢古朴而沧桑的房屋，都是“农村包围城市、武装夺取政权”战略思想萌芽的见证者。

美好的词汇总会被上天泼洒鲜亮的色彩。“汤里”“带溪”“坪田”“天柱峰”“永宁桥”“燈星台”“铜鼓石”，只听着，便觉浓墨重彩。午后，我在桥头坐了好一会儿。桥下的定江河汩汩流淌，将这些词汇，会同鹅卵石和水草，谱成人世间最曼妙的音符。

辑四

驻足山海关

从来没有一座关口，能够如此扼住整个中国的命脉。

炎炎三伏，在热浪的裹挟下，我终于把观念中的山海关实体化了。

它一声不吭，安静，深邃。砖，层层叠叠，严丝合缝。如此雄奇的骨骼，到底需要多少健壮的挑夫经年累月才能垒成。垛口密集，像巨龙蜿蜒的脊背朝向蓝天。风，销声匿迹。人头攒动，鼎沸的人声和着日光四处蒸腾。山海关把岁月雕进城门、障墙、角楼、石阶、砖块，乃至空气。拾级而上，刚走了没几步，历史深处的风便习习而来，吹散了喧闹，吹来了跫音。

我看到了它的低调。它始终是君主的宠儿，有明一代，无出其右者。否则怎会前后二百六十三年，历经洪武、成化、嘉靖、万历、天启、崇祯六朝，耗用大量人力、物力和财力，才筑成七城连环、万里长城一线穿的军事城防系统？可它的名字简洁明了——因依山襟海，故名。它的城墙更疏于雕饰，朴实无华，看不出任何矫揉造作。

关外，生产落后，土地贫瘠少粮。关内，资源丰厚，繁华富庶。于是，尽管它为和平而生，却一直被战争笼罩。日渐强盛的女真部落一次次发起冲锋，士兵的喊杀，战马的嘶叫，火炮的轰鸣，攻城器械高速运转的咯吱声，离它越来越近。尽管战火纷飞，它却从未倒下。纵使它所庇护的朝廷风雨飘摇，但只要这座十四米高、七米厚的关口在，社稷就在。

它内心最深处的情绪，应该是不甘。原本，它还要继续未尽的抗清大业。明末历史舞台上两位著名的枭雄，准备完成一次历史性的联手。倘若成真，中国的历史必将重写。然而“闯王”李自成最终丢失了一块到手的肥肉，更由此一蹶不振；而吴三桂，则因一个女人，背上了千古骂名。只有虎狼一般的后金军队，终于完成了数十年的夙愿，在关内的广阔大地恣意驰骋。堡垒最易从内部攻破，山海关竟然以这样一种方式结束了自己的历史使命。它的心，在滴血。

此后的局势，一发不可收拾。明朝还有上百万军队，还有整个江南，还有长江之险，足以作为抗衡的资本。可是山海关一失，明朝的士气仿佛瞬间泄了，任凭八旗子弟横冲直撞。短短四十年，清廷完成了大一统，弘光、隆武、永历等政权先后沦为垫脚石。它遥望着这一切，泪眼婆娑。

山海关早就退休了。公元1644年5月27日，岁在甲申，全国最强的三支军队汇集于此，展开了一场决定未来中国命运的惨烈战斗。荡气回肠之际，也是山海关退出历史舞台之时。绵延了两百多年的修修补补，刚刚固若金汤，还没来得及派上大用场就曲终人散，演绎了盛极而衰的悲剧和戏谑。但它又是标准的“退而不休”。清朝皇帝每每回沈阳祭祖，仍从关口通过，浩浩荡荡的銮驾，是否是一种变相的示威？而今，战事已熄，人气却依然旺盛，只是来往行人从满身甲胄的士卒变成摩肩接踵的旅客，一年四季络绎不绝。似乎只有皓月当空，才能静心品味“天下第一关”曾经的荣耀。

此刻，我环顾四周，高楼林立，厂房密布。护城河不知去向。现代化的氛围里，山海关显得另类、孤独。但好在它存续着，让波澜壮阔的声响始终回荡着，余音袅袅，温润了钢筋水泥，厚重了整座城。

铺陈的青石条，斑驳着刀光剑影，一如耄耋之人的皱纹。我驻足其上，遥望一路向西的长城与天相接。历史缓缓向我敞开，开得彻底。

鹅湖行吟

不知因为什么，或许是喜欢紧贴那青苔遍布的斑驳石墙，捕捉文化先贤的蛛丝马迹；或许是乐于静静徜徉在古树环抱、悄无声息的空间，倾听那回荡久远的传道余音；抑或是醉心于驻足凹凸不平的石板路面，在寻觅雍容幽雅的光阴中，放空内心的嘈杂纷扰。总之，书院对于我，有一种先天的亲切感和诱惑力。

所幸我生长在赣鄱大地。自古以来，江西就是书院文化的第一重镇。北宋全国书院共计 89 所，江西就占了 39 所，远多于湖南、河南等省份。明朝全国 1200 多所书院中，江西地区就有 230 多所，约占全国 20%。

有学者根据各类典籍、志书、碑刻统计，巅峰时期的江西书院足有千余所之多。

坐落于江西东北角的鹅湖书院，便是这个体系中一颗璀璨的明珠。论占地面积，鹅湖书院是我去过的最小的书院。从单纯的审美角度看，它也远远谈不上养眼。一块“斯文宗主、继往开来”的牌坊，一座凌驾于泮池之上的状元桥，一个空旷的讲堂和一栋御书楼，就“精练”地构成了它的主体。然而，尽管物理体量小，但它却小得精致，小得浓缩，它所承载的精神体量远远超出了 5500 平方米的空间。

它首先要感谢的是两位乡贤，徽州婺源人朱熹和抚州金溪人陆九渊。纵然二人的官位远不算显要，但他们的学术造诣却是中国思想史无法绕过的高峰。南宋淳熙二年（1175 年），著名学者吕祖谦为了调和“理学”与“心学”的理论分歧，出面邀请陆九龄、陆九渊兄弟前来江西信州鹅湖寺，与朱熹面对面切磋探讨。整整三日，46 岁的朱熹操着夹杂福建口音的徽州话，37 岁的陆九渊和长他 7 岁的哥哥陆九龄操着浓郁抚州口音，展开了有关“理”与“心”的大辩论。从一开始双方就急切抛出自己的观点，驳斥对方的论断，从本体论到认识论，再到方法论，唇枪舌剑，互不相让。夏日的艳阳烤得大家汗流浃背，但最终谁也没有说服谁。双方的分歧主要表现在治学方法上：朱熹侧重于“道问学”，先博览而后归之于约，重视知识积累，陆氏以之为“支离”；陆九渊主张“尊德性”，心涵万物，以求人之本心为最高原则，以求顿悟，朱氏认为“太简”。《象山全集》所附《年谱》引陆九渊门人朱亨道的一段话足以证明：“鹅湖讲道，切诚当今盛事。伯恭盖虑朱、陆议论犹有异同，欲会归于一，而定其所适从，其意甚善，伯恭盖有志于此。语自得，则未也。”

既然“会归于一”的愿望破灭了，此次会面岂不是白忙活了一场？其实不然，尽管分歧依旧，但彼此都把高深玄妙的学理作了系统、通俗的阐释，不仅使得四面八方涌来听讲的虔诚民众们一饱耳福，也更加明晰了对方的立场，促使各人不断深化思考，反省、修正学术观点，无形之间在求同存异的论辩中进一步凸显了本派的学术特点，推动了理学乃至宋代学术的大发展。

除了学术本体的发展，这次“鹅湖之会”的形式也颇具开创性。集众人于一堂，把不同流派的争议从纸上搬到现实中，从隔空论辩到当面交锋，那一朵朵思想火花迅疾呈燎原之势，照亮众多信徒的心灯。这种后世称为“会讲”的制度，学者士人纷纷仿效，为中国哲学史和思想史增添了浓墨重彩的一笔。

第一次“鹅湖之会”的几年后，一个身材魁梧的山东人，成为书院的常客。他时而坐在石阶上低头冥思，时而登高眺望远方，嘴里不时叹着气，一副壮志未酬的模样。他就是文武双全的名士辛弃疾，一心收复失地、抗金雪耻，却为奸臣陷害，谪居信州。在这片土壤上选来选去，他还是选中了鹅湖，来这里散心，恐怕是排解郁郁心情、抒发悲愤豪情的最佳渠道。或许也正是文气缭绕的鹅湖书院，进一步激发了辛弃疾的创作灵感，据考证，《稼轩集》所存 629 首诗词中，写鹅湖书院所在地铅山或写于铅山的就有 200 多首。余秋雨先生在《中国文脉》中，将辛弃疾列为整个宋代传承“中国文学几千年发展中最高等级的生命潜流和审美潜流”的中国文脉的第二人，相信少不了鹅湖书院的巨大功劳。淳熙十五年（1188 年），另一位鸿儒陈亮踏访鹅湖，与辛弃疾“长歌相答，极论世事”，纵谈十日，共商复国大计。这十天或许是辛弃疾在信州 20 余载生涯里最为开心的一小段时光，鹅湖书院也同样开心地迎来了又一个“会讲”的高峰。

就这样，两次“鹅湖之会”为鹅湖书院创造了一个辉煌的开端。

从此往后，前来朝拜的文人雅士络绎不绝，附近村舍的莘莘学子心中更是燃起了希望的曙光。这不，一拨又一拨鹅湖山麓的学子在悬梁刺股、凿壁偷光的求学精神感召下，在度过无数个挑灯奋战的不眠之夜后，考取功名，走出大山，让世人领略了鹅湖子弟的翩翩风采。

然而，书院总体来说还是脆弱的。哪一个留存于世的书院没有经历过数次的整修，哪一个书院没有体验过从波峰到波谷的跌宕？有的已经面目全非，遗迹难觅，只能从有限的史料中窥探一二。鹅湖书院也未能逃脱兵燹的灾祸，多次被战火烧成一片凄荒之地，但它一次次都幸运地碰上重视教育、忧国忧民的仁人志士，把它从废墟中拯救出来，使它从荒芜里中兴起来，以至于穿越 800 多年的沧桑，还风貌依旧，原状留存，实属书院遗存中的珍宝。

走出大门，回望逐渐凋落的“鹅湖书院”的墨迹，和残缺的白里泛黄的墙体，耳边仿佛回响着宋、元、明、清学子琅琅的读书声，回响着客家方言、吴侬软语、粤语、闽南话等似懂非懂的口音，回响着学成离去时相互作揖的告别珍重声。是啊，它经历了兴旺发达时的门庭若市，也习惯了坎坷落难时的门可罗雀，如今依然昂然挺立着。

驻足良久，腿脚竟愈发沉重，一股无名的力量逐渐穿透肌肤，让浮躁的内心彻底平静下来……

屈身安人“不倒翁”

人生在世，总会遇到一个又一个岔道口。有的人，命运只给了他一次选择的机会。另有些人，他们选择的机会越多，受到的非议和诟病也必然越多。就像五代十国时期的冯道：一个历仕四朝，效忠十个帝王，长期位列三公，先后担任四十多个官职，去世时被追封为王的“不倒翁”。

冯道，字可道，瀛洲景城人，生于唐僖宗中和二年（882 年）。此时的唐王朝早已不复贞观、开元年间的盛景，内忧外患屡禁难止，尤其是割据的藩镇，个个拥兵自重，对王位虎视眈眈，王朝风雨飘摇，进入了垂垂暮年。“为农为儒，不恒其业”的祖先并没有给他留下多少家产，父亲经营的茶绸庄因战乱创伤，蚀本过多，难以为继。但从小受修身齐家治国平天下的儒家信条影响的冯道，“少纯厚，好学善属文，不耻恶衣食，负米奉亲之外，惟以披诵吟讽为事，虽大雪拥户，凝尘满席，湛如也”（《旧五代史·冯道传》），一心想着出人头地，开创伟业。

但说实话，冯道的第一条路走得并不正确。在众多诸侯豪强中，他选择了卢龙节度使刘守光，这个后来曾短暂称帝的“草头天子”，因出兵攻打中山被冯道“以利害箴之”，便把他关进狱中。幸被救出的冯道没有执迷不悟，果断离开昏庸的主子。

此时放眼天下，又该去哪儿呢？冯道整天盯着地图上的势力范围，默然不语。权衡再三，他投奔了沙陀人李存勖。起初，励精图治的李存勖的确不负厚望，数年间英气勃发，攻灭后梁，逼降前蜀，自己也建唐称帝，冀望扫平割据势力一统天下。冯道看着欣欣向荣的后唐，踌躇满志，常常站在府第的凉亭前仰望星空，激奋难眠，憧憬着襄助后唐庄宗完成统一大业，当一个张良、陈平式的开国功臣。

可是，他万万没有想到，这纯粹是一个美妙的幻想。称帝后的李存勖像换了一个人，宠幸伶人，赏罚失度，导致军心动摇，终于导致军事政变，自己也被伶人叛乱所杀。冯道心中好不容易燃起的一丁点曙光，又迅疾而逝。

君主更替带来的岔道口，第一次摆在冯道面前。“我该何去何从？”“新君会怎么对待我呢？”冯道战战兢兢地思索对策。所幸后唐明宗李嗣源是五代十国时期少有的明君，对冯道的印象也颇佳，称赞他“多才博学，与物无竞，此可相矣”，钦点他为中书侍郎、同中书门下平章事。首度出任宰相的冯道也感恩这位不识汉字的君主信任，悉心打造了短暂的国泰民安。

只是好景不长，明宗死后，他的儿子李从厚（后唐闵帝）和养子李从珂（后唐末帝）先后称帝，三年之后，后唐王朝便被明宗的女婿石敬瑭所灭。

瞬间，绣着“晋”字的旗帜在洛阳城四处飘扬。54岁的冯道第一次面临着改朝换代的岔道。

“我该怎么办？”

“尽管石敬瑭是故交，可他会毫无顾忌地任用我吗？”

…………

一连串问号接续浮现在冯道的脑海中。

经过激烈的思想斗争，冯道最终走上了迎立新君的道路。后晋高祖也投桃报李，任命他为门下侍郎、同中书门下平章事。就这样，冯道实现了朝代间的平稳过渡。

及至后晋出帝石重贵即位，冯道仍为宰相，且加太尉，封燕国公。只可惜五年后，这位昏庸的皇帝就被契丹俘虏，后晋随之灭亡。辽皇耶律德光入主中原，命运又给了冯道一个第一次：侍奉少数民族政权，还是躲得远远的？

契丹对中原这块肥肉早就垂涎三尺，又多年征战损兵折将，此番得偿夙愿，屠戮之心随着骄傲的情绪滋长。是否大开杀戒，只在辽皇的一念之间。轻盈地逃离，还是沉重地留下，也在冯道的一念之间。冯道深知，若是此时拍屁股走人，不说自身性命难保，或许成千上万的百姓也将陷入绝境。反复斟酌之下，他还是选择了留下，选择了忍辱负重。当耶律德光志得意满地问他："天下百姓，如何可救？"冯道"此时百姓，佛再出救不得，惟皇帝救得"的答词，乍一听，肉麻到浑身起鸡皮疙瘩，可这一顶高帽子耶律德光戴得很舒服，也就放弃了随意残杀的想法。前后三四个月，冯道私下想方设法保护黎民的生命财产，被契丹掳掠的中土百姓，冯道只要遇到就出钱赎买，再帮助他们和家人团聚，史称"其后衣冠不至伤夷，皆道与赵延寿阴护之所至也"。

长期生活在塞外的契丹人，毕竟难以适应中原的气候，加上内部权力斗争和兵力的缺乏，耶律德光只好率军北归，命冯道等官员随行。同时，后汉高祖刘知远在太原称帝，冯道第三次面临着改朝换代的局面。这个岔道口或许是冯道最不用犹豫的地方，他果断设计脱离契丹，回到汉族政权，拜为太师，继续位列三公。

然而，后汉这个五代中最为短命的王朝仅维持了五年，就因隐帝过度的猜忌而被后周太祖郭威所灭。好不容易过了两年安稳日子，又要面临痛彻心扉的选择。向左，还是向右？像他这样身居高位的重臣，是没有第三条路的。好在，他对每个新皇帝的脾气秉性都了如指掌，毕竟此前同朝共事了多年。思索了数日，或许此时他已经对摆在面前的岔道口麻木了，习惯性地顺应了本能的选择，或许像以往每次一样，夜夜在皎洁的月光下分条缕析，最终归附新朝占了上风，他未发迹时的诗作"终闻海岳归明主；

未省乾坤陷吉人”能很好地体现他对新主郭威的殷切期望。

后周太祖的确没有辜负冯道，他和养子后周世宗共同打造了一个富强繁盛的国度，为北宋的统一奠定了坚实基础。复拜太师、中书令的冯道，在人生最后四年的路途上，总算没有重大的岔道口横亘眼前。

后周显德元年（954 年），冯道在完成了太祖陵墓的修建后，走完了七十三年的人生。后周世宗辍朝三日，追封其为瀛王，按王礼安葬。平民百姓家家户户为他烧纸钱，把树上的叶子都熏成了青灰色。

俗话说：人生七十古来稀。在“天子，兵强马壮者当之”的芜杂乱世，冯道居然如蛟龙入海一般游刃有余，长寿善终，不得不说是中国五千年历史长河中的一个奇迹。从大环境看，因了战火的缘故，当时人的寿命普遍处在较低的水平线上，长寿之人犹如凤毛麟角。从小范围看，处在庙堂之上的官员更是难以善终，昨日是车辇銮驾，锦衣玉食，今日就可能沦为阶下囚，甚至身首异处。光凭忍辱屈膝就可偷生？显然是不可能的，就算起初迫于稳定形势、笼络人心的需要使其得以幸存，君主天生的猜忌心也很容易找个理由让他消失。这不，才华横溢的李后主尽管投降宋朝，却因为几句“故国不堪回首月明中”的悲叹被宋太宗毒杀，否则我们今日也许能欣赏到更多《虞美人》《相见欢》之类的名篇。而冯道却能在一波又一波改朝换代的战乱中躲过君主的疑忌，朝朝位列三公，这个不合常理又在历史上无人能出其右的现象，总让后人怀疑他使出了什么见不得人的手段。

那么，他到底有什么独到的本领？为什么每个岔道口的选择都恰到好处？是什么让每个皇帝，或英明，或昏聩，或暴烈，都对他委以重任？他果真如“政治娼妓”般见风使舵，毫无骨气吗？即使曲辞谄媚的功夫炉火纯青，也得皇帝欣赏才行，那一个个马上夺得天下、本就疑心重重的皇帝，又怎会轻易信任一个前朝的重臣？

《谷梁传》云：“德厚者流光，德薄者流卑。”德行高尚的人，往往受人尊敬，连政敌也不得不钦佩。纵观冯道一生，秉持“上不欺于天，中不欺于人，下不欺于地”的准则，无论侍奉哪一个皇帝，从来没有出过一个祸国殃民的主意，相反倒常常力谏皇帝戒杀戮、保民生，绝对称得上“德厚者”。在后唐军队攻入后梁都城汴梁时，冯道力主组织执法队，维持秩序，昼夜巡逻，以防止奸宄之徒趁乱生事，对稳定汴梁乃至整个后梁遗民都功勋卓著。在家乡为父亲守孝期间，遇上饥荒，冯道将所得俸禄“悉赈于乡里”，还深更半夜悄悄帮助年老体弱者耕田。有的将领抢得民间美女塞给冯道，冯道表面接纳下来，暗中却将女子好生安顿，遍访送还其家人。连后唐明宗都公开称赞：“冯道性纯俭，顷在德胜寨居一茅庵，与从人同器食，卧则刍藁一束，其心晏如也。及以父忧退归乡里，自耕樵采，与农夫杂处，略不以素贵介怀，真士大夫也。”

才华横溢是冯道的另一个护身符。梁晋第二次大战，出自冯道之手的征讨檄文竟然得到后梁太祖朱温的满分评价。灭梁成功后的李存勖，内心虽想称帝，却碍于先父“此生誓不失臣节”的承诺，又是冯道一篇洋洋洒洒的《劝进表》，奉劝此时称帝乃顺天应人，复引周文王、曹操之例说先王之诺只限于自身，并主张国号仍称大唐，将其疑虑逐一打消。李存勖方才一扫阴霾，名正言顺地圆了皇帝梦。虽然他不是武官，在尚武为要的乱世中不那么显赫，但战争从来就不是军人的独角戏。他受后晋高祖委派出使辽国，仰望其声名已久的辽主欲亲出郊外迎接，只是臣下用“天子无迎宰相之礼”劝阻。每一次朝代更迭，冯道都全力协助新主维护秩序，安抚百姓，更是想方设法地稳定物价，为改善民生，做了大量的幕后贡献。

在本职工作之余，冯道还做了两件开天辟地的事：组织人手以雕版印刷《九经》，为毕昇发明活字印刷奠定了基础；广泛收罗九十六个姓氏编成第一部《百家姓》，四字一句，两句一韵，几年间传遍中原，为北宋初年较为完备的《百家姓》做足了铺垫。战乱不绝的五代时期，一点文化火种由此得以存续。

从工作角度看，冯道是尽心尽责的。担任宰相期间，凡孤寒士子，抱才业、素知识者，都能得到提拔重用，而纨绔子弟往往碰壁。代表后晋访辽期间，拜访各部院大臣，参观兵营，观看作战演习，还派人多方考察风土人情、课赋租税、农商工牧、序庠蒙学、百货物价等等。每晚不但细心听取汇报，还大量搜集资料，准备回国写一部详细的出使记。这绝不是一个只在乎个人安危、沽名钓誉的政客会做的事情。

当然，“九朝三公”这个封建王朝空前绝后的人物，的确有其圆滑之处。在他经历的九次帝王更替中，只有后唐明宗与闵帝、后晋高祖与出帝、后汉高祖与隐帝、后周太祖与世宗属于父子之间的和平交接，除此之外大多数都难逃血腥的攻杀。如何能一次次地保有原位，乃至加官晋爵？他从不卷入任何政治帮派，始终在权力高层保持中立，称病不朝是他的惯用伎俩。后唐末帝李从珂下诏令战功显赫、手握重兵的石敬瑭从大镇徙至小镇驻守，冯道预感祸乱将起，即称病于家。后晋出帝石重贵即位后，骄奢淫逸，朝政由国舅冯玉把持，又违背盟约与辽断交，冯道审时度势，主持修完先帝山陵亦称病不朝。后晋出帝也因他处事“依违两可，无所操决”，外放他任匡国节度使。一次，后晋太祖石敬瑭问以兵事，冯道答曰：“讨伐不庭，须从独断。臣本自书生，为陛下在中书，守历代成规，不敢有一毫之失也。臣在明宗朝，曾以戎事问臣，臣亦以斯言答之。”冯道对敏感的军事决策，一直选择三缄其口。

只是，这方面的本事在相当一部分史家眼里成倍放大，成了批判的重要依据。

欧阳修编撰的《新五代史》如此评价：“予读《长乐老叙》，见其自述以为荣，其可谓无廉耻者矣，则天下国家可从而知也。”同时代的司马光在《资治通鉴》中附和：“道之为相……朝为仇敌，暮为君臣，易面变辞，曾无愧怍，大节如此，虽有小善，庸足称乎！”明末清初的王夫之言辞更加激烈：“道之恶浮于纣，祸烈于跖矣！”他们秉承“烈女不嫁二夫，忠臣不事二主”的原则，把冯道唾骂得体无完肤。

不过，在另一部分史家眼里，冯道却是宏才伟量，居功至伟。宋初编撰的《旧五代史》用了五千多字的篇幅称许冯道：“道之履行，郁有古人之风；道之宇量，深得大臣之礼。”与欧阳修同时代的王安石也高度赞誉：“能屈身以安人，如诸佛菩萨行。”李贽在《焚书》中为冯道辩护：“历事五季之耻，而不忍无辜之民日遭涂炭，要皆有一定之学术，非苟苟者。”当代历史学家葛剑雄在《乱世的两难选择——冯道其人其事》中更是给了冯道极度夸耀，认为他为了天下苍生而“以人类的最高利益和当地人民的根本利益为前提，不顾个人的毁誉，打破狭隘的国家、民族、宗教观念，以政治家的智慧和技巧来调和矛盾、弥合创伤，寻求实现和平和恢复的途径。”

有的人盖棺论定，评价指向基本一致。有的人则颇具争议，永远没有标准答案。不过也不需要定论，就像哈姆雷特，从来没有两张相同的画像。

如果他生在连孔老夫子都去国离乡、周游列国以寻明主的春秋战国，他很可能成为苏秦、张仪式的风云人物。如果他遇到汉高祖、唐太宗之类的明君，等待他的必然是一个大展拳脚、流芳千古的舞台。如果生活在康熙或乾隆年间，一生仕途只略多于皇帝享国的时间之半，不消说换代，连易君都赶不上，又怎会出现“大节有亏”的问题？除非他躲进桃花源或是悠游林下，可一任任君主真的会对他不闻不问吗？

有一首冯道的诗作《天道》，很能说明他的思想境界和处世态度：

穷达皆由命，何劳发叹声。

但知行好事，莫要问前程。

冬去冰须泮，春来草自生。

请君观此理，天道甚分明。

冯道活了73年（882－954年），与五代十国（907－979年）的跨度恰好相同，这难道是历史的巧合？只有他，眼睁睁看着十多个皇帝走马灯般先后登基，又匆匆谢幕。只有他，一次又一次面对着城头大王旗的变幻；一次又一次面对着前两天还对自己作揖行礼的部下，今日已然黄袍加身，反要自己三呼万岁。只有他，在人生途中被命运放置了一个又一个无路可退的岔道口，每一次选择，都是影响历史进程的关键决断。也只有他，能从一次又一次极端痛苦的煎熬中平复如故，得以善终。

冯道，就是为五代十国而生的。

吴三桂

历史上，每一个颇受争议的人物，都是一本没有结尾的书。这些人无论朝代，无论古今，无论男女，都有一个共同的特点：一辈子总处在重大的抉择漩涡中，总要做出影响整个国家局势、整个社会进程的关键抉择。像项羽，鸿门宴上杀不杀刘邦，是否除掉楚怀王[1]自立为王，逃至乌江是否坐船过江东山再起？像宋江，为了是否上梁山一直犹豫踌躇，上了梁山又为了是否接受招安、何时接受招安绞尽脑汁。像冯道，每次改朝换代都逼迫他做出同样的抉择：是杀身成仁，还是重仕新主？

每个抉择都只有一次机会，无法回头。如果鸿门宴上项羽狠心杀掉刘邦，或许西楚霸王就将一统中原。如果宋江不接受招安，或许赵氏江山就要改姓。如果冯道忠贞殉国，或许历史上就少了一个“不自爱其身，而忍耻以偷生”（欧阳修语）之人……还有明末清初的吴三桂，他的一次次抉择引发的连锁反应，无不惊心动魄。

他的第一次关键抉择是在宁远，因了那个流传千古的故事。

吴三桂，字长伯，辽东人，生于明万历四十年（1612年）。此时的明朝早已不见当年朱元璋时代的雄健繁盛，内忧外患屡禁不止，尤其是辽东边境的后金虎视眈眈，烽火不断。受家庭环境的熏陶，他自幼熟读兵书，习武从军。据《辛巳丛编·吴三桂纪略》记载，其战功“夷夏震慑”，一

1 楚怀王：秦末人。熊氏，名心，战国时楚怀王孙。熊心本是楚国王族，在楚国灭亡后，隐匿民间为人牧羊。项梁起事后，采纳范增的建议，立熊心为楚怀王，以从民望。

路平步青云，二十七岁便官拜总兵，是不可多得的青年才俊。

靠一人之力挽救大厦之将倾，其心可嘉，却无异于螳臂当车。著名的“松锦大会战”后，明朝主将也是吴三桂的老师洪承畴，以及吴三桂的舅舅祖大寿均降清，紧接着后所、前屯卫、中前所也被攻克，吴三桂镇守的宁远成了一座名副其实的孤城。但宁远硬是扛住了清军一波又一波凌厉的攻势，成为清军入关的最大绊脚石。清廷曾派多人对吴三桂进行了频繁的劝降活动，都无功而返，可见其意志之坚决。如果此时明朝国力尚强，中原稳定富庶，或许中国历史上就多了一位精忠报国的名将。

可是，中国历史上另一位大名鼎鼎的人物——“闯王”李自成，将这种可能性化为乌有。

当接到崇祯帝火速勤王的御旨后，吴三桂风尘仆仆赶往北京。只来得及到山海关，就得到北京城破、崇祯帝自缢身亡的噩耗。这个消息不啻一声惊雷，把满腔报国热情激荡一空。自此，理想坍塌的吴三桂陷入了大顺军与清军的夹缝中，任何一方只要使出三五分力，就能轻易把他从世界上彻底抹去。

“我该何去何从？”

“投降灭亡了明室的农民军？”

“投降激战多年的清军？”

…………

每天夜里，这些问题反复萦绕。吴三桂站在高大的宁远城墙上，时而紧盯清军兵营的火光，时而回望山海关内隐隐的灯火，该是怎样的徘徊与无助？他的心里依然想着大明王朝，做着“复明”的美梦。可是，幻想终归是幻想，既然效忠的政权已不复存在，只好重新权衡战略。

在中国古代，“非我族类”的壁垒甚深，民族矛盾远比社会矛盾来得激烈。更何况与清军对峙多年，积累的仇恨大大超过没有直接接触的农民军。因此，偏向李自成也是理所当然。于是，吴三桂点起兵马，投奔曾经的都城。

一个人无法改变历史的整体进程，有时却能够推动或延缓进程，甚至造成局部倒退。如果吴三桂与李自成联手，恐怕清朝统一中华大地要延后数年，付出成倍的代价。偏偏天助爱新觉罗家族，由于一个弱女子，搅黄了对手的强强联合。

据《平寇志》卷十所记：

“刘宗敏、李过、田见秀等，呼莲子胡同优伶娈童各数十佐酒，高踞几上，环而歌舞。喜则劳以大钱，怒即杀之。诸伶含泪而歌，或犯闯字，手斩筵上。”

农民军攻占北京后，烧杀抢掠，只顾寻欢作乐，对老百姓大加剥削，不注重民心向背，以致怨声载道，暴露出难成大事的迹象。加上对明朝官员进行“拷夹”“追赃”等行动，“凡拷夹百官，大抵家资万金者，过逼二三万，数稍不满，再行严比，夹打炮烙，备极惨毒，不死不休。”其中，吴三桂的父亲吴襄也难逃毒手。

这些信息已经触犯了两者的同盟关系，给满腔热情的吴三桂浇了一盆凉水，但还不是最致命性的。当走着走着，军探飞马送来爱妾陈圆圆亦被刘宗敏掳去的消息时，顿时一股怒火直冲吴三桂的脑门，他大声喝道：“大丈夫不能保一女子，何面见人也！”随即掉转马头，奔回宁远，与农民军彻底决裂。

每当提到农民起义，史学家有一句名言：农民起义往往归于失败的根本原因，是农民阶级自身的局限性。推至大顺军，同样精准。封建士大夫在妻妾这种特殊财产受到侵犯之时，至少在感情上无法继续合作。不计后果地随意占有一个女子，以至丧失了强有力的盟友，大大降低了坐稳江山的概率，实在得不偿失。

事已至此，恐怕只有“华山一条路”，那就是寻求与清廷的合作。但起初吴三桂并不想投降，妄想借清朝铁骑与农民军大战坐收渔翁之利，事成之后对清朝“裂土以谢”。因此他在致多尔衮的信中始终称“我国”“我朝”，试图复兴明朝。然而，这种小伎俩如何能骗得过老谋深算的摄政王多尔衮？他要吴三桂充当先锋，与农民军拼个你死我活，自己反过来充当“渔翁”，好一招嫁祸于人！

走投无路的吴三桂只好屈膝，笔锋一转：

“贼锋东指，列郡瓦解，唯山海关独存，而兵弱力单，势难抵挡。今闻大王业已出兵，若及此时促兵来救，当开山海关门以迎大王。大王一入关门，则北京指日可定，愿速进兵。”（《沈馆录》）

这封求救信意味着吴三桂做出了正式抉择，不仅使清军得到了日思夜想的山海关，还打通了进军中原的道路。“冲冠一怒为红颜”的后果毋庸赘言。

以另一种身份重入关内，吴三桂的心情极为复杂。还没来得及平复心境、畅叙亲情，他的新主子就驱赶他重新上阵，将刀锋指向曾经的战友。此后多年，选择题一道接一道摆在他的面前：往哪边打？追随南明，反清复明？死心塌地效忠清廷，把明室力量消灭殆尽？

枭雄毕竟是枭雄。在这个过程中，吴三桂无时不在审视着时局的发展，无日不在和心腹将领商讨着对策。他看到了南明政权的软弱无能，逐渐抛弃了“复明”的幻想；看到了大顺军和大西军的大势已去，率领他的关宁铁骑一路沿河北、山西、陕西、甘肃、宁夏，一直打到云贵川，几乎战无不胜；看到了只有先全力为清廷攻城略地，才能稳固自己的地位……

但更重要的是，他还看到了清廷对他的处处提防和不信任。虽封他为平西王，却处处派人跟随，名为共事，实为监督。其子吴应熊被选为和硕公主的驸马，看似恩宠有加，实则扣为人质，使其投鼠忌器。清廷高层对他的态度也由最初的“伯遣使致书，深为喜慰，若率众来归，必以故土，爵为藩王，国仇可报，身家可保”（《清鉴》卷一），到“截其用人题补之权，迁除悉归部选；转饷虽如故额，不得仍前之多。”（《庭闻录》卷四）

于是，在攻占云南全境、永历帝逃亡缅甸之际，面对是否追击的抉择，吴三桂遵从恩师洪承畴“不可使滇一日无事也！”的锦囊秘方，及时收兵，没有一网打尽。

最为重要的是，吴三桂看到了他与清廷之间不可调和的矛盾，看到了“世镇云南”与中央集权的根本对立，看到了“飞鸟尽，良弓藏；狡兔死，走狗烹”的命运无法避免，看到了他与清廷必有一战的未来。他暗中整肃军队、囤积粮草，做足反叛的准备。在清廷再一次妄图削弱他的兵权时，他才打出永历帝这张底牌，冲进蛮荒偏远的缅甸，将南明的最后一点余脉彻底消灭，为自己赢得了喘息之机。此时已是 1662 年，康熙元年。

在很多人眼里，吴三桂是清廷统一全国的最大功臣。有人说：“没有吴三桂，就没有大清朝！”有人说：“没有吴三桂，就是李自成坐北京，张献忠据西南，满洲人守关外！”有人说：“有了吴三桂，天下三分归一！”的确，吴三桂一生中最激烈的战斗是为满洲人打的。为大清朝，他真的做到了舍生忘死。可是自古以来，天下太平了，创造太平的人就成了最危险的人。尽管清廷授其亲王，令其兼辖云贵，使其权力如日中天，但一切都只是暗流涌动之上的表面友善。

又一个十字路口残酷地出现在他面前。是安静地坐等大权被削，落得与恩师洪承畴一般的下场（曾任“五省经略”的洪承畴为清廷打下江山立下了汗马功劳，死后只是三等公爵，还被多次揭其曾事二主的丑事），还是招兵买马、暗中蓄力，以待时机成熟便反戈一击？此时，已没有第三条道路可选。

如若故宫龙椅上坐的不是血气方刚、英明神武的爱新觉罗・玄烨，或许历史给予吴三桂的选择会多一些，他或许还能稳坐钓鱼台安然终老。但历史不存在可能。康熙帝在处理掉鳌拜，扬威立万之后，迅速将目光投向“三藩”。

双方的博弈惊心动魄。

康熙十二年（1673 年），平南王尚可喜率先请求归乡养老，康熙便趁势让其移藩。靖南王耿精忠更是直接提出撤藩，毫无疑问得到批准。在形势的逼迫下，吴三桂只好装模作样上书请求撤藩，借以试探朝廷的真实意图。康熙斩钉截铁：“撤亦反，不撤亦反。不若先发制之。”

是时候做出抉择了。他知道，这次的抉择一旦做出，必定是你死我亡的搏命拼争，没有任何退路可走。所以，在撤藩诏下达之后，他花了最长的时间反复思考，权衡利弊。多年养尊处优，又要腥风血雨？皇帝会否只是一时冲动，即将收回成命？起兵反叛，胜算几何？一向头脑清晰的吴三桂难得地犹豫彷徨了。倒是身边的幕僚们，看穿了双方利益的根本对立，日夜撺掇他起兵。方光琛的进言一针见血：“王欲不失富家翁乎？一居笼中，烹饪由人矣！”

两个多月后，吴三桂终于做出了人生最重要的一次抉择——兴兵反叛。由于蓄谋已久、准备充分，以前栽培的党羽也纷纷起兵，加上尚藩和耿藩的加盟，短时间内吴军所向披靡，陆续拿下贵阳、长沙、岳州、成都、常德、衡州，攻占了长江以南大部分地区，饮马长江。

此时，吴三桂面临着人生中最后一次重大抉择：是打过长江，吞并全国，还是就此歇兵，与清廷划江而治？其实，在后人看来，这次选择的难度并不大。可是，一向小心谨慎的吴三桂骄傲了，满足了。也许是忍气吞声了太久，也许是“一夜暴富”的心态使然，也许是头上的白发让他锐气尽失，他居然止步不前，幻想与清廷中分江山。

就这样，吴三桂轻率地、不像以前那样焦躁痛苦地做出了最后一次重大的也是最致命的抉择。

战机总是转瞬即逝。康熙立刻调兵遣将，实行各个击破的战略，战役虽然都艰苦卓绝，但陕西的王辅臣、浙闽的耿精忠、两广的尚之信和孙延龄先后投降，只剩吴军孤军奋战。胜利的天平已经开始向清廷倾斜。

站在昆明城墙上的吴三桂，一定为自己如此轻率地做出这次抉择后悔不已。假设当时直捣黄龙，假设趁热打铁，大好江山或许就归属吴家！假设……可惜假设不存在，伴随他的只有一声声粗重的叹息。更要命的是，不久，吴三桂带着无尽的遗憾和不甘一命呜呼，其苦心经营的“大业”也在短时间内倾覆一空。

纵观吴三桂的一生，一直都在做着一个根本的抉择：生存或灭亡。在国运衰弱的明朝，他没有办法成为李靖、李勣这样的良将，凭一己之力亦不能救明朝于水火之中。要灭亡是很容易的事，率军攻打李自成，或是和清军火并，都是以卵击石，却很快便可博得“忠义”的美名。但他选择了前者。而生存对于他这个降将来说又是多么的艰难，他每向前一点都步履维艰，为清廷打下了江山还要被猜忌，藩王的位置也岌岌可危，如果不选择反叛而任人宰割，那么他的命运也不会比洪承畴好上多少。

有一种观点认为：真正读懂历史，最起码的一个认识就是人没有绝对的好坏之分。拿《封神演义》当历史的人可能会认为周文王好得不得了，而商纣王坏得透顶，可是在《淮南子》《孟子》里，商纣王并不像小说里描写的那么昏庸变态。如果去读专业史书《史记》，可能会发现周文王也许不像小说里描写的那么神圣，如果读更早的《左传》《尚书》，也许最终结论可能是，周文王和商纣王谁是好人谁是坏人，还真不好说。

穿越历史长河,贴在吴三桂身上最显著的标签就是“冲冠一怒为红颜”。他是英雄，是奸雄，还是小人？不同的人心中会有不同的答案，难以用简单的好与坏进行评判。但至少可以说，这种人是一壶壶醇酒，只不过在不同的味蕾下，飘荡出不同的香气。

千年白鹿

白鹿洞本没有洞。从天上往下看，像一颗陨石砸裂了地缝，山丘环合，低凹朝天，故有“白鹿洞”之称。

书院有一个普遍性特点：关于它们得名的传说，不一而足。像往南三百多公里的白鹭洲书院，官方版本认为取自李白《登金陵凤凰台》的诗句“三山半落青天外，二水中分白鹭洲”。民间更偏向于另一个版本：以沙洲上栖息着数不清的白鹭得名。而白鹿洞书院殊为不同，千年来只有一个说法：唐德宗贞元年间（785 年 -805 年），洛阳学者李渤至此隐居读书，养一白鹿自娱，此鹿颇通人性，温顺可爱，甚至能独往星子县（今庐山市）县城购来纸张笔墨和生活必需品，遂以此命名。

历史上，江西是书院文化的中心地带。在江西众多的书院中，白鹿洞书院无疑是最耀眼的一颗。但长期受江西人内敛寡言、不善经营的性格影响，曾经的“天下四大书院”之首，已辉煌不再。跟邻近的岳麓书院相比，更相形见绌。尽管如此，我对其依然心向往之。上次上庐山避暑，听闻同伴谈及绕道探访白鹿洞的打算，极为敏感的我立即冲上去，顾不得平日的文雅，“粗鲁”地插足而入，力促成行。于是，毫无准备，却毫不犹豫地带上仅有的一点盘缠动身。庐山的秀美萦绕四周，山谷的云海还在均匀地吞吐，却不能让我再多看一眼。山路的颠簸丝毫没使我疲倦，车上的喧闹也无法扰乱我的思绪，我的心早已飞到了那个既熟悉又陌生的地方。

人迹逐渐稀少，山路愈发幽静。汽车突然一个急转弯，躲在树叶里“乘凉”的路标隐约地显露着身影——1km。不过，这 1 公里对我来说真是漫漫长路，直到车停在一块空地上，透过车窗，“白鹿洞书院”五个大字赫然映入眼帘，按捺不住的满心激动这才彻底释放。凝望这座曾接纳无数学术泰斗的大门，周围的杂音仿佛被松林吸收，等待的焦急仿佛被流水化解，剩下的只是一个人处在天地之中，回味那陈年的琅琅书声。

古木绿荫遮掩下的书院，曾经门庭若市。作为有别于官学的一种民间教育机构，由于它的民间性以及聚众讲学、坐而论道的开放性，有时甚至比官学更受瞩目。南唐李氏朝廷就在此兴办“庐山国学”（又称“白鹿国学”），与金陵秦淮河畔国子监齐名，乃中国历史上唯一由中央政府于京城之外设立的国学，学者争相往之，为之后的繁荣打下了基础。可见，南唐朝廷打下的文化基业，远不止标志性的李煜。只是好景不长，受兵马之灾，书院渐塌，荒废日久。直到南宋淳熙六年（1179 年），白鹿洞书院迎来了它最大的贵人——朱熹，这位理学家出任知南康军[1]，以其对文化特有的敏锐和认知，专程勘察白鹿洞书院旧址，感慨道：“观其四面山水，清邃环合，无市井之喧，有泉石之胜，真群居讲学、遁迹著书之所。”遂将残垣断壁、杂草丛生的书院修复重建，置田划地、聚集图书、招生揽徒。朱熹不仅亲自授课，与学生质疑问难，且力邀各方饱学之士前来讲学，并制定《白鹿洞书院教规》，奏请赐额及御书。书院一时星光闪耀，名声大振。淳熙八年（1181 年），朱熹摒弃门户之见，邀请“论敌”——另一学派领袖陆九渊共同讲学，吸引众多学子慕名听道。这次载入史册的“白鹿洞之会”，成为朱熹在南康苦心经营两年的标志性成果，也是白鹿洞书院历史上鼎盛时期的最佳见证。

在岁月的长河中，有些创造了无数辉煌的古建筑消失殆尽，能留下些

---

1 南康军：南康府，宋置南康军。元升南康路，明初废为西宁府，寻曰南康府，属江西承宣布政使司，府治星子县（今庐山市），辖星子、都昌二县和建昌州。

许残垣断壁已是万幸。像白鹿洞书院这般保存完好的古建筑，实属罕见。尽管它也饱受战乱毁损，与当年的繁华无法同日而语。从这个意义上说，这座“代表中国近世七百年宋学大趋势”的书院足可与长城、都江堰、莫高窟相提并论。

白鹿洞书院还有一股气，一股清雅淡泊之气。这股气不仅仅氤氲在石木或砖木结构的阁楼祠堂里，青瓦粉墙、歇山重檐、翼角高翘的礼圣殿中，一百多块笔锋遒劲、气韵丰沛的碑刻真迹上，更飘荡在千年古松、参天红枫和婆娑竹林之间。这股气是长期以来大自然与人的完美融合所孕育的一份宝贵遗产。在如此令人心旷神怡的地方进修，无疑是极为幸福的。从这里传出的阵阵读书声，浸染着旁边的小溪，浸染着不远处的鄱阳湖，更随着这条流域面积占江西总流域面积97%的鄱阳湖，传递给赣鄱大地的黎民大众，应和着江西东北——的鹅湖书院、中心的豫章书院、西南的白鹭洲书院的协奏曲，滋养出全国独一无二的文章节义和一代代匡国济时的璀璨群星：欧阳修、王安石、文天祥、黄庭坚、汤显祖、八大山人……

烟雾中的白鹿，安详地注视着每一个朝圣者，它记下了多少大师大儒们的音容笑貌，见证了多少莘莘学子的生命历程，也目睹了书院多次的兴衰更迭。如今，它依然不停歇，拖着厚重的历史车轮和沉甸甸的精神财富，奔跑着，在路上。

郁孤台上思稼轩

亭台楼阁，向来是中国古代历史上的一块艺术宝地。无论是江南的私家园林，还是三大名楼，抑或是醉翁亭、爱晚亭等名亭高台，都饱浸着文人墨客的营养。不知怎的，古代文人对亭台楼阁富含特殊的情感，每到一处，便文思泉涌，欣然留下墨宝。因此，只要是稍具声誉的亭台楼阁，都萦绕着色彩各异的诗词歌赋，而且它们的名气也随着文人才华和名望的提升而水涨船高。在江西的南大门赣州，就有这么一座郁孤台。

江西简称“赣”，因赣江得名。赣江之水来源于章江与贡江，二水汇合后向北流去，纵贯赣鄱大地，注入长江。赣州，便位于章江与贡江的环抱之中，而郁孤台，就在那二水汇合处。亭台往往与江河相互映衬、相得益彰，此台更无例外。郁孤台，创建年代不详，但距今至少千年有余。因坐落于贺兰山顶，以山势高阜、郁然孤峙得名，台高三层，立于台上，可纵观全城。史书对郁孤台的记载最早是在唐肃宗时期，名臣李勉受诬被贬官虔州（今江西赣州），情绪低落，“郁孤”二字触动心弦，遂于台上感慨曰：“余虽不及子牟，而心在魏阙一也，郁孤岂令名乎？”当然，纵览历史长河，赣州乃至江西全境，历来不是全国的中心，文化光芒自然比不得中原。那么，郁孤台为赣州争得的文化地位，就显得蔚为珍贵。

最早为郁孤台留诗的名人，乃北宋赵抃。他写了一首 36 句五言长诗。此后，陆续有后来者登台泼墨。北宋大文豪苏东坡也曾为郁孤台倾力挥毫，可奇怪的是，在奔腾的赣江水上，他的光辉却不及与其齐名的辛弃疾。

辛弃疾，原字坦夫，改字幼安，号稼轩，山东历城人，生于1140年，是中国古代史上难得的文武全才，文韬和武略在他身上得到了很好的结合，与苏轼合称“苏辛”。幼年由于父亲早卒，稼轩跟随祖父生活在金人统治的北方，目睹山河破碎、百姓流离，立志恢复中原、指点江山。21岁参加义军抗金，勇猛无畏，率一支义军南归朝廷，23岁受到南宋天子召见，踏入宦海，声威大振。洪迈《稼轩记》记载着他当时的声名：“壮声英概，儒士为之兴起，圣天子一见三叹息。”坚定的理想、奔放的性格、强烈的战斗精神，同时也注入他的诗词文章，使他的词章与盛世时期的怀才不遇，甚至与乱世埋藏单纯悲叹流离失所的哀怨文辞相比，多了一分澎湃的激情和剧烈的震撼。

稼轩一心向北，可命运却让他与江西渊源深厚。南宋淳熙二年（1175年），以湖北赖文正为首的茶商军起义，屡败官兵，声势浩大。朝廷急调稼轩任江西提点刑狱一职，赶赴赣州指挥战事，仅三个月时间，他就平定了茶商军。可是，战役的胜利并没有让他欣喜若狂，他依然时常想起北国家园和父老乡亲，无法放下收复失地的抱负。郁孤，顾名思义，伤感色彩浓厚，于是在赣州期间，辛弃疾就成了郁孤台的常客。每当心生感慨，他便独自登临郁孤台，凭台远眺，静观章贡二水环流脚下，滚滚北去。翌年，他奉调京西转运判官，离开赣州赴任途中，在江西万安县造口触景生情，写下了一首脍炙人口的《菩萨蛮·书江西造口壁》。

说到此词为何作于造口，还有一段故事可讲。南宋罗大经《鹤林玉露·辛幼安词》条云：“题江西造口壁词云云。盖南渡之初，虏人追隆祐太后（哲宗孟后，高宗伯母）御舟至造口，不及而还，幼安因此起兴。”造口，一说名皂口，南宋建国之初，国力衰弱，金军南侵，所向披靡，并紧追隆祐太后。至造口，隆祐太后下船与农夫“肩舆而行”，才幸免于难。造口见证了新生南宋政权的存亡危急时刻，也成为南宋统治者的福地，辛弃疾置身此间，再生感慨，故题词于壁上。

让我们再来看看这首真正使郁孤台名扬四海的佳作：

菩萨蛮·书江西造口壁

郁孤台下清江水，中间多少行人泪。西北望长安，可怜无数山。

青山遮不住，毕竟东流去。江晚正愁余，山深闻鹧鸪。

这首词，是对词人历次登台心情的总结，透过这首词，我们更能确定词人每次登台都是怎样的愁绪。他是多么想穿越千万座青山，像不可阻挡滚滚而去的江水一般，杀奔山东老家，光复山河。词具有强烈的空间感，且句句不离山水。可他看的不是山，是山那头的故乡；看的不是水，而是有家不能回、与亲人生离死别的泪花。他的方向是北宋故土，不论是什么山，都遮不住这种愁思。报仇雪耻的意志，绝无更改的可能。词的意境大开大合，又不乏细腻的情思，给人一种身临其境的感受。而最后的落脚点又在鹧鸪悲凉的叫声上，点明愁苦之心。白居易《山鹧鸪》曾一语点破鹧鸪的特点："啼到晓，唯能愁北人，南人惯闻如不闻。"

只可惜，纵使稼轩再有抱负，再有能耐，摊上一个无心作为的君王和嫉贤妒能的朝廷，也只能徒叹奈何，他也意识到自己"刚拙自信，年来不为众人所容"。淳熙八年（1181 年），正年富力强的稼轩受到弹劾，被免去一切职务，回乡闲居。此后 20 余年，除一度出任福建提点刑狱和福建安抚使外，稼轩大多数时间都赋闲乡野。在其生命的最后几年，稼轩曾有机会东山再起。宋宁宗前期，授稼轩绍兴知府兼浙东安抚使、镇江知府等职，可惜再一次受到奸人挑拨，被迫离职。两年后，他带着无尽的遗憾，溘然长逝。

如今的郁孤台，历经多次磨难损毁，已是饱经沧桑。但台前台后各有一尊稼轩像巍然屹立。稼轩身系披肩，遥望远方，气宇昂然，刀已半出鞘，虽屡遭排挤，却矢志不渝，令人敬佩。我静静地站在郁孤台上，遐思无限。如果稼轩当年有幸继续驰骋沙场，收复河山，心情当不致如此悲凉。然而，历史从来就没有假设，更何况若是如此，或许我们就无缘听到这首蜚声古今的名词。也正是少了一个战绩辉煌的功勋名将，才多了一个誉满天下的豪放词人。悲哉？幸哉？

谷雨三湾

一

在赣鄱大地的乡村，谷雨是一个诱人的节气。

谷雨紧跟清明之后，止于立夏，恰逢暮春。纵然大部分花朵已渐显老态，可是大地上一点儿不缺色彩。满山的苍翠、碧洁的垂柳、微曳的嫩草，组合成层层深浅不一的绿色。奔腾的泉水清澈见底，掩不住青石的一丝细纹。多数田野已被犁铧翻过，秧苗偶尔抽出一茬新芽，惹人怜爱。加上穿透层层阻碍渗透而下的形状不规则的阳光，一片生机勃勃。小青蛙们在田野里欢快地蹦着，夜晚此起彼伏的“呱呱”声强调着它们的存在。鸟儿们搔首弄姿，宣示它们完全从过冬的状态中调整过来。若是一阵春雨袭来，山、田、树、水盖上薄雾，空气中满是植被特有的气味，处处烟雨朦胧，随意点上一座村庄，也丝毫不亚于周庄、乌镇的姿色。

这个节气里，村里的劳力都在打磨农具、料理田坎，等待着即将来临的移栽秧苗。可以说，谷雨是农忙季的前奏，是起早贪黑的预备期，一旦跨过谷雨，身心就将全部交付给田野。因此，大伙印象中的谷雨总是走得太迅疾，迅疾到顾不上留恋。但是，此次有缘于谷雨踏上三湾的土地，足以永记心头。

二

三湾的地标是那棵家喻户晓的千年大枫树。

从三湾乡政府走到枫树坪，不过两三百米的距离。阳光明媚，一座颇有些年岁的旧桥隔开了闪着光点的小河，两旁的村民忙着整理农具，挂起晒鱼的铁丝网，平静地掌握着生活的节奏。大枫树比照片上更加苍翠，叶子上洒落的点点银辉随风摇晃，像是微笑着示意欢迎。如果没有偶然间来到村里的一支特殊部队，或许这棵大枫树仍和其他村庄的古树一样，默默无闻地独自生长。

八十六年前的深秋，枫树照常沐浴着天地精华。突然间，它看到了一支陌生的部队疾步走来。这是一支缺乏弹药、没有给养的部队，是一支士气低落、军心涣散的部队，是一支被悲观情绪笼罩的部队。朝着大枫树走来，是一个多少带些偶然的选择。刚刚离开秋收起义的战场，临时改变了攻取长沙的计划，撤退途中不断遭到偷袭，士兵又陆续逃跑，只剩不足千人和不足五十匹战马的落魄部队，迫切需要一个安全的落脚休整之地。经过四方打探，他们最终选择了群山环抱、四县交界、没有反动武装的三湾村。初来之时，枫树以为又是一场浩劫，村民们也已经习惯性地上山避难，等待着一场烧杀掠夺。可是，这些衣衫褴褛、饥肠辘辘的士兵并没有四处砸抢，只是借着枫树的绿荫休憩，伤员也只躺在新割的稻草上，秋毫无犯。村民们看在眼里，纳闷在心，并派人试探，才放下戒心、打消疑虑，逐渐与士兵们打成一片，还争先恐后送来热饭热菜，腾出床铺，与他们亲如一家。

此时此刻，部队往哪里去？应当怎样整编以维系生存？怎么才能发展壮大？一系列关乎生死存亡的问题萦绕在每个人的心头。面对种种不利影响，毛泽东同志站了出来，在他的审时度势、力排众议之下，经过彻夜的耐心阐述和解释，首先统一了指挥层的思想。1927 年 9 月 30 日，到达三湾的第二天，全体官兵再一次集结在大枫树下，听取了毛泽东同志激情四射的动员讲话，坚定了革命必将成功的信念，进行了历史性的“三湾改编”。部队精简为一个团，建立党的各级组织和党代表制度，开创了举世闻名的

“支部建在连上”，建立士兵委员会，实行官兵平等，确立了党对军队的领导。

三

树是通人性的。

纵然部队只在三湾待了短短五天，但是这五天不仅完成了关乎命脉的调整，还给中国革命史上留下了“毛委员挖红双井”“罗元帅送战士饭盒”等感人故事，同时也给这棵古老的枫树注入了全新的历史内涵。

有一句名言说：“人的一生虽然漫长，但关键时刻只有几步。”个人如此，集体、国家、军队同样如此。能够在生死攸关、决定命运的关键时刻，支持领导者共同选择正确方向、共同探索正确道路的发自内心的历史自觉，是伟大的军队取得胜利的必备条件。这也证实了这支军队的主体所具备的敏锐判断力、清晰辨别力和为追求真理义无反顾的精神世界，以及他们与见风使舵者、两边骑墙者、投机取巧者所无法共融的历史抉择。

红军走后的数十年时间里，大枫树始终在遥望着这支部队，遥望它爬雪山、过草地，遥望它抗日救亡，遥望它解放劳苦大众……如今，依然在注视着这支部队的继承者，注视着那份精神和意志的不朽传承。

行走圆明园

如今的景点，处处人山人海、热闹非凡。一个接一个旅行团来往穿梭，大多走马观花，点到即止。但我始终认为，要想真正游览一方名胜，特别是内涵深邃的景点，就得在安静、平和的心境里行走。因此，我特别喜欢独自一人，行走于富含历史底蕴的土地，感悟世间千百年来的传奇韵味。

不久前到北京，我又一次选择了圆明园。圆明园于我而言并不陌生，已经到过好几次，但每次到北京，圆明园都会自动在脑海里显现，只要时间允许，我都会到圆明园里走一走，不带任何目的，而且每次都有崭新的收获。

这份特殊的感情很大程度上来源于父亲。在我未满四岁时，父亲就带我到圆明园，虽然现在记不得多少当时的场景，但仅存的一点关于残缺和耻辱的记忆，在我幼小的心灵刻下了深深的烙印。之后几次到北京，我问父亲哪个景点最值得重游，他都毫不犹豫地推荐圆明园，因为相对于长城、十三陵、故宫这些更为久远的景观，历史更短的圆明园印刻着一个民族最苦痛的伤痕，这些伤痕比宏伟、强盛、征服更易打上磨灭不去的民族标记，更易引起心灵的震撼。事实证明，圆明园完全不同于一般的景点，无论去多少次、相隔多少时间，总没有厌倦的道理。

这次来到圆明园，艳阳高照，我刻意避开游览的人群，静心漫步。仅看轮廓和模子，就可以尽情放纵自己的想象力，甚至天马行空地猜测这座皇家园林曾经的辉煌，说不准某一寸土地，就曾留下乾隆、嘉庆、咸丰等帝王的印迹。可是，一走到西洋楼遗址门口，我就完全没有心情想象这些景致。远远近近的残垣断壁闯入眼帘，一下子把我压得喘不过气来。有的断柱互相倚靠，有的残墙千疮百孔，有的干脆被夷为平地，每一处伤痕都无声地控诉着侵略者的罪恶，都曾眼睁睁地看着属于这里的宝贝被残酷掠夺。当时的统治者自行遁去，任由洋枪洋刀戳打在自己的后花园。联军头目额尔金的狂笑不止，官兵们左捧右抱、口袋暴鼓的“壮观”场面，大火烧毁过后的滚滚浓烟，永久地定格在圆明园上空，上足了悲惨的成色。据当时《泰晤士报》一则通讯称，圆明园被劫掠和被破坏的财产，总值超过六百万镑。

从某种意义上说，每一个民族都必然身背累累的伤痕，因为无论是从弱小到壮大的过程，还是从强大到衰败的过程，都不可避免地要抗击强敌，克服千难万险，应对各种灾难。然而，圆明园由极盛到极衰的时间之短、程度之重、悲痛之深，它身上的伤痕，世所罕见。

我沿着道路缓缓挪步，每到一处，驻足良久。说明文字都矮矮地躲在下面，它们所记载的浮华在破碎的历史面前实在显得微不足道。就这样悄无声息地，我在里面待了一个多小时，心情沉重得无法自拔。当走出这片被毁坏的土地，我逃也似的跑到福海边，长舒了一口气，静静地坐在木椅上，任阳光蒸出心中的压抑。木椅的旁边曾建有接秀山房，正殿三间，北有寻云楼，南有揽翠亭，后又增建澄练楼，只可惜损毁得片瓦无存。此时无比羡慕眼前这片湖水，洗尽历史铅华，回过头来只有它最超脱，默默记载着兴衰荣辱，熟谙历史的逻辑。

对于破损的历史文物，向来有两种相左的意见：有人赞成重修，恢复原貌；有的反对重修，认为破碎才能反映历史发展的轨迹。我觉得这个问题要辩证地看，一方面，如果尚有历史残留，足以证明原物的存在和特点，确实不修为好。就像圆明园，倘若按照原貌全部复原，所花人力物力不说，置身其间的游客便只会思忆旧时的奢华享乐，更添一份对雍容华贵的向往，而彻底将这段悲惨的历史抛诸脑后。残存一段，才是真实的历史，妄加修复，就是用当下的意志抹去历史的痕迹。另一方面，如果已经完全无影无踪，一点看不出曾经的模样，像庐山的大林寺，全部被湖水淹没，或是到了即将消亡的地步，就很有必要重修。假使放任不管，若干年后便会忘记它的存在，白居易的《大林寺桃花》也就成了虚空之言，无所追溯其源了。而圆明园，还是属于前者的范畴。

每段历史，无论光芒四射，抑或痛心入骨，一定会有一两个知名的载体。只是茫茫大千世界，要保存数量如此众多，差异如此巨大，范围如此广泛的文化传统，当真不像建章立制、存柜入档这么简单，于是就出现了种种丢失、遗漏，甚至完全消亡的现象。小到一幢宅院，一个园林，大到一个王国，一个朝代，都逃不脱这种定律。正如楼兰古城的兴盛与消失，至今还是个大谜团，充满着神秘色彩，难觅踪迹，留给后人的只有猜测和叹息。那么，在秦始皇陵、兵马俑、都江堰、四大发明纷纷证明着中华民族光辉历史的同时，圆明园的存在，就是另一种传统的代言。这两个方面的交汇融合，才构成了完整、清晰的民族认知。

人们都说，忘记历史是一种背叛，我认为还应当加上一句：有意识地走进历史是一种成长。每到一次圆明园，我的心灵就得到一次洗礼。

孤鹜临阁

已经是第二十九次重修了。

一幢楼阁，究竟历经了多少苦难，才需要修葺二十九次？

当然，比起那些倒下的同类，它又是幸运的。因为，活下来，就是胜者。

滕王阁的问世，纯属偶然。当年，李元婴刚下榻这座叫做豫章的城池时，一定脑袋嗡嗡，耳畔依稀响起“常恐秋风早，飘零君不知”的回声。这位唐高祖李渊的第二十二个儿子尽管做了些心理准备，但偏僻冷寂的环境还是比他预想的差了十万八千里。热闹惯了的滕王，怎堪忍受这般痛楚？于是他大手一挥，一道指令迅疾传出。

转眼间，一座雕梁画栋、金碧辉煌的高阁拔地而起。

登临其上，凭栏远眺，但见天地静穆、远山微茫，草木繁丽、帆影点点，赣江雄浑、巍然北去，既是壮阔豪迈的锦绣图，亦是秀丽淡雅的水墨画。此时的滕王，终于露出了久违的笑容。

——取什么名号？

——哎呀，费那脑筋干啥，老子不是滕王吗？

于是，滕王阁就此挤进了洛阳纸贵的历史画卷。心满意足的滕王日日在此吃酒看戏，寻欢作乐，极亭榭歌舞之盛。得益于酒精的刺激作用，微醺的李元婴常常灵感迸发，笔下的蝴蝶千姿百态，栩栩如生。似乎他那深藏于心又即将泯灭的豪情壮志，都承载于一只只飞翔的蝴蝶身上。如今滕王阁第五层西厅内悬挂的大型磨漆画《百蝶百花图》，就足以展示这位“滕派蝶画”鼻祖的横溢才华。

只是如若长此以往，滕王阁必定沉沦酒色。李元婴先后于封地滕州、隆州所建之滕王阁，早已泯然众楼。可见，光有皇族血统，是远远不够的。

幸好，滕王阁遇见了它的贵人。

公元675年重阳节，滕王阁上高朋满座，一场高规格的重修竣工宴拉开帷幕。官员、富绅、名流、暴发户、古董商、文人，推杯换盏，觥筹交错。这是一个局。“导演”阎都督舍下血本，为的是把预谋的主角推到聚光灯下，登台入室。酒兴正酣，他以纸笔遍请诸人，“群众演员”们很是知趣，纷纷顺水推舟。正当他的女婿准备起身，将“宿构”的文章泼墨纸上，却被一个北方口音的陌生人抢了戏。只见那人满脸通红，抓过狼毫，踉跄几步，笔走龙蛇。“导演”愤怒至极，拂袖而起。宾客们都在私下揣摩，这个不懂事的年轻人将怎样被驱逐出去。岂料不一会儿，阎都督竟抚掌赞叹：“真天才，当垂不朽矣！”

正是这个意外的搅局者满纸繁丽、字字珠玑——天高地迥，觉宇宙之无穷；兴尽悲来，识盈虚之有数……关山难越，谁悲失路之人；萍水相逢，尽是他乡之客……所赖君子见机，达人知命。老当益壮，宁移白首之心？穷且益坚，不坠青云之志。尤其是“落霞与孤鹜齐飞，秋水共长天一色”一锤定音，让默默无闻的滕王阁熠熠生辉，也将承载它的南昌城拖入不朽之列。

大凡才高八斗之人多有不安分的细胞，是以不拘小节，不谙世故，强出风头。他叫王勃，字子安。早年聪慧过人，据传“六岁能文”，九岁作《指瑕》十卷，十岁通六经，十四岁应举及第授朝散郎，为沛王府修撰，前途一片锦绣。却又按捺不住性子，戏写《檄英王斗鸡文》，被逐出王府。二十四岁又任虢州参军，因藏匿和杀害官奴被判死罪，幸逢大赦，捡回一条命。才华与躁动的交织，成为他短暂生命的伴奏。好在，在他生命的二十七年里，他来过一回南昌。他怎么也不会料到，一场宴席上的轻佻，浇铸了自己的才名，也为这幢陌生的建筑注入了一股纯正的文脉，把它永久地捧成整座城市的文化地标。自此，“物华天宝，人杰地灵”的标签清晰地贴上南昌城的额头。

我们不得不感谢阎都督。尽管王勃的出现搅黄了女婿的出名良机，可他是重才的。欣赏着一排排龙飞凤舞的诗句，他突然间意识到：今天的这个局，将误打误撞青史留名。于是，他没有如宾客们预想的那样暴怒、训斥、驱赶，而是发自肺腑地赞赏，乐见其成。分别时，居然还赠送彩缎五百匹，嘴里反复吟诵“落霞与孤鹜齐飞，秋水共长天一色”。

我们无从知晓，一千三百四十八年前的这只孤鹜从何而来，归于何处。它没有名字，或许长相十分普通，身材也并不出众，甚至醉眼迷蒙的王子安连它的样子都没有看清。但它偶然的一次飞行，一次与晚霞的伴舞，真真切切打动了诗人的心扉，在他怀才不遇的血液中激起了阵阵涟漪，进而将其视若知己，写入皇皇巨著，并随诗文一道同列不朽，成为历史上声名最盛的一只鹜鸟。

南昌城与滕王阁，永远记住了王勃潇洒的英姿，记住了阎都督宽阔的胸襟，也记住了踽踽孑鹜披霞的倩影。

在孤鹜的加持下，横扫初唐文坛的王勃似乎开了先河——每个诗词大家，总有几块属于自己的“领地”。李白抢占了庐山、天姥山、凤凰台，却在黄鹤楼难敌崔颢的锋芒。杜牧囊括了阿房宫和爱晚亭。岳阳楼、鹳雀楼、幽州台，分别归于范仲淹、王之涣和陈子昂。郁孤台、北固亭，则是辛弃疾的地盘。耸立于赣江源头的郁孤台，在人的脑海里一闪念，“郁孤台下清江水，中间多少行人泪”就蹦了出来。尽管它的周身也萦绕着不少力作——“深浅不常章贡水，崆峒只似旧时高”“云拥龙骧通百越，天垂象纬丽三台”，大气磅礴，深情款款，却也只能甘拜下风。因此，扶剑北望的稼轩，自然是郁孤台门神的不二人选。可是，几百米外的八境台，又轮到东坡先生独领风骚。这首通过看图遥想而得的《虔州八境图八首并序》，胜过多少现场的灵感。因缘际会，难以道明。

没过太久，名山大川和亭台楼阁就被瓜分殆尽。但像王勃这般，阁楼落成初期即盖棺论定，却十分罕见。或许正因为此，后世的文人骚客总是跃跃欲试，试图和这名遥远的青年才俊一较高下。文起八代之衰的韩愈为滕王阁的重修写记文，盛赞道："愈少时则闻江南多临观之美，而滕王阁独为第一，有瑰伟绝特之称。"白居易《钟陵饯送》中寥寥两句"翠幕红筵高在云，歌钟一曲万家闻"，滕王阁的壮阔与气势立现。杜牧用"滕阁中春绮席开，柘枝蛮鼓殷晴雷。垂楼万幕青云合，破浪千帆阵马来"，将阁上的歌舞升平与江面的重帆破浪娓娓道来。"五云窗户瞰沧浪，犹带唐人翰墨香。日月四时黄道阔，江山一片画图长。回风何处抟双雁，冻雨谁人驾独航。回首十年此漂泊，阁前新柳已成行。"读罢《题滕王阁》，文天祥的未酬壮志迅即跃然纸上。戏剧大师汤显祖诗兴大发，二首《滕王阁看王有信演<牡丹亭>》，不知是戏在诗中，还是诗在戏中。此外，王安石的"愁来径上滕王阁，覆取文公一片碑"，杨万里的"何时归上滕王阁，自看风炉自煮尝"，辛弃疾的"物换星移知几度？梦想珠帘歌舞"，或感时伤怀，或思念故乡，或凭栏吊古，都在滕王阁上熠熠生辉。他们的队友还有欧阳修、朱熹、黄庭坚、唐伯虎、袁枚、严羽……

只可惜，这个精英荟萃的团队，依然在王勃面前败下阵来。或许最重要的原因，就是他们缺乏一只孤鹜点睛。

时间给南昌城留下了一幢滕王阁，留下了一幅落霞孤鹜与秋水长天的幽远画卷。尽管那些前仆后继的诗人未能撼动王勃的翘楚地位，但也给滕王阁增添了强劲的生命律动。一千多年来，滕王阁积雄文百篇，诗赋千首，名声愈甚。唐伯虎还曾画下《落霞孤鹜图》，怀念王南海和属于他的那只孤鹜。每一篇佳作问世，滕王阁的历史厚度就垫高一分。冰冷的滕王阁渐渐有了体温，有了情感，从“他者”演变为“我者”。时间长了，诗人、阁楼、鹜鸟、文气、城市，交相辉映，水乳交融。有唐以降，无论五代十国，还是宋元明清，一想到南昌，自然少不了滕王阁的倩影，每当踏上南昌的土地，总想守候孤鹜与落霞同框的场景。

如今的滕王阁，远非滕王把酒言欢的原物。二十九次重修，它的眼中到底见证了多少烟火？唐宣宗大中二年（848 年）夏，滕王阁毁于大火。明万历四十四年（1616 年），复毁于火。清康熙十八年（1679 年）、二十一年（1682 年）、二十四年（1685 年）、四十一年（1702 年）、四十五年（1706 年），又遭火焚。雍正九年（1731 年），又大火，仅御书亭幸存。道光二十七年（1847 年）、二十八年（1848 年），背靠背遭火毁。光绪末年（1908 年），再毁于火。历代兵燹同样没有放过偏居一隅的滕王阁，不知是出于嫉妒，出于仇恨，还是纯粹为了满足强烈的破坏欲，宋末元初、元末明初，明末清初，征战者们数次将滕王阁付之一炬，使满阁精美雅致的屏风、卷帘、桌椅、门窗瞬间灰飞烟灭。正印了“藤断葫芦剪，塔圮豫章残”的民间古谣。然而，滕王阁的生命力着实顽强，几乎每一次被焚毁，都在短时间内得以修复。我相信，每一次的重修，都是一次涅槃——每一位设计师，都贡献出了他毕生的才华，每一位参与建设的工人，都用最高的标准精雕细琢。因为他们知道，自己正在做的，不是一个简单的工程项目，而是在修复一座城市的文化图腾，一条通往历史深处的时光隧道。

近些年来，一栋栋高楼平地起，愈发丰富着全城的建筑美学。全城的建筑海拔也水涨船高。透过随意一栋写字楼的铝合金窗，都可以俯瞰滕王阁这个曾经当之无愧的制高点。但建筑的价值，不仅仅由海拔决定。如果没有厚实的底蕴，整座城市只是一个钢筋水泥的机械化结构，哪怕设计再精致，装饰再富丽，也总觉得缺点什么。一旦拥有一幢历史悠久的建筑，就像给一条腾飞的巨龙点上一双动人的眸子，灵性陡生。

一只大雁掠过夕阳的最后一缕红霞，像是在致敬它的偶像孤鹜。象牙白的栏杆，朱红漆的堂柱，碧绿的琉璃瓦，共同沐浴着徐徐晚风。无论城市的脉动如何变化，它们始终在那儿。一日。复一日。

一关名梅

冷雨淅沥。远方山头迷雾阵阵，不识真面目。两侧山崖层峦叠嶂，树木葱郁。青石鹅卵石铺就的路面光滑、湿漉，像抹了一层油。

梅岭到了。千年梅关迎接我的方式，是一场风雨，似在考验我的诚意。

我抬头凝望。眼前这条石道，是中国古代历史的一条装订线，沿着这条线，就能穿越历史直抵一个个现场。

它是一条改变无数人命运，延续活的希望的生命之路，无数官员、商贾、文人、郎中、僧侣、匠人在走过梅关之后，迎来新生。

它又是一条贯穿南北、繁盛千年的黄金交通线，为朝廷创造了高额税赋，见证了大量奇珍异宝、和璧隋珠在壮汉们的肩挑手扛中或北上中原进贡皇族，或南下出海开展贸易。

它还是一条刀光剑影、烽火连天的军事要道，穿着各式甲胄的士兵在此浴血拼杀，只要打通此关，便可大振军威、势如破竹。

既然上天有意阻滞我的步伐，我便顺从天时，一步一个脚印感悟巍巍雄关和漫漫古道的风霜雪雨与无尽沧桑。

踏石而上。路依山就势，盘旋蜿蜒。为什么不修一条平坦的栈道？“只有石路方能最大程度保存原貌。”同行的友人讲解道。难怪，假设庄重的攀爬朝圣简化成普通的拾级登山，怎能设身处地体验当年逃难人群的悲苦辛酸？又怎能感受他们扶老携幼翻越重重山峦驻足这座关隘时眼里倏忽闪现的炯炯光芒？更何况，曾经，这儿并没有路。

世上本没有路，走的人多了，也就成了路。古书中常有记载，某支军队久攻某地不克，忽得一位樵夫或猎户指引，悄悄绕大山踏上深处僻静小路至敌军身后，出其不意取得胜利。这些小径本不是路，被樵夫、猎户们走得多了，自然成了路。只是，靠人踩踏出来的路，多半荆棘密布、险峻陡峭，稍有不慎便有去无回。梅岭亦然。

遥远的古代，梅岭必定无路可走，杳无人烟。但山两边总有胆大之人，他们翻山越岭，或狩猎，或砍柴，或采药，或做点小买卖。久而久之，他们的脚印便在大山的褶皱里留下了不可磨灭的痕迹。这条路必定弯弯绕绕，一会儿没入树丛，一会儿被垂下的藤条遮蔽，一会儿出现似是而非的岔道。一场春雨可能让它泥泞不堪，一夜漫天大雪或许让它面目全非。它没有名字，地图上也没有关于它的任何标记，只存在于老百姓的口口相传中。

然而，还是有人找到了这条路。战国时期，为躲避战乱，一批以梅绢为首领的越人迁往岭南，在大庾岭一带安营扎寨。寂寞的山岭人声渐稠，山间回荡着完全陌生的中原口音。大庾岭人遂把这段山峰命名为“梅岭”，以报梅绢开拓之恩。

一举成名天下知。秦统一六国后，雄才大略的秦始皇又把目光投向了南方。公元前 219 年，秦始皇以屠睢、任嚣为帅，两次南征百越，大获全胜。其中一路大军，就是从梅岭山隘进击。于是秦始皇在此设置横浦关，重兵戍守。梅岭第一次披上了朝廷的官服。原先的崎岖小道，也稍稍装扮得俊俏了些。

雨势渐大。友人劝我折返，我执意向前。赣南雨水多，顶风冒雨迤逦前行的古人应不在少数吧？“永嘉之乱”后，匈奴、鲜卑、羯、氐、羌等胡族大举入侵、劫掠中原，北方硝烟四起、人口骤减。迫于生存压力，人们纷纷逃离故土，集体向南。他们渡过颍、汝、淮诸水，进长江，入鄱阳湖，沿赣江南下，部分选择了地广人稀、崇山峻岭的赣南落户，部分深入梅岭继续向南。本来安静的小路，突然充满喧嚣。本来逼仄狭小的山路，突然拥挤得让人喘不上气。但是，这个苦难的民族却获得了宝贵的喘息之机。翻过横浦关，他们将血脉延展在岭南的土地上，他们将先进的生产力播撒在曾经的蛮荒之地。

从此往后，这条古道成了救命之道，重生之道。

随着京杭大运河的开凿，中原货物顺大运河南下，经扬州，逆长江而上，从鄱阳湖进赣江，逾梅岭入广东，沿浈水、北江抵达广州，渐渐成为全国对外贸易的主渠道。一批又一批光彩夺目的丝绸绢带、巧夺天工的陶瓷饰品、清香四溢的各式茶叶涌向梅岭，梅岭和它的古道又一次水涨船高。然而，它的外形仍然简陋、破旧，远远难以匹配如此高规格的定位。

好在，它并没有等待太久。唐开元四年（716年），历史给这条道路派来了最大的恩公——张九龄。这位广东韶关人因负气告假还乡，途经梅岭。他的内心曾经数次憧憬，这条久负盛名的道路是多么大气壮观、宏伟磅礴。不曾想一到现场，竟如此狭窄破烂。于是，家国情怀深重的张九龄向唐玄宗谏言凿山修路，得到首肯后，立即带领一众民工“饮冰载怀，执艺是度”，在“岭东废路”“缘磴道，披灌丛，相其山谷之宜，革其坡险之故”，把破烂不堪的老路修成了“坦坦而方五轨，阗阗而走四通”的官方驿道，道宽处达五米，迫于山势的最窄处也有两米。我脚下的青石鹅卵石，或许尚有些许当年的遗迹。

除了旧貌换新颜之外，这条崭新的官方驿道选取了从大庾到南雄距离最短的一段路线，比秦朝古道缩短了整整四公里。遥想古人当年，不负重徒步四公里山路尚且需要两小时，如果背上行囊货物，时间更难计算。当然，路程的缩短必然给施工带来巨大难题。在没有爆破手段的情况下，唐人硬是发扬了愚公移山的精神，削平了一个长二十丈、宽三丈、高十余丈的山坳。而且粤北韶关等地的石头容易风化，铺砌整块的条石难以保证使用寿命，工人们利用山体就地取材，不拘泥于原材料的规整，采用大小石块拼砌的办法，中间嵌以泥土使其平整稳固。为了减少雨水对道路的侵蚀，将山洪减少到最低限度，设计者又在道路两侧设置排水沟渠，纵沟沿山势向下，呈自然坡型，再种植梅树护坡。在陡峭路段，又以小块条石砌筑横沟排水。

据传，张九龄率人开凿到山岭的最高点，即赣粤两省分界地时，有一块大石，工人白天把它凿开，晚上它就自动合拢，反复多次。正当工人无计可施之际，张九龄怀孕的夫人不顾危险站在凿开的石头中间，石头方才无法合拢，工程得以顺利推进。

待全线竣工，公私贩运“转输不以告劳，高深为之失险。于是乎鏬耳贯胸之类，珠琛绝赆之人，有宿有息，如京如坻”。见此盛况的张九龄喜上眉梢，一气呵成写下《开凿大庾岭路序》。至此，这条古道真正进入了官方话语体系。它遇见了越来越多雄壮魁梧的高头骏马，身着朝服的官吏贵族，未曾谋面的山珍供品，那一篮篮新鲜的荔枝，足以让千里之外的皇帝和贵妃喜笑颜开。

梅岭山隘的官方驿道建成还不到四十年，史上又一次大型战乱，“安史之乱”爆发，成千上万的民众挈妇将雏逃离家园。他们别无选择，只能跟着人流一路向南，向南。他们中的相当一部分循着古迹钻入梅岭，成为这条驿道的又一批受益者。还有之后的唐末军阀混战、五代政权更迭、北宋“靖康之乱”，中原移民蜂拥南迁。南迁，已然成为中国历史上一种巨大的民族惯性。赣南、岭南、闽南、湘南，这些冠以名“南”的大地，宛如毫无喧嚣的桃花源，慷慨收留了被战乱驱赶的一众难民。梅关，成为这条南迁路线上最醒目的标识，成为这片大地上最璀璨的明珠。难民们在把家园搬向南方的同时，更是把数千年的文明带到南方，也把赣南、岭南、闽南、湘南升华为毋庸置疑的客家原乡，让梅关上升为这个族群的命门，一个无法替代的精神地标。

坡渐陡。两侧的梅树花盏怒张，花瓣纷披，一会儿雪白，一会儿嫣红，梅姿百态，气象清明。点缀于万壑千岩之间，更显高贵。逃难的人群见此情景，蹒跚的脚步也该轻快不少吧。

苏东坡正是其中一员。北宋绍圣元年（1094年），这位词赋大家因“乌台诗案”被贬谪岭南，第一次有缘上梅岭。驿道上的梅花在细雨中傲然绽放，有感而发的东坡奋笔疾书“去年今日关山路，细雨梅花正断魂”。书毕，梅岭古道的梅花就成为他心灵的寄托。当他获赦北归再次路过梅岭，又留下“梅花开尽百花开，过尽行人君不来。不趁青梅尝煮酒，要看细雨熟黄梅”，彰显了东坡超脱出风雨颠沛的状态，变得淳美飘逸，襟怀洒脱。人们将这首《赠岭上梅》刻碑于道旁得古今游人赏读，梅岭同样感念东坡的欣赏。

一百多年后，南宋丞相、客家子弟文天祥最后一次踏上梅岭。在囚车上，他用一首《至南安军》与故乡作别：“梅花南北路，风雨湿征衣。出岭谁同出？归乡如不归！山河千古在，城郭一时非。饥死真吾志，梦中行采薇。”虽未如《过零丁洋》般脍炙人口，却同样思旧忆昔，表达出以死明志。但他足可欣慰，宋祚终结之后，“其随帝南来，历万死而一生之遗民，固犹到处皆是也……西起大庾，东至闽汀，纵横蜿蜒，山之南、山之北皆属之。”

脚步蹒跚的不只是将军和诗人，还有僧侣。据传由于自《菩提偈》看出慧能的大彻顿悟，禅宗五祖弘忍秘密将衣钵袈裟传给大字不识一个、只会挑水劈柴的弟子慧能，并嘱咐他立即离开湖北，南下避难。慧能朝着广东老家仓促行进，至梅岭，欲夺衣钵的师兄神秀门徒追至。慧能将衣钵弃置路旁，身为武僧的神秀门徒却无法挪动，只好无功而返。慧能法师正当口渴难耐之际，以锡杖击石，清泉汩汩涌出，味甚甘冽。幽静的六祖庙，正向每名朝圣的后人诉说这段惊心动魄的往事。

留诗于梅关的文苑名宦数量众多，仅《大庾县志·艺文》就收辑了宋之问、刘长卿、汤显祖、戚继光、解缙、戴衢亨、袁枚等历代名人佳作二百余首。他们或带着报效家国的志愿，或带着对庙堂艰险的喟叹，或纯粹触景生情即兴吟诗，为繁华的古驿道添彩增辉。

当然，梅关和它的古道并非时时充盈着苦难与悲戚。在秩序井然的盛世，梅关古道见到的大多是粤盐、铜铁、香药、珠宝、漕粮、茶叶等。宋、元、明、清诸代，又多次对驿道进行维修和扩建，增设驿站、茶亭、客店、货栈。刚才路过的梅国驿站虽非原物，但黄色琉璃瓦覆盖的歇山式屋顶，质感强烈的赭红色立柱，布局似客家围屋的院落，仍然让我浮想联翩。

北宋淳化元年（990年），宋太宗在大庾设南安军。北宋嘉祐八年（1063年），江西提刑、广东转运使蔡挺，蔡抗兄弟，代表两地共商梅关扩建事宜，在驿道隘口修建关楼一座，并立石曰：梅关。元明时期，海运空前发展，对外贸易兴盛，东南亚的占城、暹罗、真腊、古里、爪哇、苏门答腊等三十多个国家，以及欧洲的荷兰、意大利等国商人纷纷进入中国，熙攘的梅关又迎来了素未谋面的珍珠、玳瑁、象牙和孔雀、狮子等奇珍异物。明代著名学者桑悦《重修岭路记》记载："庾岭，两广往来襟喉，诸夷朝贡，亦于焉取道。商贾如云，货物如雨，万足践履，冬无塞土。"清朝政府实行"海禁"，只设广州一个通商口岸，梅岭古道更趋繁荣。

前方，一个四四方方的饮马槽映入眼帘。虽青苔累累，但原先的规整古朴仍可见一斑。千百年来，得有多少马匹，高的矮的，胖的瘦的，老的少的，曾在此饮水休憩。

到了近现代，梅关的脚步声依然驳杂。20世纪20年代的三次北伐，均有部队取道梅关挥师北上。1934年，中央红军突破围剿，经梅关开启二万五千里长征。陈毅更是在梅岭周边开展了三年艰苦的游击战争，梅关古道上留有他的脱险处，他也回赠《梅岭三章》。

“拐过前面的弯就到梅关了。”或许见我一路寡言，同行的友人好意提醒。将我从沉思中拉回现实。尽管步履滞重，身上却已大汗淋漓。对每一个试图接近它的人，梅关都要用这种方式予以洗礼。山势愈加雄险，林木更为茂密。脚下偶有数颗白色圆形石块，闪烁些许光泽。古代没有路灯，夜间只能靠火把照明，火光映在圆石上，即可反射出萤萤亮光，好似珍珠闪耀。夜间行走的路人至此路面，心中必定涌起股股暖流。

转过弯来，“南粤雄关”四个朱红大字赫然出现在眼前。明万历年间南雄知府蒋杰的题刻依然如新。关门两峰夹峙，右侧立有一块两三米高的石碑，上书“梅岭”两个苍遒楷体大字，为清康熙年间南雄知府张凤翔所题。走进关门，南北两侧大风阵阵，云雾缭绕，青石鹅卵石路面铺展开去，“一步跨两省”“一关隔断南北天”的壮阔尽显。倘若关楼尚在，当真是一夫当关万夫莫开。南面关门刻有对联“梅止行人渴，关防暴客来”，一动一静，一刚一柔，余韵悠长。

此时，我想起了那个少年。

七十六年前（1947 年）的一天，一个衣着单薄、骨瘦如柴的少年站在了梅关前。他已经连续暴走了十天。他只带了一点干粮充饥。他气喘吁吁，双腿酸胀，疲态尽显。和他同行的有三个人，两个和他一般年纪，也瘦得皮包骨。领头的中年男子尽管同样精瘦，却明显皮肤红润，营养富足。少年抬头观望，天上乌云密布，山峦危耸矗立，像围起了一个大瓮。眼前的关卡赭黑雄浑，仿佛一把巨大的锁，把两座山峰牢牢扣住。当他猛然看到刀斧凿刻的“岭南第一关”五个大字时，才意识到自己抵达了省界，他即将第一次离开广东，他的命运即将迎来又一次转折。过了这道关卡，是否能够获得新生？

少年又想起了自己的悲惨家世。十五年前，少年出生在广东潮州的一个小村庄，贫穷和饥饿是全家的主旋律。唯一的木桌满是窟窿，吊在房顶上的竹篮子总是空的。祖母坐在瘸腿小木凳上，手腕里的骨头高高隆起。爸爸天天替人扛沙包，一天劳作下来连半斤米都赚不着。妈妈外出打零工，朝不保夕。三年后，妹妹出生，更是雪上加霜。又四年后，奶奶和爸爸相继饿死，无计可施的妈妈只好带着兄妹二人流浪乞讨。慢慢地，少年习惯了以天为被以地为席，习惯了被人吆喝驱赶，习惯了挖野菜吃野果。四年后，妈妈忍痛把他卖给了一户商家，骨肉分离。少年成天干活，砍柴、挑水、放牛、耕田，从早到晚不得停歇。夜里睡牛棚，不知道喂饱了多少野蚊子。顿顿只吃一碗稀粥，被拳打脚踢也是常态。忍无可忍，只得逃跑。第一次逃到邻镇，刚向人开口要饭，就因口音被人拦住。领回去，一顿痛打。不久又瞅准机会，拼命跑到河岸乘客轮到达邻县，总算逃出魔爪，再次乞讨。一位本村的男性穷人暂时拯救了少年，把他带到一家织布厂当学徒。可仅仅两个多月，织布厂被洋货击垮宣布破产，少年又重新开始流浪。

“小弟，你想到哪去？上面有大佬，正要请像你这样的人，烧烧开水扫扫地，工作轻松待遇很好。”少年使劲揉揉眼睛，眼前的中年男子不是梦。“我领你去好吧？”片刻，少年点点头。中年男子领他去餐馆，饱餐一顿后住下，傍晚又带来两个男童。晚上，中年男子就露出真面目：“不要在这里做工，去筠门岭好，那里三餐吃大米饭。没有人欺负，就卖给人家做子也好，住得好可以继承家产，如不好随时可以逃回广东。”别无选择的少年明知对方是人贩子，却只能把命运交给他……

“快点！快点！”中年男子不停催促，打断了少年的思绪。少年做了一次深呼吸，继续大步流星。道旁，梅花点点，妍态迷人。五六日后，他们到达筠门岭县城。黄包车一辆辆疾驰而过。绸布、钱粮、药材、饭庄等商铺林立，前有明柱，上覆青瓦，中悬牌匾，阵势浩大。烟囱婀娜出几缕白烟。驴、马昂首阔步，传递出主人的高贵。花枝招展的女子微倚窗台，大眼睛快要挤出水来。未几，一部老爷车呼啸着穿过人群，喇叭声与周围格格不入。少年看得眼花缭乱，第一次觉得世界如此五彩缤纷。

来到集市，铺着鸡蛋、豆角、花生、茄子、西红柿、鱼干等各类新鲜水果的两条彩带尽情伸展。每隔几步，三两个和少年一般大的男孩“正待价而沽”。他们混杂在飞禽走兽之间，竟没有丝毫扎眼。贩卖人口远没有想象中复杂，相中了谈好价钱当场带走，没有眼缘便直接走开。肥胖的地主婆总喜欢指手画脚——这个骨瘦如柴，买回去会不会就死了，那个黑得很，可惜个头太小了。没过几日，少年就被一个中年汉子买下，来到举目无亲的凤凰崇乡黄冠村。

生活的主题依然是干活。一千个日日夜夜，没有丝毫波澜。唯一值得纪念的，只有1948年清明节，在宗厅上谱，一桌号称有文化的人七嘴八舌，还是少年自己喊了句：“文兴好，高高兴兴的兴。”于是，屡次被动更名的少年，终于有了固定的名字——罗文兴。

三年后，全县召集抗美援朝志愿兵员。罗文兴背着家里报名成功，穿上军装、戴着大红花的他头一回笑得那样爽朗灿烂。可惜半年后，由于身体孱弱，背不起枪，也吹不响军号，罗文兴成了部队整编的首批退伍者。幸运的是，半年军旅生涯仍然给罗文兴的命运带来了转折。乡邻们把他选为民兵指导员，他领到了第一笔正式津贴，做了第一套新衣服。大受激励的罗文兴勇往直前，忘我工作，凡乡亲们有难处，都主动伸出援手。日积月累，乡亲们愈发高看他一眼。

期间，罗文兴开始着手解决婚姻大事。前几次均被女方家长以种种理由婉拒。不久，他遇见了同样出身贫寒、被卖作童养媳的钟姓女子，两个苦难深重的人走到了一起。没有嫁妆，没有酒席，没有新家具。只有一床单被，两套新衣。同是天涯沦落人，是这场婚姻最鲜明的注脚。1957年，妻子分娩。从接生婆手里接过婴儿，罗文兴热泪盈眶。随着孩子们的陆续出世，生存的压力压得罗文兴喘不过气来——大女儿出生不足五市斤，吃黄娘树叶的妻子无母乳喂养。大儿子三岁患麻疹复发症，一个多月粒米未吞。老岳父年过古稀，食不果腹，夫妻俩无力赡养。老六还在肚子里时，差点因为无力抚养而喝草药打胎。每回村里分粮分油，二儿子、三儿子总是碰一鼻子灰，背着空箩筐含泪而回。晚上子女轮流吵闹，夫妻俩二十多年从未睡过一个安稳觉……

“不要怕，千斤担子我会挑！”性格刚烈的罗文兴向妻子郑重承诺。他在山上开荒垦地，种粮浇菜。他养了几只鸡，鸡蛋用来交换油盐。他是全村第一个学会种茶的。他在周边空地种植竹子、柿子树、橘子树、柚子树，结出的瓜果卖钱。他从不乱花一分钱，没有买过一两茶叶、一包香烟、一两酒、一粒糖，没进过一次饮食店，未曾参与一次“搞斗食”。在他的教育和熏陶下，孩子们也都早早下地干活，争相为家里分忧。

直到 1994 年，小儿子考入中专，罗文兴紧绷的神经才真正放松下来。这位早已成为我爷爷的人，始终没有忘记家族的苦难历史，始终没有忘记自己的悲惨遭遇，始终没有忘记带给自己新生的梅关。1963 年夏，爷爷举了三百元钱的大债，上公安局开了几张介绍信，揣着万分之一的希望，独自一人南下寻母。当他再次踏上梅关古道，总感觉脚下的鹅卵石无比亲切，道旁的梅树情深意浓。当他再次站在梅关跟前，万千感慨涌上心头。十五岁的他不会知道，二十世纪三四十年代从广东逃难的民众络绎不绝，他们穿过梅关散落在赣南的广袤大地上，垂垂老矣的梅关又一次扮演了救世主的角色。十五岁的他不会知道，梅关在这些个体和家族中沉甸甸的分量，他们和他一样不会忘记梅关。十五岁的他不会知道，三十六年后，他将和两个同样北上逃难的难民结为亲家。十五岁的他也不会知道，在浩瀚的历史海洋里，这条蜿蜒崎岖的道路曾经掩埋了多少南下逃难的脚印，这片土壤深处已经收藏了无数举家找寻立锥之地的客家乡音。眼下，他似乎看见了这些急促驳杂的脚印，听到了这些充满憧憬的南腔北调，更似乎从中找到了自己祖先南迁的身影。穿过梅关的祖先获得了新生，十五岁的自己穿过梅关，同样获得了新生。“梅关也是我们的恩人。”爷爷时常念叨着这句话。

辗转多方，寻人便问，可母亲始终毫无线索。爷爷带着最后一张介绍信，费尽周折找到了自己出生的村庄，找到了自己出生时的老屋。族人们热情接待了爷爷，把家史一五一十说了个透彻，并把老屋交还于他。往后，爷爷隔三岔五就来老屋看看。每次一到梅关，他的心里就会燃起一股希望的火焰。

大雨瓢泼，梅关和它的古道门可罗雀。它们终究是老了，曾经的繁华绚烂归于冷寂。牛马车行消失了，哨卡官兵不见了，行色匆匆的人们销声匿迹。关于中原战乱的噩梦般的场景和烧杀抢掠、黑烟滚滚的情境已经模糊为前世幻影，永嘉之乱、安史之乱、靖康之乱都静默为史书里的笔墨。如今的梅关，退化成一个遗址，一条老路。但是，来瞻仰梅关、重走梅关古道的人依然络绎不绝。因为，梅关还是一个象征，一个若干家庭的精神图腾。这些后人要想完整了解家族的历史，彻底理清家族的脉络，梅关是不可或缺的关键。只有亲临梅关，走一趟古道，才能真正感悟这座关隘和这条道路是怎样给予先祖力量进而赐予先祖新生的，才能真正感悟它们在家族中的沉重分量。

返程，路途更加湿滑，只能瞅准了碎石缝下脚。所幸，寒风中梅香阵阵，如诗如画。

后记

水是万物之源，可以说，人类文明的进程都是围绕江河湖海展开的。我一直认为，每个人的生命中都至少有一湾小河，或一条大江，或一片湖泊，贯穿于其成长始终，这条水流真切参与了整个生命历程。

于我而言，这条水流就是赣江。

说起江西，人们的第一反应往往是水——赣江，抚河，信江，饶河，修河，鄱阳湖，东江……曾几何时，江西的水面上云集了全国各地的大小船舶，汇聚了四面八方的奇珍异宝。然而，水流最为壮观、流域最为宽广、流域内文化最为兴盛的，非赣江莫属。从我出生那天起，我就与赣江结下了不解之缘。我出生在赣江边，童年时常站在岸边眺望江水。我喝着赣江水长大，血液里尽是赣江的细胞。我的家乡赣州市会昌县庄口镇黄冠村的小河汩汩奔腾，入湘水，进贡水，终归赣江。它接纳了逃难近十年的爷爷，它是父亲少年的乐园和忠实的玩伴，它给我们整个家族注入了浓厚的赣江基因。时至今日，我仍然天天路过赣江之滨，听江水滚滚，看潮涨潮落。

2001 年，我考入复旦大学中文系，遨游在浩瀚的文学海洋里，被优美的文字和它们所描绘的曼妙图景所折服，也下决心用笔记述五彩缤纷的世界。自然，赣江和它滋润的大地成为我取之不尽的写作源泉，赐予我用之不竭的写作灵感。于是，我记述我的家乡和发生在其间的人情世故（像《钟三秀一家》《洗麻袋的兄弟》），我表达在城市行走过程中的发现和吟咏（像《圈》《玻光》），我赞美大美江西的自然禀赋和环保故事（像

《大水微澜》《鲤鱼洲的冬》），我留存考察历史遗迹和人文景观的心路历程（像《鹅湖行吟》《千年白鹿》）。它们的成稿有早有晚，篇幅长短不一，但它们的思绪都源于赣江的教诲和启蒙，它们书写的对象都是赣江及其哺育的赣江文明，它们的文字都弥漫着赣江独有的水腥气，这就是所有篇目最大的共同点。

赣江的辽阔与壮美，很多时候文字根本无法抵达，甚至文字就是多余的。但我还是小心翼翼地呈上《一江名赣》，表达赣江之子对赣江最诚挚的敬意！